문학의 미시담론

교양·총서 9

문학의 미시담론

송희복

A Microscopic Discourse on Literature

푸른사상
PRUNSASANG

독자를 위하여

1

문학에 관한 얘깃거리들이 지나치게 거대담론에 얽매어 있었던 건 아닐까. 대체로 보아서, 여태껏 문학이 이를테면, 사상·공동체·평화·민족·계층·근대성·노동해방·이데올로기·인류 공영·도덕의 재무장화 등의 무겁고도 관념적인 얘깃거리 속에 매몰되는 경향이 없지 않았다. 큰 테두리 속에서 문학의 담론을 구성하는 것은 문학이란 이름 아래 큰 틀의 얼개를 짜는 일이었다. 이것은 물론 나쁘지 않은 의도요, 일종의 관행으로 잡혀온 자리이기도 했다.

하지만 문학의 거대담론으로 말미암아 놓치는 게 있었다.

보잘것없고 사소한 것의 행간 사이에 숨어 있는 긴요한 의미들이다. 말하자면, 개인의 자유와 실존, 우정과 사랑의 문제, 교훈이랄까, 계몽적인 이성을 넘어서는 것, 먼 곳에의 그리움에서 촉발된 낭만적인 충동 같은 것들…… 나는 전자보다 후자에 의미와 가치를 부여하는 쪽에 서 있는 사람이다. 따라서 이 책의 성격 역시 저쪽을 성찰하기보다는 이쪽에서 문학의 의미와 가치를 발견하고 고무하는 데 있는 것이다.

2

제1부는 우리 문학사를 미시사(微視史)의 시각에서 바라본 부분이다. 지면에 발표된 원고라기보다 평소에 정리한 것이 대부분이다. 우리 문학을 이해하는 데 빠뜨려진 부분들, 내가 평소에 언급하고 싶은 부분들이다. 그러다 보니 다소 거친 상태의 초고(草稿)들이 있다.

이 중에서 「수면에 떠 있는 향가(鄕歌)와, 그 잃어버린 바닷속」과 「우리 고전문학과 모국어의 승리」는 내가 머잖아 우리 문학사의 체계적인 기술을 시도하려고 하는 데 저본으로 활용하려고 한다. 「소설가 김유정을 울린 판소리 명창 박록주」는 작년에 LP로 판소리를 자주 감상하는 가운데 심심풀이로 쓴 글이었다. 만약 기회가 주어진다면, 이 초고를 논문의 형태로 심화, 확장해보았으면 하는 마음을 가지고 있다.

제2부는 에세이적인 필치의 비평적인 산문을 모았다. 여기에 자리 놓인 글들은 사사로운 감상이 반영된 신변잡기적인 글쓰기라고 해도 좋을 것이다. 독자들이 비교적 가볍게 수용할 수 있는 읽을거리다. 언어의 감추어진 힘, 인문학에 대한 관조적인 성찰, 기행 체험으로 인해 얻어진 발상의 전환, 작가와 작품에 관한, 짧지만 결코 간과할 수 없는 생각들의 모음…… 요컨대 이 부분이 전체적으로 한눈에 보면 체계가 없이 보여도 낱낱이 살피면 그 나름의 의미와 가치가 부여되어 있는 것이라고, 나는 스스로 자부한다.

제3부는 좀 이색적이랄까, 생뚱맞은 편집 감각으로 설정한 부분. 돌이켜보니 내가 1977년에 진주교육대학에 재학하고 있을 때 몇 가지의 원고를 써서 지면에 발표한 바 있었다. 이 중에서 습작시 한 편은 기억에서 온전히 사라진 채 30년 만에 비로소 읽어볼 수 있었다. 다른 원고는 보존하

지 못한 게 있어서 어렵사리 구해서 파일을 만들어 정리하였다.

입력 과정에서 불필요한 한자, 로마자는 제거하였다. 현행 맞춤법과 띄어쓰기 원칙에 따라 입력하였고, 주어가 빠진 몇 군데를 복원하고, 어법이 이상한 것은 일부 조정했다. 오, 탈자의 교정은 물론 교열까지 했으나, 대체로 원고의 원문을 보존하려고 애썼다. 스무 살 나이의 학창 시절에 쓴 미숙한 수준의 글은 미숙한 대로 내 문학의 원천이 되어 있었다. 부끄러운 만큼 애정도 있기 때문에 31년 만에 내 저서 속에 포함하려고 했다.

3

이 책을 상재하는 감회가 없을 수 없다. 나는 이것을 사적인 해명으로 대신하려고 한다.

글과 글 사이에, 행간과 행간의 긴장 속에, 나는 발상과 역발상의 촘촘한 관계망이 형성될 수 있도록 노력하였다. 나는 작자로서 독자와 폭넓게 공명할 수 있는 폭을 넓히면 좋겠다는 평소의 생각을 이 책을 만들어가는 과정 속에서 간절히 가져보았다.

독자 여러분들의 조언을 구하는 바이다.

2014년 2월 19일 정오
저자 송희복

제1부

잘게 바라본 우리 문학사

수면에 떠 있는 향가(鄕歌)와,
그 잃어버린 바닷속

잃어버린 옛노래

향가는 우리의 오랜 시가(詩歌)이다. 이 말의 어원은 중국의 시에 대한 우리의 독특한 노래라고 하는 뜻에서 비롯되었다. 향가는 신라 시대로부터 고려 초기에 이르는 기간에 걸쳐 제작된 향찰식 표기의 시가이다. 지금 전해지고 있는 작품의 수량은 얼마 되지 않는다. 그럼에도 불구하고 어문학적, 역사적, 민속학적 가치는 이루 말할 수 없이 다대하고, 또 고귀하다.

향가의 내용은 매우 다양한 것으로 추정된다. 이 가운데서도 불교적인 것이 주류를 이루었으며, 그 형식은 민요체에서부터 과도기 성격의 8구체를 거쳐 완성된 형식의, 이른바 3구6명(三句六名)의 10구체에 이르렀다. 오늘날 전해지고 있는 향가는 『삼국유사』에 14수, 『균여전』에 11수, 즉 25수에 지나지 않는다. 이것은 극히 편모에 지나지 않는 것이다. 「도이장가(悼二將歌)」 1수와, 논쟁의 거리가 되고 있는, 새로 발굴된 향가 3수를 합

하면 모두 29수가 현전되고 있다고 할 수 있을 것이다.[1]

신라 사람들은 향가를 지어 자주 노래했고 그것은 비일비재하였다, 라는 기록이 있고, 또 진성여왕 때 향가집 『삼대목』을 편찬했다는 기록이 있다는 사실을 미루어보아서, 향가의 전모는 방대했으리라고 짐작된다. 음악적인 측면에서 볼 때 향가는 한편으로 사내금(思內琴)이라는 현악기로 불리어지고 후대에 이르러 전문적인 노래꾼인 가척(歌尺)에 의해 연행되어졌으리라고, 다른 한편으로는 전문적인 시승(詩僧)에 의해 만들어져 불교계의 사승관계를 통해 전승되었으리라고 추정된다. 향가는 세속의 노래와 탈속의 노래, 비종교적인 것과 종교적인 것으로 크게 나누어지는 것 같다. 이 부분에 관해서는 앞으로 연구 과제로 남아 있다.

후자의 것에 관하여, 고려 초의 큰 스님인 균여(均如)가 지은 향가 「보현십원가」 11수에 관해 전기적인 글쓰기를 시도한 혁련정(赫連挺)의 증언이 있다.

> 我仁邦則, 有摩詞兼文則體元, 鑿空雅曲, 元曉與薄凡靈爽, 張本玄音, 惑定歙神亮之賢, 閑飄玉韻, 純義大居之俊, 雅著瓊篇, 莫不綴以碧雲, 淸篇可玩, 傳基白雲, 妙響堪聽.[2]

• • • • •
1) 1989년과 1995년에 걸쳐 박창화(朴昌和, 1889~1962) 필사(筆寫)의 『화랑세기(花郎世紀)』와 여기에 수록된 수록된 향가 1수(首)가 공개되었다. 필자는 이 작품의 제목을 「송사다함가」로 명명하고자 한다. 한편 국사학자 박남수는 2007년에 필사된 『화랑세기』가 위작임을 밝히기 위해 또 하나의 향찰 표기의 노래가 수록되어 있는 제3의 박창화 사본(寫本)을 발굴하여 공개했다. 최근에는 국어학자 이승재는 목간(木簡)에 단편적으로 전해진 신라의 향가 1수를 발굴하여 학계에 소개하였다. 세칭 「만신가(万身歌)」로 불리는 것이다.
2) 이 원문은 혁련정 저, 최철 · 안대회 역주본, 『역주 균여전』(새문사, 1986), 58쪽에서 인용하였다.

우리나라에 마사가 문칙·체원과 함께 전아한 곡을 처음 열기 시작했고, 원효는 박범·영상과 함께 현묘한 소리의 기틀을 마련하였으며, 또 정유·신량과 같은 현자들은 구슬 같은 운율을 잘 읊조렸고, 신의·대거와 같은 준재들은 아름다운 시편을 곱게 지어 남겼다. 이 모두는 스님의 뛰어난 시로서 글을 꾸미지 않음이 없는지라 그 맑은 노랫말은 감상할 만하고, 중국 초나라의 고전 음악을 전하지 않음이 없는지라, 그 미묘한 음향은 들을 만하였다.

혁련정은 신라 시대 향가의 대가(시승)의 이름들을 나열하고 있지만 지금의 우리는 그들이 누구인지, 어떤 작품을 남겼는지 전혀 알 수 없다. 그가 살았던 시대까지만 해도 앞 시대의 향가를 인식하고 있었으나, 문학과 사회제도의 중국화가 가속화되면서 향가 역시 전통의 계승과 창조가 정지되었던 사실이 실로 아쉬울 따름이다.

서동요, 혹은 역사의 허위와 문학의 진실

일연의 『삼국유사』에 보면 이런 얘기가 쓰여 있다. 과부인 어머니가 연못의 용과 관계를 맺어 낳은 서동(薯童)은 마를 캐어 생업을 이어갔기 때문에 '맛둥이'라고 불려졌다. 신라 진평왕의 셋째 딸이 세상에서 제일 예쁘다는 소문을 듣고 신라의 서울로 들어가 아이들에게 마를 나누어주면서 헛소문 노래를 널리 퍼지게 했다. 내용은 맛둥이와 선화공주가 그렇고 그런 사이라는 것이다. 이 스캔들러스한 소문 때문에 선화공주는 부왕(진평왕)으로부터 궁중에서 쫓겨나게 되었다. 맛둥이는 쫓겨난 공주 앞에 나서 절을 하면서 자신이 잘 모시겠다고 말했다. 공주도 그가 누군지, 어디에서 온 사람인지 모르지만, 공연히 미더워 기꺼이 받아들였다. 이 일이 인연이 되어 두 사람은 훗날에 부부가 되어 백제를 통치하는 왕과 왕비가 되었다. 보잘것없는 신분의 맛둥이는 백제 무왕이 되었던 것이다. 왕은 왕비의 청을 받아들여 지금의 전북 익산에 미륵사를 창건했다. 이 절을 짓는 일이 나라의 큰 불사(佛事)이기 때문에 장인 진평왕이 사위의 나라인 백제에 많은 기술자를 보내어 도와주었다.

이 얘깃거리는 향가 「서동요」의 배경설화이다.

백제 무왕에 읽힌 설화를 두고 지나치게 역사적 사실로 번역하려는 일이 과거에 있었다. 이 설화의 역사적인 과잉 해석은 사학자 이병도에 의해 이루어졌었다. 그는 익산 폐(廢)미륵사 및 그 석탑의 건조 연대와 그 부근에 있는 쌍릉(雙陵)―속칭 무강왕(武康王) 혹은 말통대왕(末通大王) 및 그 비릉(妃陵)―등의 문제와 관련해 볼 때 동성왕의 휘에 나타난 모대(牟大), 마제(麻帝), 모도(牟都), 말다(末多) 등이 오히려 말통대왕에 더 가까우며, 선화공주는 동성왕의 신라 부인인 비지녀(比智女)임에 틀림없다고 했다. 이병도의 주장은 일종의 정황 증거에 의한 것이다. 문학은 문학이고, 역사는 역사이다. 일단 무왕―선화공주 설화의 핵심부에 놓인 노래(향가)의 내용부터 살펴보자.

善花公主主隱
他密只嫁良置古
薯童房乙
夜矣卯乙抱遣去如

이 노래는 한자로 표기되어 있지만, 한문 식의 문장으로 전혀 해석이 되지 않는다. 고대 우리말의 문법적인 기능과 혼재되어 있기 때문이다. 이 짧은 시의 내용을 두고 향가를 해독한 초창기 선학(先學)들, 일본인 학

자 오구라 신페이(小倉進平)와 무애 양주
동 선생은 '선화공주님은/남 그윽이 정
을 통해 두고/맛둥방을/밤에 몰래 안고
가다'라고 대체로 풀이하였다. 이 해독
은 여자가 남자를 안고 가다, 라는 말이
지닌 비논리성이 있었지만 한동안 움직
일 수 없는 것으로 믿어 의심하지 않았
다. 오랜 세월이 지나 향가와 관련된 사
람 중에서 신세대, 즉 제3세대라고 할
수 있는 연구자들이 새로운 해독 모형
을 밝혀놓기도 했다. 고전적인 해석과
사뭇 다른 사례 두 가지를 살펴보자.

1957년에 상연된
영화 〈선화공주〉의 포스터

선화 공주님은
남모르게 짝지어 놓고
서동 서방을
밤에 알을 품고 간다.

— 고운기 역본

선화 공주님은
남 몰래 성숙해 있다가
맛둥이 서방을
밤에 무턱(혹은, 덥석) 안을거다.

— 신재홍 역본

고운기의 해독 모형은 제2세대 연구가의 학설을 받아들여 묘(卯) 자를

란(卵) 자의 편집자 오기로 보고 기존의 해석 '몰래(卵乙)'를 '알을(卵乙)'로 보고 있다는 특징을 가지고 있다. 고운기는 이를 가리켜 성적인 상징이나 알레고리로 파악한다. 반면에 신재홍은 '개량치고(嫁良置古)'를 '얼어두고'로 전사(轉寫)하면서 뜻을 '성숙해 있다가, 시집갈/사랑할 마음을 두고는'의 뜻으로 새기고 있다. 한 나라의 공주가 시집갈 요량으로 밀애를 즐긴다는 것은 좀 논리의 비약인 듯하다. 차라리 '음심(淫心)을 품고서'라는 뜻이 더 적절한 게 아닌가 한다. 또 신재홍은 '무턱'을 '무턱대고/문득'으로, '덥석'을 '덮어놓고/불쑥'으로 해석하고 있다. 어쨌든 그의 해석은 제1세대의 해석보다 훨씬 더 복잡해졌고, 현대적인 감각의 지적 세련이 덧보태어지고 있다. 민요 중에서도 아이들의 민요인 동요는 가장 원초적이고 단순하고 질박하다. 그 당시의 언술 상황은 지금의 우리로서는 알 수 없다. 다만 오늘의 기준에서 볼 때 한 세대 전의 아이들이라면 이렇게 말해졌으리라고 짐작된다.

선화 공주님은요
남 몰래 그 짓을 했대요

(얼러리 꼴러리, 얼러리 꼴러리)

맛둥이 서방에게
밤에 몰래 안긴대요

(얼러리 꼴러리, 얼러리 꼴러리)

이와 같이 표현되는 신라어가 만약 있다면, 이것이야말로 향가 「서동요」의 실상이 아닌가 한다. 그동안 이 향가의 해독이 다소 까다로워진 까닭은 '서동방을(薯童房乙)'에서의 '을(乙)'이 현대국어에서의 '을(를)'과 직접 대입되는 것으로 파악해왔기 때문이 아닌가 한다. 반드시 그 '을(乙)'이 목적격 조사의 '을'이라면 '맛둥이 서방을 찾아가'라는 어구에서 '찾아가'가 생략된 구문 형태로도 수용될 수 있다. 만약 선화공주가 정혼녀이거나 유부녀라면, 서동(맛둥이)은 물론 군서방이요, 새서방(사잇서방)일 수 있다.

결과적으로 서동과 선화공주는 결혼하기에 이르렀다. 본디 사랑은 국경을 넘어선다고 하지 않는가?

사람들 중에는 진평왕과 무왕 시대의 신라와 백제 두 나라는 극히 적대적이어서 이들의 결혼은 불가능한 일이라고 말하는 사람이 있다. 이들의 결혼이 성사되었다면, 일종의 정략결혼이다. 유럽의 역사에서 증빙되는 사례가 많듯이 이것은 외교관계가 복잡하거나 악화될수록 더 많이 일어난다. 무왕과 선화공주가 실제로 국제간의 정략결혼을 했다면, 신라와 백제가 적대적이기에 가능한 것이었다. 특히 그것은 말기적인 증상과도 같은 것이다. 여몽(麗蒙)관계의 막바지에 있었던 공민왕과 노국공주, 한일병합(1910)이 있고 난 다음의 영친왕과 이방자의 사례 등과 같이 무왕과 선화공주의 혼인은 말기적인 증상과 같은 정략결혼인 것이다. 적대적이기 때문에 정략결혼이 안 된다는 것은 오히려 거꾸로 얘기한 것이 아닐까 한다. 무왕과 선화공주의 혼인은 충분한 개연성이 있었다.

문제는 다른 데서 발생했다.

최근에 발굴된 새로운 사료는 두 사람의 결혼이 없었던 것이 결정적으로 증명되고 말았다. 2009년 1월 14일, 국보 제11호 미륵사지 석탑 보수 정비를 위한 해체 조사 과정 중 백제 왕실의 안녕을 위해 조성된 사리장엄을 수습하는 과정에서 「사리봉안기」가 발견되었다. 그 당시에 언론에 보도된 일부 내용 중에 서동설화가 허구적인 전설에 지나지 않는다는 것을 증빙하는 일부의 글을 보자.

我百濟王后佐平沙乇
積德女種善因於曠劫
受勝報於今生撫育萬
民棟梁三寶故能謹捨
淨財造立伽藍以己亥

　　우리 백제 왕후께서는 佐平(좌평) 沙(宅)積德(사(택)적덕)의 따님으로 지극히 오랜 세월[曠劫]에 善因(선인)을 심어 今生(금생)에 뛰어난 과보[勝報]를 받아 萬民(만민)을 어루만져 기르시고 불교[三寶]의 棟梁(동량)이 되셨기에 능히 淨財(정재)를 희사하여 伽藍(가람)을 세우시고, 己亥年(기해년) 정월 29일에 舍利(사리)를 받들어 맞이했다.[3]

　　이 번역문은 동국대학교 교수 김상현이 쓴 것이다. 백제 무왕의 배우자인 왕비는 좌평 사택적덕의 여식으로 국혼이지 국제왕실혼(정략결혼)이 결코 아니었음이 판명되었다. 이 때문에 서동설화의 논문도 새롭게 쓰일 수밖에 없었다. 나경수의 「서동설화와 백제 무왕의 미륵사」(2009)는 전환기적인 의미가 부여된 논문이라고 할 수 있다. 이 논문의 시작도 '서동설화가 위기를 맞았다. (……) 역사적 사실에 따르면 이제 서동설화는 거짓으로 판명이 났다.'[4]로 기술되어 있다.

　　이 논문을 쓴 나경수는 설화의 역사화는 역사학의 관점에서 볼 때 위사

· · · · ·
3) 연합뉴스, 2009. 1. 19. 오전 10 : 43 참고.
4) 나경수, 「서동설화와 백제 무왕의 미륵사」, 미륵사지 사리장엄 출토기념 학술대회
　자료집, 『익산 백제 미륵사지의 재발견』, 고려사학회 주최, 2009, 115쪽.

최근에 발굴된
미륵사지 금제 사리봉안기

익산 미륵사지의 왕궁리 유적 터

(僞史) 또는 야사가 된다. 서동설화니 향가 「서동요」도 이러한 범주에서
이해될 수도 있을 것이다. 문자 언어에 의한 주류 문화가 지배층이 독점
하는 것이라면, 구비 전승의 문화는 피지배층이 음성을 통해 대를 이어
승계되는 것이다. 같은 내용을 두고 「사리봉안기」가 전자에 해당한다면,
서동설화는 후자에 해당한다. 신라와 백제의 적대적인 관계는 일반 백성
으로선 굳이 환영할 이유가 없다. 왕권을 강화하고 왕실의 안녕과 번영을
위해 국력을 소진할 만큼 장엄한 불사를 하는 것은 백제 백성의 삶을 더
욱 곤궁하고 황폐하게 만든다.

문자 기록과 달리 설화는 그것을 전승해온 집단의 무의식과 기대 가치
가 투사되는 것. 나경수는 역사가 현실이라면 문학은 꿈이라고 말한다.
그의 말마따나 서동설화 역시 집단의 소망이 투사되어 꾸며진 것일 테다.
신라와 백제의 양국 백성들은 신라와 백제가 평화롭고 사이좋게 살아가
기를 염원한다. 이 염원의 집단적인 꿈과 그리움이 바로 서동설화로 변형
된 것인지도 모른다.

주지하듯이, 설화는 역사적으로 비켜가는 경우도 있다. 이 거짓 역사는 때로 문학의 진실로 승화된다. 역사의 허위는 때로 문학의 진실이 되기도 한다. 요컨대 신라의 향가인 「서동요」는 왜곡된 역사적 사실 속의 서동설화를 반영한 것. 진평(眞平) 시대에 축자적인 의미의 '진정한 평화'를 염원하고 희구하는 민중들의 집단적인 꿈과 그리움이 엮어낸 위대한 문학의 진실이 이 노래 속에 담겨 있다는 사실이다.

향가는 자주 천지와 귀신을 감동시킨다

일종의 역사책이긴 하지만, 일연의 『삼국유사』는 주력(呪力) 관념의 기술물이라고 할 수 있다. 이에 비해, 향가는 주가(呪歌) 즉 주술적인 힘의 노래이다. 신라 향가를 지은, 현존하는 소수의 작자 중에서 직업적인 작가의 의미를 부여할 수 있는 사람은 월명사와 융천사 정도인데, 실제로는 신라 시대에 향가의 최고 수준의 작가들이 일종의 주술가였을 터이다. 『삼국유사』의 편자인 일연 역시 향가를 두고 '가끔 천지와 귀신을 감동시키는 것(往往能感動天地鬼神者)'이라고 했다. 일연 스스로 밝힌 유일한 향가이기도 하다.

羅人尙鄕歌者尙矣蓋詩頌之類歟故往往能感動天地鬼神者非一[5]

신라 사람들은 향가를 숭상하는 것을 풍습으로 삼았다. 이것은 대개 시경(詩經)의 주송(周頌)과 같은 것이다. 그렇기 때문에 가끔 천지와 귀신을 능히 감동하게 하는 것이 비일비재했다.

•••••
5) 일연 저, 『삼국유사』, 영인본, 국학자료원, 2002, 401쪽.

이제까지의 연구자들은 대부분 '상향가자상(尙鄕歌者尙)'이란 대목에서 두 번째로 나오는 상(尙)을 '많다'의 뜻으로 새겼지만 용례가 없다. 이는 '풍습으로 삼았다'가 적절해 보인다. '풍속 상 자'라는 새김이 있기 때문이다. 시송(詩頌) 역시 '시와 송가', '시경의 송' 등으로 해석해왔다. 정확하게는 『시경』의 주송(周頌)을 가리킨다.[6] 다음의 문장과의 의미론적인 상호 호응을 생각해야 하기 때문이다.

『삼국유사』의 편목 가운데 감통(感通)이란 게 있다. 이 말의 뜻은 신통력에 의해 일어난 기적을 감응한다, 에 해당한다. 본디 이 개념은 감이수통(感而遂通), 즉 이를테면 '감동하여 드디어 통하는 것'이었다. 요즈음 식의 개념으로 말하자면, 이것은 일종의 '피그말리온 효과(pygmalion effect)'에 가깝다.[7] 감통의 편목에 포함된 설화는 『삼국유사』 설화의 중심이요, 여기에 투영된 향가 중에서, 융천사의 「혜성가」, 광덕(처)의 「원왕생가」, 월명사의 「제망매가」는 신라 향가의 압권이라고 할 수 있다.

「혜성가」는 향가 중에서도 감통의 테마를 전형적으로 보여준 것이다. 이 노래는 진평왕(재위, 579~632) 때 지어진 것. 『삼국유사』에 실려 있는

• • • • •

6) 『시경』의 송(頌)은 주송(周頌), 노송(魯頌), 상송(商頌)으로 나누어지는데, 모두 사람과 사물을 칭송하는 시이다. 이 중에서 주송은 모두 31편으로 서주 초기의 작품이며, 대부분이 소왕, 목왕 이전의 작품이다. 그 내용은 선조를 제사하는 시가 가장 많고, 다음으로 사직, 천지, 하악(河嶽), 백신(百神) 등을 제사하는 시들이다.

7) 그리스신화에 나오는 조각가 피그말리온의 이름에서 유래한 심리학 용어이다. 조각가였던 피그말리온은 아름다운 여인상을 조각하고, 그 여인상을 진심으로 사랑하게 된다. 여신(女神) 아프로디테는 그의 사랑에 감동하여 여인상에게 생명을 주었다. 이처럼 타인의 기대나 관심으로 인하여 능률이 오르거나 결과가 좋아지는 현상을 말한다. 자기충족적인 예언이라고도 한다. 인터넷 두산백과 참조.

모든 향가가 그렇듯이 「혜성가」에도 배경설화가 있다. 노래와 관련된 이야기는 세 마디로 구성된다. 첫 번째 마디는 예로부터 동해 물가에 때때로 나타나던 신기루(헛그림자)를 보고 왜군이 왔다고 (잘못 알고) 봉화를 들어 위기(의 상황)를 알린 사람이 있다는 것. 두 번째 마디는 화랑을 환영하기 위해 등불을 켜고 달과 길 쓰는 별을 보고 혜성이 심대성(心大星 : 전갈자리에 있는 별)을 침범했으니 나라에 큰 변고가 날 것이라고 사람들은 크게 걱정한다는 것. 마지막 마디는 이봐, 무슨 혜성이 있단 말야, 하며 익살스럽게 시치미 떼는 것. 이 해석은 「혜성가」에 관한 한, 지금까지의 해석 중에서 가장 정확한 해석이 아닐까 한다. 다음은 「혜성가」의 현대역본 한 사례이다.

> 옛날 동해 물가
> 건달바가 놀던 성을 바라보고
> "왜군도 왔다!"라고
> 봉화를 든 변방이 있어라.
> 세 화랑의 산 구경 보심을 듣고
> 달도 부지런히 등불을 켜는데
> 길쓸별 바라보며
> "혜성이여!" 사뢴 사람 있구나.
> 아, 달은 저 아래로 떠났더라
> 이 보아서 무슨 혜성이 또 있을까.

융천사가 지은 「혜성가」의 배경설화에 이런 얘기가 있다. 거열랑·실처랑·보동랑이란 이름의 세 명의 화랑이 금강산에 유람하려고 했다. 그런데 혜성이 심대성을 범하는 일이 생기자 화랑 세 사람은 의아하게 생각하여 산행을 포기했다. 이때 융천사가 노래를 지어 부르니 혜성의 변괴도 없어졌다. 동해안에 침범했던 일본 군대도 때마침 되돌아가 그것은 오히려 복이 되었다.

주지하듯이, 이 노래에 반영된 천문 현상은 핼리 혜성의 주기적인 출현이라고 추정된다. 혜성은 나라의 불길함을 예고하는 징조인데, 융천사가 노래를 통해 이 변괴를 해소시켰다는 것은 이 노래가 주술적인 성격을 띠고 있음을 나타내고 있다. 적국의 침입도 우주의 조화와 질서를 깨뜨리는 행위이다. 이 행위를 응징하기 위해 자신감에 찬 주력(呪力)을 구사하게 되고, 또 그럼으로써 일본군을 물리치게 된다. 이 노래에는 신라인의 불국토 수호정신이 잘 나타나 있다.

그리고 이 설화는 역사학의 많은 도움을 필요로 하는 것이다. 최근에 새로운 역사학적인 해석이 발표된 바 있었다. 서영교의 「『삼국유사』 감통(感通)의 「혜성가」 창작 배경」(2011)이 바로 그것이다. 이 논문의 내용을 요약하면 다음과 같다.

> 595년 고구려 영양왕은 승려 혜자를 왜에 파견했다. 이 시기에 영양왕은 왜에 사신을 자주 파견하고 승려와 기술자를 보내는 등 경제문화적인 원조를 아끼지 않았다. 고구려는 앞으로 있을지 모를 중국(수)의 침략을 대비하기 위해, 왜로써 신라를 남쪽에서 견제하려는 의도를 가지고 있었다. 왜의 신라정토 계획이 수립됐다. 602년 왜의 내목황자(來目皇子)가 이 계획의 최고 수행자가 되어 군사 2만 5천 명을 동원해 신라와 가까운 구주에 주둔했다. 그러나 그의 병사로 인해 그 계획은 좌절되었다. 603년에는 당마황자(當摩皇子)가 후임으로 임명되었지만 그 역시의 경우도 신라 침공이 좌절되었다. 607년 큰 핼리혜성이 나타나 지구에 백 일간 관측되었다. 이때 출현한 대혜성은 신라인들의 마음에 있는 공포와 두려움의 표상이었다. 향가 「혜성가」는 이 같은 시대의 산물이었던 것이다.[8]

•••••

8) 서영교, 「『삼국유사』 감통(感通)의 「혜성가」 창작 배경」, 신라문화제 학술논문집, 『감동과 신통을 보여준 신라인』, 제32집, 동국대 신라문화연구소, 2011, 164~71쪽, 참고.

핼리혜성이 나타날 그 무렵에, 왜군의 내습이 있었는지도 모른다. 설화에서 혜성이 심대성을 침범하자 왜침을 확인하는 인과의 순서로 나타나지만, 시에서는 결과인 왜침이 먼저 부정되고 원인인 혜성을 소거하는 역순의 방향이 제시된다. 아니면, 향가에서 왜병의 귀환이 신라 정토 계획의 두 차례 좌절을 가리키는지도 모른다. 어쨌든 서영교의 논문은 역사학적인 창작 배경이 뒷받침하고 있다는 점에서 문학적인 해석의 보조 역할을 충분히 해주고 있다.

알려진 바대로, 일연은, 역사를 서술하면서도 사실 고증의 역사보다는 신이(神異)한 것을 제시하는 역사를 택했다. 하지만 역사학자들은『삼국유사』의 신이사관(감통사관)에 관해 불만을 표명하기도 한다. 하지만 역사문학에선 이보다 가치 있는 문헌은 없다. 그것은 역사서술(historiography)에서 신비주의 역사관을 드러낸 잘못된 전례로서 성찰의 대상이 될지는 모르겠으나, 역사문헌(historic literature)의 입장에서는 역사의 문학성을 선양한 최고 경지에 이른 것이라고 달리 말할 수밖에 없을 것이다.

문무왕(661~681) 때 지어진 「원왕생가(願往生歌)」가 있었다. 이 노래의 배경설화는 대체로 이렇다. 사문(沙門)에 불교의 도를 닦는 두 승려가 있었다. 광덕(廣德)과 엄장(嚴莊)이라는 사람들이다. 두 사람은 도반으로서, 누구든지 먼저 극락(서방정토)에 가는 사람이 알리기로 하자고 약속하였다. 광덕은 분황사 서쪽에서 신 삼는 일을 하면서 처자와 함께 살고 있었고, 엄장은 남악에 암자를 짓고 농사를 지으며 지냈다. 어느 날, 엄장은 창 밖에서 나는 이상한 소리를 들었다. 나는 벌써 서방으로 가니, 자네는 잘 있다가 날 따라 오게. 하늘에서 들려오는 광덕의 소리였다. 광덕의 아내와 엄장은 광덕의 장사를 지냈다. 그 후 엄장은 광덕의 처에게 함께 살 것을 제안하였다. 그 아내도 응했다. 그러나 몸은 허락하지 않았다. 광덕

처는 엄장에게 색욕을 꾸짖으면서 극락에 갈 수 있겠느냐고 말했다. 엄장은 부끄러워하면서 물러나 원효를 찾아가 정성껏 득도의 길을 물었다. 원효의 가르침을 받은 그 역시 훗날 극락으로 올라갔다. 광덕의 아내는 분황사의 여종이었는데 관음보살의 응신(應身)이었다고 한다. 「원왕생가」는 광덕이 살아생전에 지은 노래다.

> 달님이시여, 이제
> 서방까지 가셔서
> 무량수불 전에
> 일러다가 사뢰소서.
> 다짐 깊으신 부처님을 우러러
> 두 손을 모아 올려
> '원왕생(願往生), 원왕생(願往生)'
> 그리는 사람 있다고 사뢰소서.
> 아, 이 몸을 남겨 두고
> 48대원(大願)을 이루실까.
>
> — 임기중 역본

> 달아, 이제
> 서방까지 가시거든
> 무량수 부처님 앞에
> 일러주게 아뢰어 주시게
> 다짐 깊으신 세존 우러러
> 두 손 모두어 비옵나니
> 왕생을 바랍니다
> 왕생을 바랍니다
> 그리워하는 사람 있다 아뢰어 주시게
> 아, 이 몸 버려두시고
> 마흔 여덟 가지

큰 소원 이루실까

— 고운기 역본

　이 두 역본은 서로 유사하다. 임기중 역본은 양주동 해독을 바탕으로 한 것이며, 그 후에 제기한 다른 사람들의 읽기 사례들 사이에도 크게 쟁점이 엿보이지 않는다. 이 가운데서 (필자가 약간 변형한) 고운기 역본은 현대어의 감각에 충실한 것이다.

　김동리의 역사소설 중에서 「원왕생가」라는 게 있다. 제목이 암시하듯이, 광덕과 엄장의 감통설화를 현대화한 것이다. 주지하듯이 김동리는 고향이 경주이다. 김병욱은 「영원 회귀의 문학」(1970)이란 비평문에서 이 작품을 '잃어버린 낙원'에 대한 회복 의지가 영원 회귀의 개념으로 수렴된 것으로 보았다. '반역사적 영원 회귀의 지향은 동리 문학의 날이며 씨이다. 한 작가의 생애를 지배하는 지리적 환경을 놓고 볼 때 그의 고향이 신라의 고도 경주라는 것은 결코 우연이 아니다.'9) 「원왕생가」는 광덕의 향가든, 일연의 기술물(배경설화)이든, 김동리의 역사소설이든 간에 몰역사적인 영원회귀 지향성을 띠고 있다. 이를 두고 감이수통(感而遂通), 즉 '감동하여 드디어 통하는 것'이라고 해도 괜찮을 터이다.

　월명사에 관한 서사물 중에 월명사 「도솔가」 설화가 있다. 물론 이 설화의 중심 서사라면 단연 「도솔가」 이야기일 수밖에 없다. 이것을 축으로 앞과 뒤에 '피리' 이야기와 「제망매가」 이야기라는 두 가지 위성 서사가 배치되어 있다. 월명사가 향가 「도솔가」를 지어 부르니 이일병현(二日並現)의 변괴가 사라졌다는 것은 전형적인 감통의 테마인 것. 그러나 오늘

••••••
9) 김병욱, 「영원 회귀의 문학」, 신동욱 외, 『신화와 원형』, 고려원, 1992, 217쪽.

날의 독자들은 가장 아름답게 공명케 해준 향가 「제망매가」가 비감의 극치로 이끌어준 인상을 잊지 못한다. 나는 감통의 레토릭을 최대치로 응축한 것이 향가라는 점에서 이것이 향가의 배경설화보다 문학적인 가치 면에서 우위에 있다고 보는 입장이다.

> 삶과 죽음의 갈림길이
> 여기 있으매 두려워지고,
> "나는 간다"라는 말도
> 못다 이르고 가버렸느냐?
> 어느 가을 때 이른 바람에
> 여기저기 떨어지는 나뭇잎처럼
> 한 가지에 나고서도
> 네 가는 곳조차 모르겠네!
> 아아, 미타찰(彌陀刹)에서 만날 나는
> 도 닦아 기다리련다.

경덕왕 대에 지은 이 노래는 월명사의 「제망매가」이다. 월명사는 일찍이 죽은 누이동생을 위해 재를 올리고 향가를 지어 그녀를 추모했는데, 그때 갑자기 바람이 불어 지전(紙錢)을 서쪽으로 날려 보내 사라지게 했다. 또 그는 피리를 잘 불었다. 한번은 달 밝은 밤에 그가 사천왕사 문 앞 큰 길에서 피리를 불며 지나갔는데 달의 운행을 멈추게 하기도 했다. 그의 향가 역시 때로 천지와 귀신을 감동시켰다.

「제망매가」는 완미한 형식으로 된 서정시의 백미이다. 심원한 종교적 사색이 아니고서는 예술적인 격조가 그윽이 향그러운 이 불멸의 노래는 결코 이룩될 수가 없었을 것이다. 인간의 원초적인 공포와 실존적 위기의식, 생사의 경계에서 마주친 깊은 격절감과 존재론적 불안─이러한 것을 가리켜 인간 존재의 본원적인 번뇌라고 할 수 있겠다.

이 노래의 빼어난 점은 세속의 번뇌를 끊어버림으로써 인간 조건의 근원적 고통을 초월하고자 한, 구도자적인 제욕(制慾)과, 초인적인 인내의 정신에 있다고 말할 수 있다. 일연은 월명사의 삶과 문학을 짧은 시 한 편으로 요약해 제시한 바 있었다.

> 風送飛錢資逝妹
> 笛搖明月往姮娥
> 莫言兜率連天遠
> 萬德花迎一曲歌[10]

바람에 날린 돈은 저승 가는 누이의 노자였네.
피리 소리는 밝은 달 흔들어서 월궁에 머물게 했네.
도솔천을 멀다고 말하지 말지어다.
만덕화(萬德花) 한 곡조로 쉬이 맞이하리니.

앞서 일연이 「제망매가」를 얘기하는 자리에서 천지와 귀신을 감동시킨다고 했다. 이 이론의 원천은 『시경』의 모시서(毛詩序)이다. 유교적인 관점에서 보면, 천지는 물리적인 자연으로서의 천지가 아니라 우주 섭리를 상징하는 천지신령이며, 귀신 역시 자연신인 잡귀잡신이 아니라 인간신으로서의 혼백(魂魄)을 총칭하는 개념이다.[11] 시와 노래가 모든 부류의 신을 감동시킬 수 있다는 월명사의 논리는 향가의 주술성을 지닌 것으로 해석할 수 있지만, 소위 괴력난신(怪力亂神)의 초자연적인 힘을 인정하지 않는다는 유교적인 관점에서 볼 때 향가가 반드시 주술적이라고 보기는 힘들다.

10) 일연, 앞의 책, 앞의 쪽.
11) 성기옥, 「'감동천지귀신'의 논리와 향가의 주술성 문제」, 임하 최진원 박사 정년 기념 논총, 『고전시가의 이념과 표상』, 논총간행위원회, 1991, 69쪽 참고.

그러나 일연의 사상이 유교적인가, 탈(脫)유교적인가를 생각해보면 해답은 자명해지리라고 보인다. 그의 향가관의 원천이 비록 '모시서'에 있다고 해도 '감동하여 드디어 통하는 것'의 세계 이해에 기울어진 것은 틀림없는 사실이다. 그가 마치 말하는 것 같다. 세상은 합리적인 것만으로 볼 수 없는 것이라고. 합리와 현실주의의 너머에 환(幻)의 모습을 띤 세상의 비밀 속에 또 다른 진실이 깃들어 있다고 말이다.

사다함과 기파랑 : 향가가 그린 화랑의 모습

최근에 국학계에 필사본 『화랑세기』에 대한 관심이 고조되었다. 20여 년 전에 세상에 알려질 때만 해도 이것에 대한 텍스트 신빙성 여부를 놓고 반신반의하는 분위기였는데, 일련의 진위 논쟁의 과정을 거친 지금에 이르러서는 이것을 긍정적으로 평가하는 사람의 수가 우세해졌다. 여기에 향찰로 표기된 향가 1수와 한역된 향가 1수가 실려 있어서 그동안 국어국문학자들의 비상한 관심거리가 되어온 것도 사실이다.

향찰로 표기된 향가인 이 작품은 대단한 미모의 여인으로 묘사된 미실(美室)에 의해 창작된 것이다. 미실은 가야국 정벌을 위해 출정하는 연인 사다함(斯多含)에게 이 시를 헌정했다. 헤어짐을 아쉬워하면서 재회를 기약하는 내용으로 된 이 작품은 8구체 향가이다.

사다함은 누구인가?

정사인 『삼국사기』와 필사본이 발견된 이래 진위 논쟁이 끊이지 않는 『화랑세기』에 그의 생애에 대한 기록이 남아 있다. 그는 천당과 지옥을 오간 비극적인 인물이다. 그는 왕비와 불륜관계를 맺고 태어난 이의 아들의 아들로 태어났다. 할아버지의 무골(武骨)과 아버지의 준수한 용모를 이

어받은 그는 어린 나이에 화랑의 지도자가 되었다.

그의 삶을 재구성해보면 대체로 이렇다.

15세에 이사부(異斯夫) 장군의 부장이 된다. 16세에 가야국과의 전쟁으로 출전을 한다. 출전할 때 연인인 미실이 향가 한 편을 지어 바친다. 그는 소년 장수로서 혁혁한 전과를 올려 전쟁 영웅이 되어 개선한다. 그러나 연인과의 사랑은 이루지 못한다. 태후의 명령으로 미실이 다른 데로 시집을 갔기 때문이다. 17세가 된 그는 사랑을 잃고 방황하다가, 자신의 부관인 무관랑(武官郞)과 동성애에 빠진다. (이것은 필자의 암시적인 행간 읽기에 의한 결과다.) 무관랑은 비천한 신분 탓에 나라의 보답을 받지 못한 채 죽었다. 이에 상심한 그 역시 7일 만에 죽어 요절로 생을 마감한다.

미실이 사다함이 출전할 때 노래한 향가 작품의 제목은 본디 없었다. 학자에 따라 다양한 제목이 제안되었다. 즉, 석별가(惜別歌), 풍랑가(風浪歌), 송랑가(送郞歌), 미실연가(美室戀歌), 송사다함가(送斯多含歌), 송가(送歌) 등의 제목이 그것이다. 다음에 인용한 역본은 각각 정연찬 해독의 「송랑가」와 심재기 해독의 「미실연가」에 해당한다.

> 바람이 불다고 하되
> 임 앞에 불지 말고
> 물결이 친다고 하되
> 임 앞에 치지 말고
> 빨리 빨리 돌아오라
> 다시 만나 안고 보고
> 아아, 임이여 잡은 손을
> 차마 물리러뇨.[12]

• • • • •
12) 김학성, 『한국 고시가의 거시적 탐구』, 집문당, 1997, 107쪽 재인.

바람아 불고 있구나
오래 도랑(都郞) 앞에 불지 말고
물결아 치는구나
오래 도랑(都郞) 앞(에) 치지 말고
일찍 일찍 돌아와서
다시 만나 안아보고 지고
이 좋은 랑(郞)이여 잡은 손을
차마 (어찌) 뗄 것이뇨[13]

　　작품의 표제가 「송랑가」이건 「미실연가」이건 작위적인 것은 공통적이다. 「송사다함가」라고 하는 것이 이치에 맞다. 그도 그럴 것이, 제목 명명법(命名法)의 관례가 어느 정도 인정되기 때문이다. 향가의 표제가 '모죽지랑가'니 '찬기파랑가'니 '도천수관음가'니 하는 것에서 알 수 있듯이, 향가는 작품의 중심 소재가 된 인물의 이름을 제목에 밝히는 경향이 있다.[14]

　　「송사다함가」는 우선 역사적인 사건을 배경으로 하고 있다는 점에서 뚜렷한 특징을 보이고 있다. 또 이보다 향가로서는 유일하게 연가적(戀歌的) 성격을 띠고 있다는 사실이 우리를 더욱 주목하게 한다. 연가는 본디 민요적 취향을 기조로 하기 십상이다. 『시경(詩經)』의 경우가 대표적이라고 할 수 있다. 「송사다함가」는 시기적으로 볼 때에 향가의 초창기에 지어졌다. 민요체의 질박한 표현 양식과 형식적으로 완미한 10구체 향가 사이에 존재하는 8구체 향가로서 아직 완성되지 않은 과도기적인 의의를

13) 심재기, 「미실연가 설의변증」, 성재 이돈주 선생 화갑기념 논총, 『국어학 연구의 새 지평』, 태학사, 1997, 184쪽.
14) 신재홍, 『향가의 해석』, 집문당, 2002, 443쪽, 참고.

지니고 있다고 할 것이다. 이 노래의 문학사적인 특징은 여기에 있다.

위작(僞作)이다, 라는 사실이 결정적으로 입증되지 않는다면, 이 노래는 연대를 살펴볼 때 최초의 것으로 현존하는 향가 작품이다. 논리적으로 본다면 8구체 향가는 4구체 향가의 발전적인 형태라고 볼 수 있다. 이 노래가 아무리 최초의 향가라고 해도 4구로 이루어진 무수한 민요체 향가들이 존재했을 터이다. 일실된 선행 조건이 될 만한 작품의 적례는 「서동요」나 「풍요」와 같은 유의 작품이 아니었을까 하고 짐작해보지 않을 수 없다.

향가 속에 등장하는 화랑장(花郎長)―화랑의 지도자―으로 죽지랑(竹旨郎)과 기파랑(耆婆郎)이 있다. 이들은 사다함과 함께 향가 속에 나타난 화랑 캐릭터이다. 특히 「찬기파랑가」는 향가의 대표적인 작품으로 인정되고 있다.

경덕왕 대(742~765)는 향가의 전성기인 것으로 짐작된다. 이 시대에 현전 향가 5수가 지어졌기 때문이다. 그중의 하나가 충담사의 「찬기파랑가」이다. 서로 다르게 해독한 두 역본을 현대식 표기로 풀어 나열하면 다음과 같다.

> 구름을 열치매
> 나타난 달이
> 흰 구름 쫓아 떠가는 것 아닌가?
> 새파란 냇물에
> 기파랑의 모습이 있어라.
> 일오(逸烏) 냇가 조약돌에
> 님이 지니시던
> 마음의 끝을 좇으려 하네
> 아, 잣가지 높아

서리조차 모를 화랑장(花郎長)이여!

— 양주동 역본

슬픔을 지우며
나타나 밝게 비친 달이
흰 구름 따라 멀리 떠난 것은 무슨 까닭인가?
모래가 넓게 펼쳐진 물가에
기랑의 모습이 거기에 있도다.
깨끗하게 인 냇물의 자갈에
랑(郎)이여! 그대의 지님과 같으신
마음의 한가운데를 따라 가고자 하노라.
아! 잣나무 가지 너무 높고 사랑스러움은
눈조차 내리지 못할 그대의 순열(殉烈!)이구려.

— 유창균 역본

인용한 「찬기파랑가」의 형식은 세 단락으로 구성되어 있다. 제1~3행은 문사(問辭)이며, 제4~8행은 답사이며, 제9·10행은 결사이다. 일종의 희곡적인 구성이라고 할 수 있다.

이 노래에 사용된 어휘가 원형 상징성을 지향하고 있다는 점에서 수사학적인 표현 양식이 매우 이채를 띤다. 달은 한 사람이 세상의 어두움을 밝힐 수 있다는 전일적(全一的)인 인격의 표상이다. 냇물과 조약돌과 잣가지는 기파랑의 청정한, 원만한, 고매한 인품을 각각 가리킨다. 서리는 물론 시련과 고난이다.

기파랑은 시기적으로 볼 때 삼국 통일이나, 통일 후 중국과의, 국익을 위한 일련의 상쟁에서 상무적인 공훈을 이룩했던 화랑 지도자였을 것이다. 그의 죽음은 국민적 애도의 분위기를 불러온 것 같다. 이 노래 속에 구체화된 기파랑의 이미지는 숫제 성자적이요 구도자적이다. 이 노래의

목간에 기록된
향가 앞·뒤면

지은이인 충담사가 그를 달로 비유했다는 것은 그가 살아선 정신적 지도자요 죽어서는 국가 구원의 상징이었음을 반증하고 있다. 잣나무는 천상과 지상을 잇는 세계축으로서의 일종의 성수(聖樹)이다.

중국 송나라 때 소식(蘇軾)이 "흘러만 갈 뿐 되돌아올 줄 모르는 것은 물이요, 때에 따라 달라지지 않는 것은 송백이로다(流而返者水也, 不以時遷者松柏也)."라고 읊조렸듯이, 기파랑의 청정한 세속의 삶은 사라졌지만 그의 고매한 인간됨은 영원할 것이라고, 당대의 신라인들은 굳게 믿었으리라.

숨어 있을 옛노래

향찰 문자로 표기된 향가가 지금 우리에게 나타나 있는 것은 빙산의 일각에 지나지 않는다. 비슷한 시기에 만요가나로 실현된 일본의 만엽가(萬葉歌)가 4천5백 수에 달한 것과 대비해볼 때 턱없이 부족한 채 전래되어온 셈이다. 대부분 잃어버린 우리의 옛노래인 향가는 지금 어딘가에 숨어 있을지도 모른다. 최근에는 목간(木簡)의 형태로 향가 1수의 편모가 발견된 바 있었다. 제목이 「만신가(万身歌)」로 불리어지고 있는 작품이다. 이를 발굴하고 연구한 내력을 밝힌 또 다른 논문 일부에서 다음의 글을 따온다.

(2012년에) 이승재는 목간에서 발굴한 신라 한시 1수와 향가 1수를 발굴하여 발표하였다. 이는 목간(木簡) 연구사 가운데 가장 중요한 성과일 뿐만 아

니라 향가에 대한 다양한 논의를 가능하게 했다. 이승재(2012)가 없었다면 『삼국유사』 미수록 향가에 대한 논의조차 무의미할 수 있다는 점에서 이 글은 이승재가 있었기에 가능한 글이기도 하다. 이승재의 판독과 현대역은 다음과 같다.

국립경주박물관 미술관 터 1호 목간, 万身歌

	판독	해독
8행 :	万本來?身中有史音□	골 本來 몸기 이심[다]
9행 :	今日□三時爲從?支?	오늘 [ ] 삼으시ᄒ(ㄴ) 좇
10행 :	財?叢?㫆?放賜哉	財 몯ᄋ며 놓ᄋ시지

직역 : 골(은) 본래 (당연히) 몸에 있다.

　　　오늘 [式] 삼으심(을) 좇(아),

　　　재물(을) 모으며 (내)놓으시는구나.

의역 : 君主는 본래 (당연히) 臣下나 百姓들에게 있다.

　　　오늘 [기준] 삼으신 것을 따라,

　　　재물을 모으면서 (동시에) 내 놓으시는구나.

　　이승재는 위 자료에 쓰인 글자가 향찰 표기와 일치 비율이 아주 높은 점을 근거로 이 목간에 향가가 기록된 것으로 보고 있다. 그리고 위에서 각 8행~10행으로 표시한 바와 같이 이 목간이 향가의 8·9·10행에 해당한다는 논의를 하였다. 그리고 이 목간의 내용은 신라 성덕왕(聖德王) 시절에 군주가 구휼(救恤)의 기준을 세우고 백성들에게 정전(丁田)을 나누어준 일이 있으며 시적 화자는 이것을 칭송하는 것으로 풀이하였다.

　　그러나 이승재의 논의대로 이 목간이 향가를 기록한 것으로 온전히 인정되기 위해서는 몇 가지 논의해야 할 부분이 남아 있다. 첫째는 판독이 적절한지에 대한 것이고 둘째는 해석의 타당성 그리고 셋째는 과연 이 자료가 전체 10행의 향가 가운데 8~10행으로 볼 수 있는지에 대한 것이다.[15]

●●●●●
15) 박용식, 「향가 2수 : 미실의 송가와 목간본 만신가」, 국제언어문학회 엮음, 『신라의 재발견』, 국학자료원, 2013, 245~246쪽.

극히 불완전한 향가 작품이라고 해도 그건 우리에게 매우 중요한 자료다. 향가의 그 잃어버린 바닷속에는 그 어떤 작품들이 가라앉아 있을까? 안타까운 마음은 실로 형언할 수 없다. 서책과 목간과 금석문의 형태로 숨어 있을지도 모를 향가 작품은 우리에게는 매우 소중하고도 고귀한 것들이다. 지금 우리에게 현존하고 있는 향가 작품은 위작(僞作)의 혐의가 있는 한 편을 포함하여 모두 29수에 이른다. 필자의 생각으로는 그것이 적어도 50편 남짓 정도가 되어야만 우리가 전모의 파악을 제대로 가늠할 수 있거나 실체적인 진실에 대한 입문의 열쇠를 가질 수 있으리라고 본다. 언젠가 그 노래들이 우리 앞에 제 모습을 드러낼 것만 같다.

우리 고전문학과 모국어의 승리

왜 우리 말글의 문학인가

내가 한때 문단에서 젊은 비평가로 활동하고 있을 때였다. 1990년 가을이었다. 옥타비오 파스가 노벨문학상 수상자로 발표되었다. 우리나라 독자들의 입장에서 볼 때 무명의 작가들이 노벨문학상 수상자로 결정되는 경우도 적지 않았다. 이 해만은 노벨문학상을 충분히 받을 수 있을 만큼 세계적인 명망을 가지고 있는 작가(시인)가 결정된 것이었다. 이와 관련해서 24년이 지난 그 당시에 내가 노벨문학상에 관해 소회를 밝힌 글이 있어서 다음과 같이 인용할까 한다.

내가 이 달에 읽은 월간지의 대부분은 금년 노벨상 수상시인 옥타비오 파스의 시와 시세계를 소개하고 있다. 스페인어권 문학을 전혀 모르는 나로서는 이 점에 관해 언급한다는 일이 우스꽝스럽고 주제 넘는 일이 될 것이지만, 몇 가지 소감을 밝히려고 한다.

노벨문학상의 제한된 의의를 구태여 문제 삼지 않아도 하등 새삼스런 것이 못된다. 그러나 옥타비오 파스의 영광은 조국 멕시코의 것이기도 하지만, 사실은 모국어 스페인어의 몫으로 돌려야 한다. 우리는 차제에 선망과 호기심의 눈길로 바라볼 것이 아니라, 문학의 교류를 통한 국제화에 동참하면서 부단히 시적 모국어의 계발에 기여하지 않으면 안 될 것이다.

외국시를 우리말로 소개할 때, 우선 중시되는 바는 온전한 작품 번역이다. 당사국의 언어를 충분히 이해한 후에 우리말로 옮겨져야 하는 것이 상식이다. 물론, 여기에서 그 나라 말의 어감이나 문제적 특성이 종합적으로 고려되어야 한다. 그럼에도 불구하고 옥타비오 파스의 수상이 결정되던 다음날, 조간 신문에 스페인어 비전공자에 의해 번역된 파스의 시가 소개되었다는 것은 극히 무책임한 일이라 하겠다. 또한, 역시(譯詩)의 작품성이 제고되어야 한다. 같은 작품이 다른 사람의 번역 결과에 따라 전혀 다르게 느껴지는 것도 문제이겠지만, 영시를 번역한 말이 영어답고 독일시를 번역한 말이 독일어다운 분위기를 드러내면 전혀 바람직스럽지 못하다. 당연히, 외국 시가 우리말로 옮겨질 때 우리말다운 특성이 드러나야 한다. (……) 나는 이 대목에서 생각한다. 시인이란, 모국어의 운명과 함께 살고 있는 존재라는 사실을. 그리고 이 원칙을 사랑한다. (1990. 12)

노벨문학상 수상자는 노벨문학상 수상을 자신이나 자국의 영광으로 돌려야 할 것이 아니라, 모국어의 영광으로 돌려야 한다. 작가는 궁극적으로 모국어의 운명과 함께 살아가는 존재이다. 나는 이러한 생각을 지금도 금과옥조로 삼고 있다.

이 대목에서 우리 문학의 정체성을 생각할 때, 나는 우리 문학이 우리 말글을 위한 문학이어야 한다는 명제보다 더 나은 명제는 없을 성싶다. 한국문학이란 무엇이겠는가? 그것은 한국어에 의한, 한국어를 위한, (한국인이 창작하고 한국인이 향유하는) 한국인의 문학이다.

조동일에 의하면, 한국문학은 한국인 작자가, 한국인 수용자를 상대로 해서, 한국어로 창작한 문학이다. 한국어는 단일 언어이기 때문에 한국인 모두가 사용한다. 따라서 한국문학은 한국어를 사용한 문학이 된다.

그러면 문학사의 영역으로 고개를 돌려 보자.

문학사의 견지에서 볼 때, 우리 문학은 전통적으로 한글만으로 표현된 것이 아니었다. 가장 오래되었고 가장 오랫동안 유지되어온 것은 구비문학이었다. 신화 · 무가 · 민요 · 설화 · 민속극 · 판소리 등의 문학이 오늘날에 이르기까지 전승되면서 현대문학과의 텍스트 상호관계를 맺고 있기도 하다.

문제는 고전문학에서 한문학(漢文學)의 존재를 어떻게 이해하느냐 하는데 있다. 국문학 연구의 초창기부터 학자들 간에 쟁점이 되었던 문제였다. 이를 우리 문학의 범주 속에 적극적으로 편입시키자는 입장에 서 있는 사람들은 한국인이 사용하는 한자가 우리 식으로 발음되며 동아시아권의 공동문어(共同文語)로 사용되어 왔기 때문에, 더욱이 그것으로 실현된 문학이 한국인의 정서와 한국사회의 풍속과 이념을 적절히 반영해왔기 때문에 우리 문학으로 간주할 수밖에 없다고 한다. 이 사실은 이규보 · 김시습 · 허균 · 박지원 등등의 문학이 결코 중국문학이 될 수 없는 이치와 같다.

19세기 이전의 우리 문학사는 구비문학, 차자(借字) 표기의 문학, 한문학, 한글문학이 혼재되어 있었다. 이 중에서 가장 가치가 있고 바람직한 형식의 문학이 한글문학인 것은 두말할 나위가 없다.

요컨대, 우리 문학사란, 우리 문학을 역사적으로 인식한 것의 소산이자, 그 당위성이다. 그것은 한국인이 부단히 이룩해온 문학적 감수성의 계보이다. 정신적 세계의 한 갈래로서 이룩되어온 문학적 경험의 총화(總和)이다. 장구한 세월에 걸쳐 부절(不絕)히 계승된 문학의 역사적 존재는

제1부 잘게 바라본 우리 문학사

진보라는 인상에 따른 변화의 내력에 초점을 두어야 한다. 그 변화되는 가치의 준거는 우리 말글을 어떻게 이해하고 인식하고 있었느냐 하는 문제가 문학사에서 가장 긴요한 것이라고, 나는 생각한다.

물론, 한문학이 버려야 할 유산은 아니다

상고(上古)의 한문학은 7세기부터 시작되었다. 한문의 문장은 대체로 두 가지였다. 하나는 실용의 문장이요, 다른 하나는 문식(文飾)의 문장이었다. 전자는 선진(先秦)의 전적(典籍)에서 학습된 고문(古文)을 말한다. 반면에 후자는 네 글자와 여섯 글자를 적절히 활용해 짝을 짓고 화려하게 꾸미는 사륙병려문(四六駢儷文)을 가리킨다. 가야계 출신의 강수(强首)는 외교 문서를 잘 만들었다. 그의 문장은 실용을 극대화한 문장이다. 삼국 통일의 위업을 달성한 문무왕도 이를 인정하였다. 그는 문장으로써 '불후(不朽)의 성사(盛事)'에 기여했던 것이다. 사륙병려문은 백제 말의 금석문에 일부 나타나고 있다. 무왕비(武王妃)가 발원한 익산 미륵사지 금제 사리봉안기(문)와, 이 이후의 것으로 짐작되는 사택지적비(문)이 바로 그것이다. 앞으로 백제문학의 기념비적 성과로 재조명되어야 할 것이다. 신라 말의 최치원은 우리나라 한문학을 대표하는 최초의 대가이다. 그의 시는 당시풍이요, 문장은 사륙병려체로 이룩된 것이었다. 그의 많은 저술 가운데 『오칠언금체시(五七言今體詩)』와 『사륙집(四六集)』이 남아 있다.

고려 시대에 들어와 문풍이 쇄신되었다. 1110년, 사륙병려체의 고전인 『문선』이 태학의 교과서에서 배제되었다. 그 후 김부식 형제는 사륙병려문에서 탈피하여 정확한 의사소통을 중시하는 고문으로 복귀하였다. 4세기 이후 삼국·통일신라·고려의 문원을 풍미한 그 유려한 미사여구는 여습(餘習)으로 사라지지 않아 조선 말 과문에서도 끈질기게 남아 있었다.

고려의 한문학에서 문(文)에 김부식이 있다면, 시에서는 단연 정지상이 돋보인다. 그의 시가 오늘날에 극히 일부만 전해지고 있지만 그의 대표작 「송인(送人)」은 천고의 절창으로 손꼽힌다.

> 비 개인 긴 강둑에는 짙은 풀색이라네
> 그대를 남포에서 보내며 슬픈 노래 부르네
> 대동강의 물은 언제나 다할 것인가
> 이별의 눈물은 해마다 푸른 물결에 더하네

> 雨歇長提草色多
> 送君南浦動悲歌
> 大洞江水何時盡
> 別淚年年添綠波

고려 시대의 한문학은 이규보에 의해 절정에 도달했다. 이규보는 인간적으로는 쟁점의 여지가 남아 있는 문제적인 개인이었다. 최씨 무인정권 시대에서의 아세형 문인이라는 점에서 그렇다. 그러나 그의 문학은 자유 분방하고 웅장한 것이었다. 그는 우리 문학사의 새로운 지평을 열었던 전환기적인 작가였던 것이다.

그의 대표작인 민족 서사시 「동명왕편」(1193)은 5언 장편 282구로 된 장편 형식의 서사시이다. 이것은 그의 문집인 『동국이상국집』 제3권에 수록되어 있다. 이 작품은 동명왕 탄생 이전의 계보를 밝힌 서장(序章)과 출생에서 건국에 이르는 본장(本章), 그리고 후계자인 유리왕의 경력과 작가의 느낌을 붙인 종장(終章)으로 구성되어 있다.

이규보는 서문에서 "처음 동명왕의 설화를 귀신(鬼 귀)과 환상(幻 환)으로 여겼다. 그러나 연구를 거듭한 결과 귀신이 아니라 신(神)이라는 것을 깨달았다. 이것을 시로 쓰고 세상에 펴서 우리 나라가 원래 성인지도(聖人之都 : 성인 세운 나라)임을 널리 알리고자 한다.”고 적고 있다. 내용은 다음과 같다.

해동의 해모수(解慕漱)는 천제(天帝)의 아들이다. 고니를 탄 100여 인의 종자(從者)를 거느리고 하늘로부터 오룡거(五龍車)를 타고 채색 구름 속에 떠서 내려 왔다. 성 북쪽에 청하(靑河)가 있고 거기에 하백(河伯)의 세 딸 유화(柳花) · 훤화(萱花) · 위화(葦花)가 있었다. 해모수가 사냥을 갔다가 이들 세 미녀를 만나서 그중에 맏딸인 유화와 혼인하도록 해달라고 하백에게 간청하였다. 하백은 해모수의 신통력을 시험한 뒤에 그에게 신변(神變 : 人智로 알 수 없는 무궁무진한 변화)이 있음을 알고 술을 권하였다. 하백은 해모수가 술이 취하자 유화와 함께 가죽가마에 넣어서 하늘로 보내려 하였다. 그런데 술이 깬 해모수는 놀라서 유화의 비녀로 가죽가마를 찢고 혼자 하늘로 올라가 돌아오지 않았다. 하백은 유화를 꾸짖으며 태백산 물속에 버렸다. 유화는 고기잡이에게 발견되어 북부여의 금와왕(金蛙王)에 의하여 구출되었다. 유화는 뒤에 해모수와 관계하여 주몽(朱蒙)을 낳았다. 주몽은 처음에는 되 크기만 한 알이었다. 금와왕은 상서롭지 않은 일이라 하여 마굿간에 버렸다. 말들이 이것을 짓밟지 않아서 깊은 산속에 버렸더니 짐승들이 이것을 보호하였다. 알에서 나온 주몽은 골격과 생김새가 영특하여 자라면서 재주가 뛰어났다. 뒷날에 부여를 떠나 남으로 가서 비류국(沸流國)의 송양왕(宋讓王)의 항복을 받고 나라를 세웠다. 이것이 고구려의 건국이다. 그가 고구려의 시조인 동명성왕이다. 종장에는 동명성왕의 아들 유리(類利)가 부왕(父王) 동명왕을 찾아서 왕위를 계승한다.(『한국민족문화대백과사전』, 한국정신문화연구원, 1995, 225~226쪽)

이규보의 민족 서사시 「동명왕편」은 당시 중화중심(中華中心)의 사관에서 벗어나 민족 자존의 관점에서 고려가 위대한 제국 고구려를 계승하고 있다는 자부심을 밝히는 의도에서 씌어진 것으로서, 고구려가 우리 민족사의 줄기에 오롯이 자리 잡고 있다는 사실과, 역경을 이겨내는 슬기로운 왕의 모습을 통해 후손에게 자긍심을 심어주자는 뜻을 품은 것이었다. 이야말로 고구려의 역사를 우리의 것으로 자리매김하고 웅변한 일대 사건이었다. 김부식의 시대였다면 있을 수 없는 민족사의 자랑거리를, 이규보는 스스로 만들어갔던 것이다.

조선 전기의 문학은 유학자들에 의해 주도되었다. 이 시대의 문학은 이들의 정치적인 입지와 이념적인 지향성에 따라 둘 또는 셋으로 나누어져 섹트를 형성하였다. 이 시기 유학자들의 문학은 훈구파와 사림파의 문학으로 양분되었다. 여기에 가세된 것은 방외인 문학이라는 제3의 물결이다.

훈구파는 조선 개국 이래 정치적인 기여와 공헌으로써 기득권을 선점했던 사대부들을 일컫는다. 왕조 사업에 적극적으로 협조함으로써 권력과 토지를 차지한 이들은 문학적으로 체제순응적인 관인문학(官人文學)의 이상을 추구하였다. 이들은 고려 문벌귀족의 사회경제적인 지위를 재현하여 기득권을 향유하고 지방 사림의 약진에 대해서는 사화(士禍)를 일으켜 정치적인 자기 방어를 꾀했다.

이들의 문학세계는 표현의 아름다움을 중시하며, 섬세한 감각과 세련된 표현으로써 고답·초탈의 삶을 추구하는 일종의 순수문학의 세계이다. 그래서 문학적 성격에 따라 이들을 사장파(詞章派)라고 부르기도 한다. 대표적인 문인으로는 서거정·성현·이행 등을 꼽을 수 있다. 서거정은 『동문선』·『동인시화』 등을 통해 정치하고 세련된 문장으로써 치세지음(治世之音)의 격식을 갖추어야 한다는 생각을 드러냈다. 성현은 예악의 질서와 조화를 위해 『악학궤범』을 편찬했고, 청담한 품격의 의의를 지닌 문장으로써 『용재총화』를 편집했다.

무릉이 어디인가, 이곳이 도원일세.
올라서서 그 마을을 찾을 수 없네.
바깥세상 아귀다툼이 그 몇 대나 이어졌으리.
닭 기르고 누에치는 자손들만 예 살아왔다네.
시냇물 복사꽃이 서로 어울려 언제나 봄날이요,
벼랑에 구름이 깊어 길조차 가능할 수 없어라.
이로부터 어부는 좋은 일이 많았지만,
세상은 그 곳 소식을 끝내 알 수 없었네.

서거정이 안견의 그림 〈몽유도원도〉를 보고 안평대군에게 보낼 연작시를 지었는데 이 작품이 그 첫머리에 놓이는 시이다. 잘 알다시피, 몽유도원은 가상의 산수이다. 그 전거는 중국의 「도화원기」이다. 이 시에 훈구파의 미의식이 잘 반영되어 있다. 이들이 꿈꾸고 동경하는 세계는 〈몽유도원도〉의 경우처럼 초현실적인 환각과 황홀경의 세계이다.

훈구파가 표현 기교를 중시한 데 비해, 사림파는 도덕적인 선(善)의 함양을 중시했다. 즉, 이들은 의리와 절조를 강조하며, 내면적인 성찰에 역점을 두고, 개별적인 심성의 계발에 주력했다. 영남 사림파의 사장(師匠)이면서 조선조 성리학의 종조(宗祖)였던 김종직은 적지 않은 문학작품을 남겼는데, 신라 부전가요를 자신의 상상력에 의거해 재현한 「동도악부」, 백성들이 생활 속에서 겪는 현실적인 어려움을 묘파한 「가흥참」·「축성행」·「낙동요」, 지리산 기행 체험을 드러낸 「두류기행록」, 세조의 왕위 찬탈을 풍자한 「조의제문」 등등이 대표적인 작품으로 인구에 회자되었다. 또 그는 많은 제자를 길렀는데, 정여창·김일손·김굉필·조위·유호인 등, 당대를 대표하는 학인·문사들이 그의 문하에서 배출되었다. 이 중에서도 조위는 『두시언해』가 공간되는 과정에서 한글 번역 일에 참여했고, 유배가사의 효시가 되는 「만분가」를 지었다. 훈구파를 사장파라고 한다면, 사림파는 도학파라고도 일컬어진다.

> 황지의 근원은 겨우 잔에 넘칠 정도인데
> 여기까지 흘러와선 어찌 이리 넓어졌나.
> 한 물이 육십 고을 한가운데를 나누었으니
> 몇 군데 나루터에 돛대가 잇달았나.
> 바다 입구까지 곧바로 사백리를 내려가면서
> 바람 따라 오가는 장사꾼들을 나눠 보내네.
> 아침에 월파정에서 떠나면
> 저녁에는 관수루에서 자는데,
> 관수루 아래 천만 꿰미 돈 실은 관선이 늘어섰으니
> 남쪽 백성들이 가렴주구를 어떻게 견디랴.
> 쌀독은 이미 텅 비고 도토리마저 떨어졌는데
> 강가 난간에선 풍악 울리며 살진 소를 때려잡네.
> 임금의 사자(使者)들은 유성처럼 달려 오지만
> 길가의 해골에게야 그 누가 이름이나 물어보랴.

인용시는 김종직의 「낙동요」 일부이다. 이 시의 내용은 보다시피 상당히 민중친애적이다. 그의 문학세계에 애민사상, 현실비판의식이 상당 부분에 걸쳐 나타나 있는 사실이 결코 간과될 수 없다. 이 사실은 사림파의 문학이 체제 속의 참여를 통해 제한된 의의의 저항정신을 반영하고 있다는 점을 잘 시사하고 있다.

소설 이론의 최고 권위자로 정평이 나 있었던 G. 루카치는 소설을 신이 떠난 세계의 서사시로 규정하고는 그 주인공이 갖는 장르적 성격을 한마디로 '마성적'이라고 단언한 바 있었다. 조동일은 「자아와 세계의 소설적 대결에 관한 시론(試論)」이라는 논문에서 "세계의 횡포는 자아에게 세계의 경이(驚異)로 나타나고, 자아는 세계의 경이 때문에 좌절을 경험한다"(『한국소설의 이론』, 117쪽)라고 밝힌 바 있다. 이처럼 소설의 장르적 성격은 자아와 세계의 대립관계에 놓여 있다.

한미한 무반 집안 출신인 김시습은 신분상의 제약이 없었던 것은 아니었다. 자신의 탁월한 재능 때문에, 그는 세계와 늘 불화관계에 놓였던 것 같다. 특히 세조의 왕위 찬탈이 초래한 정치 현실에 적응하지 못하게 되어 미치광이 행세를 했다. 그는 '신세모순(身世矛盾)'이니 '신세상위(身世相違)'니 하는 표현으로써 자신의 처지를 완곡히 드러내었다. 자신보다 재능이 낮다고 본 서거정·김수온·노사신 등이 입신하여 권력과 부(富)를 뽐내자 초라한 자신의 처지에 대한 보상책이 있다면 사상과 문학으로써 뒤집어놓는 일밖에 없었을 것이다.

시와 불교에 관한 저술을 주로 일삼았던 그에게 「금오신화」는 필생의 역작이었다. 그는 1465년에서부터 1471년에 이르기까지 경주 금오산에 있었다. 이 시기에 창작된 「금오신화」는 다섯 가지의 내용으로 나누어져 있다.

① 만복사저포기 : 남원에 사는 양생이 부처님과 윷놀이 내기를 하고 수년 전 왜구에서 죽은 처녀의 환신(幻身)을 만나 사랑을 나누었다.
② 이생규장전 : 개성의 이생과 최소저의 연애담이 서술되고, 이생이 홍건적 난에 죽은 아내(최소저)의 환신을 만나 부부생활을 하다가 헤어졌다.
③ 최유부벽정기 : 개성의 홍생이 평양으로 장사를 나갔다가 부벽루에 올라가서 놀 때 수천 년 전의 인물로 지금은 선녀가 되어버린 기씨녀(箕氏女)를 만나 아름다운 사랑을 속삭인다.
④ 남염부주지 : 경주 박생은 본디 미신과 불교를 배척하는 선비인데 꿈속에 저승에 가서 염라대왕과 토론하고 귀환한다.
⑤ 용궁부연록 : 개성의 한생이 꿈속에 용왕의 초대를 받고 용궁에서 시를

지으며 놀았다.

김시습의 「금오신화」는 우리 소설의 효시(嚆矢)이다. 김안로가 「용천담적기」에서 중국의 「전등신화」를 모방했다고 간주한 이래 20세기 학자인 최남선·김태준도 이 모방작설을 답습했다. 그러나 영향을 받는 정도에 불과하다는 것으로 밝혀졌다. 오히려 임진왜란 때 김시습이 석실에 갖추어놓았던 이 원고를 탈취해간 일본에서 전후 두 차례나 판각을 함으로써 「목단등롱」·「선두신화」 등의 아류작을 생산했다. 퇴계 이황이 「금오신화」를 읽었다고 한 것으로 보아 그의 모본(母本)이 국내 식자층 사이에 돌려가며 읽혔던 것으로 짐작된다.

소설의 수준에 미달되지만 이를테면 '로망스'의 수준에 머물렀던 몽유록(夢遊錄)이 한때 유행했다. 이 몽유적인 환상담은 육체의 질곡으로부터 벗어나 자유를 성취하려는 원시적인 관념을 내포한다. 임제의 「원생몽유록」·「수성지」, 심의의 「대관재몽유록」, 유영의 「수성궁몽유록」, 그밖에 작자 미상의 숱한 몽유록이 있다. 몽유록은 중국의 남가기(南柯記) 모티프에 기원을 두고 있다.

허균의 「홍길동전」은 최초의 국문소설로 잘 알려져 있다. 하지만 국문본 「홍길동전」은 허균이 죽은 지 한참 이후에 쓴 것이다. 그가 이 소설을 지었다는 것도 믿기 어려운 구석이 많다. 이에 관해서는 후술할 예정이다. 허균도 김시습처럼 세상과의 화해로운 관계를 유지하지 못했다. 그는 불여세합(不與世合)이란 말을 사용했다. 그의 스승 이달이 불우한 처지의 방외인이었듯이 그 역시 방외인적 기질이 농후했다. 서양 문학사에서도 르네상스 이후 출현한 이단정신(paganism)이 긍정적으로 평가되고 있듯이, 방외인(적) 문학은 제 나름의 의의를 지닌다.

어쨌든, 「홍길동전」의 문학적 성격 및 소설사적 의미는 다음과 같다. 첫째, 이것은 이른바 '영웅의 일대기' 유형과 접맥된다. 영웅의 일생을 소설화했으므로 일종의 영웅소설이라고 할 수 있다. 둘째, 허균은 홍길동이 적서차별에 반발하는 것을 통해 근대지향적 인격의 실현을 제시했고, 작자의 사회참여 의식은 작품에 활빈(活貧)의 이상과 농민구제의 이념을 반영했다. 이러한 점은 허균이 「수호지」에 영향을 받았고 또 전래된 임꺽정 고사(故事)에서 힌트를 얻었으리라고 짐작된다. 셋째, 김시습의 경우처럼 중세적 세계 질서에 대결하는 절박한 과제가 있었음에도 불구하고 환상 세계로의 현실도피는 하나의 제약이었다. 이상국 율도국 건설이라는 유토피아니즘이 그것이다. 신출귀몰과 호풍환우의 도술적인 요소도 리얼리즘의 한계를 여실히 드러내는 것이다.

「홍길동전」 외 허균의 다른 작품 전(傳)에도 홍길동과 같은 국외자가 등장하고 있다. 이 점은 허균 문학이 일관성을 유지하고 있는 것이라고 보아야 한다. 그 전(傳)의 줄거리는 다음과 같다.

> ① 남궁선생전 : 남궁두는 서울의 벼슬아치로 첩이 간통을 하여 죽이고 관가에서 고생하다 풀려났다. 그후 그는 중이 되었다가 무극 치상산에서 노인에게 선술의 비결을 받아 신선의 도를 터득하지만 수련을 제대로 하지 않아 속세로 쫓겨 살다가 종적을 감춘 인물이다. 그는 실존인물인데 허균이 남궁두의 행적을 자기 나름대로 독창적인 수법으로 입전하여 쓴 전이 남궁선생전이다. 남궁두는 앞에서 얘기한 것과 같이 끊임없이 좌절하고 마는 불우한 인물로 나온다.
> ② 장산인전 : 장산인은 부친에게서 신선이 되는 비법을 적은 책을 얻어 귀신을 부릴 수 있었고 지리산에서 신선의 술법을 배운 인물인데 하산하여 흉가의 뱀을 죽이는 일을 하였다. 장산인 역시 남궁두처럼 신선의 술을 익

혔지만 그런 능력이 있으면서도 그것을 고작 뱀잡이에 쓰는 것으로밖에 사용하지 못한 불우한 인물로 나온다.

③ 장생전 : 장생은 거지노릇을 하면서 재주를 부릴 수 있는 인물이었다. 그는 앞으로 일어날 일을 예측하기도 하였으며 그가 죽은 후 송장이 벌레로 변하여 날아가는 등의 재주도 부릴 수 있었다. 하지만 장생도 역시 재능을 가진 인물이지만 세상에 그 재능을 사용하지 못하고 걸인의 복색 밑에 감추어두는 수밖에 없는 불우한 인물이다. 그는 죽고 난 뒤 해동일국토를 찾아간다고 함으로써 현실의 부정적 모습을 드러내고 있다.

④ 손곡산인전 : 손곡 이달은 허균의 시 스승으로 뛰어난 문장과 포부에도 불구하고 서자이기 때문에 세상에서 버림받은 인물이다. 그는 예법에 얽매이지 않았고 시국에 대한 불평도 서슴치 않은 인물로 이달 역시 비범한 재능을 갖추고 있지만 그 능력을 인정받지 못하는 불운한 인물의 전형이다. 여기에서 허균은 조선 사회의 신분제도를 비판한다.

⑤ 엄처사전 : 엄처사는 가난하지만 청렴한 사람이었고 국가와 사회에 의미 있는 일을 할 수 있는 능력을 가진 사람이었지만 세상에 나아가 일을 하지 않았다. 그는 세상과 조화를 이루지 못하는 인물로, 즉 세상과 타협을 하지 않는 인물이다.

허균의 문학에 등장하는 인간상은 세상의 중심부로부터 소외된 자들이다. 다시 말하면, 처사·방외인·서류(庶類) 등의 삶에 동정하는, 이를테면 '동반자(sympathizer)' 문학이라고 말할 수 있다.

박지원의 문학사적 위치는 다대하다. 비록 그는 국문으로 문자 행위를 하지 않았지만, 경세적인 문제의 제기와 현실주의적 접근의 방식과 실사구시 이념의 지향성 등은 우리 문학의 전근대성을 한 겹 벗어버린 것으로 평가된다.

「용비어천가」를 역(易)으로 주해(註解)를 가하기도 했던 해방 직후의 국사학자 김성칠(金聖七)은 박지원을 가리켜 '영국의 셰익스피어에 견줄 수 있는 우리나라 유일한 국보'라고 추켜 세웠던 바 있다. 해외 견문기의 웅편인 『열하일기』에 실려 있는 십 수 편의 단편소설은 박지원 문학의 정화이다.

「호질」은 도학자와 정부(貞婦)의 이중인격을 폭로한 것. 북곽 선생으로 상징되는 기성 사대부 사회에 대한 통렬한 비판의식이 잘 드러나 있는 작품이다. (박제가도 선비를 도태시키라는 주장을 폈다.) 「양반전」은 양반을 돈으로 사려고 하는 신흥 상업자본계급의 신분상승욕과 속물근성을 희화적으로 묘파한 작품이다. 이 내용의 이면에 사족의 무능력성에 대한 자기비판이 감추어져 있다. 이 작품에 나타난 매관매직 인물형 모티프는 염상섭의 「삼대」에서도 되풀이되기도 한다.

박지원의 대표작은 「허생전」이다.

허생은 남산 샌님으로서 묵적골에 살고 있었다. 그는 독서인이었다. 그의 아내가 경제적으로 무능한 그를 나무라자, 그는 장안의 갑부 변부자에게 가서 다짜고짜 돈을 빌려 달라고 한다. 생면부지의 변부자는 만 금을 내주었다. 허생이 안성에 가서 잔치나 제사에 쓰이는 과실을 매점매석해버리니 온 나라의 경제가 그의 수중에 휘둘렸다. 그는 도둑들과 함께 공도(空島)에 들어가 땅을 개척하고 나가사키와 교역을 해서 상당한 부와 자본을 축적했다. 그리고 변부자와 이완 장군과 함께 경세와 국사를 논했다. 그리고는 마침내 종적을 감추고 말았다.

소설 속의 허생은 이인(異人)이었다. 박지원에 의하면, 그는 지식과 실천력, 독서와 현실감각을 겸비한 경세가의 정신적 표상이었다. 이 작품에 작가가 지닌바, 이용후생의 이치와 중상주의적인 개방된 마인드가 함축되어 있다.

17·8세기 문학의 사상적 쟁점은 북벌론과 북학론으로 대별된다고 하

겠다. 북벌론은 존주대의 화이관(華夷觀)에 의거한다. 효종의 시조 중에 청에 대한 적개심에서 비롯되는 북벌론의 문학은 「비가」·「북천가」·「임경업전」·「박씨전」 등으로 대표되는 세계이다. 이에 반해 북학론의 문학은 소위 북학파 학인·문사들에 의해 구현되었다. 「허생전」에서 이완과 허생의 논쟁은 북벌론과 북학론의 대립을 우의적으로 보인 것이라고 하겠다.

훗날 정조가 문체반정(1792)을 거론하면서 문풍이 비리하고 문체가 부박해져 가는 풍조를 개선할 것을 지시했다. 이 과정에서 이옥·남공철·김조순 등이 문책의 대상이 되었고, 박지원을 포함한 북학파는 한미한 관료라는 점에서 가볍게 넘어갔다. 정조의 고문 복고운동은 왕권 강화의 상징 조작, 이데올로기의 재무장이라는 점에서 북벌론의 한 변형이라고 할 수 있다.

문학의 가치가 순정문학(醇正文學)과 패관잡설로 이분화되는 상황 속에서, 박지원은 법고창신(法古創新)의 논리를 폈다. 그는 고문 자체를 비판한 것이 아니라, 고문을 피상적으로 모방하거나 고문을 맹목적으로 추종하는 태도를 비판한 것이다. 그의 문학관은 고문을 비판적으로 계승하여 새로운 것을 창조하는 데 있었던 것이다.

우리 문학사는 옛노래 표기의 발전 속에서 전개했다

고려가요는 고려 시대에 고려인의 사상이나 생활감정을 잘 나타낸 노래이다. 주지하듯이, 고려 시대에는 다양한 갈래의 노래들이 존재했었다. 향가의 전통을 계승하여 향찰로 표기한 균여의 「보현십원가」가 있으며, 민간에 구전으로 전승되다가 어느 시기에 이르러 문자로 정착된 속요(俗

謠)가 적잖아 남아 있으며, 고려 후기 신흥 사대부의 계급적 성장과 무관하지 않는 경기체가가 생성되었으며, 그 밖에 한역가(漢譯歌), 가송(歌頌), 시조 등이 단편적으로 남아 있다. 이 중에서도 가장 문학성이 우수한 것은 속요라고 할 수 있다. 한때 고속가(古俗歌)라고도 이름 붙이기도 했던 속요는, 작가미상, 3음보, 후렴구 등의 공통점을 지니고 있는 것이 특징으로 지적된다. 참고로 비교하면, 조선 시대의 속요는 잡가(雜歌)로 이름되는 것인데, 이는 민요보다 음악적으로 세련되지만 정가(正歌)나 시조에 비해 품격이 떨어진다는 의미로 사용된 명칭이다.

신라인들이 자기네의 노래를 향가라고 일컬은 것과 마찬가지로, 고려인들은 중국계 악부·악장이라는 정악(아악)에 대해 자기네들의 노래인 속악·향악의 노래 이름을 별곡(別曲)이라고 했다. 별곡의 형식은 짐작컨대 나례·잡희·백희 등의 무대 위에서 불리는 무악곡(舞樂曲)이 요청됨에 따라서 생겨났던 것 같다.

> 내 님을 그리워하며 울고 지내니
> 산 접동새와 난 비슷합니다.
> 사실이 아니며 모든 게 거짓인 줄을, 아
> 지새는 달과 새벽의 별만이 아실 것입니다.
> 죽은 넋이라도 님과 함께 가고 싶어라. 아
> 내 죄를 우기던 이, 그 누구였습니까.
> 저는 과실도 허물도 전혀 없습니다.
> 뭇 사람의 모략인저!
> 슬프구나! 아
> 님께서 저를 하마 잊으셨습니까.
> 아, 님이시여 되살펴 들으시어 아끼소서.

여기에 인용된 「정과정」은 고려 속요 중에서 작가의 신원이 유일하게 알려져 있는 작품이다. 12세기 중반에 지어졌던 점이나 형식적인 면에서 볼 때, 이 작품은 향가와 속요의 과도기적 작품으로 간주하는 것이 옳다고 본다. 이 노래의 악곡은 속악에서 가장 빠른 템포인 삼진작(三眞勺)이다.

내용이 매우 애틋하고 처연한 가운데 진실된 충성심의 발로라는 점에서 오랫동안 이른바 '충신연주지사'의 전범으로 여겨져 왔으며, 궁중의 전악(典樂)으로 진중히 보존되어 뭇 사대부의 귀감으로 삼아왔다. 이것이 충신의 노래로서 널리 애송되는 과정에서 훗날 송강가사(松江歌辭)의 원류가 되기도 했다.

> 조령(鳥嶺) 남쪽 천리
> 첩첩 산속, 음습한 비 내리는 곳
> 달팽이 점액이 관사 벽에 끈적이고
> 이끼도 침침하게 군수인(郡守印)을 덮는 곳
> 밀물은 갈대 숲 포구에 밀려들고
> 바람은 사철나무 우거진 담장을 흔드네
> 정과정(鄭瓜亭) 한 곡을 다 켜고 나니
> 흐르는 물이 두루마기 다 적시겠네

이 시는 고경명의 한시 「문금유감(聞琴有感)」이다. 그는 임진왜란 때 의병장으로 나서 금산 전투에서 순국했던 충신이다. 그가 울산 군수로 재직할 때 인용시를 지었다. 아득히 먼 변방의 남루한 관사일망정, 그는 임금에 대한 은혜와 충성심을 정과정곡에 의탁해 헤아려보고 있다. 이때까지만 해도 「정과정」은 선비들에 의해 거문고로 탄주되고 노래되어졌음이 확인된다. 그의 순절 역시 평소 즐기던 이 노래가 뜻하는 바와 무관하지 않았으리라 여겨진다.

충신연주지사의 대척점에 소위 '남녀상열지사'가 놓여 있다. 고려 속요의 내용은 대체로 민간의 습속이나 생활감정, 또는 남녀 간의 애정 등으로 이루어져 있다. 이 중에서 남녀 간의 애정이 유교적 윤리관의 기준에서 정도가 지나친 것을 두고 음사(淫詞)니 망탄(妄誕)이니 하면서 조선조 집현전 학사들에 의해 국고정리(國故整理)가 이루어질 때 기록에서 삭제되었다. 이 삭제의 명분은 사리부재(詞俚不載)이거나 '남녀상열지사'였다. 현존하는 고려 속요 중에서, 「정읍사」·「가시리」·「서경별곡」·「청산별곡」·「동동」 등의 주옥 같은 작품들이 남아 있다. 「쌍화점」은 현전 속요 가운데서도 노랫말이 음란한 것들 중의 하나이다.

> 만두집에 만두 사러 갔더니만
> 회회 아비 내 손목을 쥐었어요.
> 이 소문이 가게 밖에 드나들면
> 다로러거디러 조그마한 새끼 광대 네 말이라 하리라.
> 더러둥셩 다리러디러 다리러디러 다로러거디러 다로러
> 그 잠자리에 나도 자러 가리라.
> 위 위 다로러거디러 다로러
> 그 잔 데 같이 거친 것이 없다.
>
> 삼장사에 불을 켜러 갔더니만
> 그 절 지주 내 손목을 쥐었어요.
> 이 소문이 이 절 밖에 드나들면
> 다로러거디러 조그마한 새끼 상좌 네 말이라 하리라.
> 더러둥셩 다리러디러 다리러디러 다로러거디러 다로러
> 그 잠자리에 나도 자러 가리라.
> 위 위 다로러거디러 다로러
> 그 잔 데 같이 거친 것이 없다.
>
> 두레 우물에 물을 길러 갔더니만

우물 용이 내 손목을 쥐었어요.
이 소문이 우물 밖에 드나들면
다로러거디러 조그마한 두레박아 네 말이라 하리라.
더러둥셩 다리러디러 다리러디러 다로러거디러 다로러
그 잠자리에 나도 자러 가리라.
위 위 다로러거디러 다로러
그 잔 데 같이 거친 것이 없다.

술 파는 집에 술을 사러 갔더니만
그 집 아비 내 손목을 쥐었어요.
이 소문이 이 집 밖에 드나들면
다로러거디러 조그마한 시궁 박아지야 네 말이라 하리라.
더러둥셩 다리러디러 다리러디러 다로러거디러 다로러
그 잠자리에 나도 자러 가리라.
위 위 다로러거디러 다로러
그 잔 데 같이 거친 것이 없다.

　　고려 사회는 무신통치 시대에 전사(戰士) 엘리트가 권력을 장악하기 전까지 불교의 힘이 지배하던 사회였다. 사주(社主)는 일종의 '성직 엘리트 (theocrat)'라고 할 수 있겠는데, 성스러워야 할 불도의 도량에서도 사음(邪淫)이 행해진다는 것은 타락의 극점을 말해주고 있다. 위로는 용으로 은유된 임금에서부터 아래로 필부에 지나지 않는 술집 주인에 이르기까지, 온갖 육체적 향락과 사악한 간음이 횡행하고 있는 사회상을, 익명의 작가는 날카롭게 들춰내고 있다. 타락한 파계승 등을 풍자하는 성적 허무주의 그 이상의 것을 획득하고 있는 작품이다.
　　모두 4연으로 된 이 작품은 본문, 조흥구, 후렴이 반복의 형식으로 이루어져 있다. 특히 후렴은 공공연한 비밀로 유포되는 스캔들러스한 상황 속에서 여론과 선망의 심리적 매커니즘을 잘 보여주고 있으며, 또 '그 잔데같이 덥거츠니 없다'로 표현된 것은 더러우면서도 무성한 관능의 늪에 잠든 고려의 사회, 그 황음(荒淫)의 사회에 직핍한 민중적 풍자이며 야유이다.

북한의 문학사는, 이 작품 속에, 몽고 지배 아래 들어간 충렬왕 시대의 어지러운 도시 세태와 아울러 외래 상업자본의 유입과 결탁된 침략 세력의 횡포가 반영되어 있다고 보았다.

경기체가는 사대부 문인층이 향유한 특이한 형태의 시가이다. 다소 어정쩡하고 기형적인 장르라고 할 수 있다. 국문 표기체계로 볼 때 한문과 국문 사이의 과도기에도 미치지 못하는 것이라고 할 것이다. 고려 고종 서기 1216년 한림제유(翰林諸儒) 소작의 「한림별곡」에서 시작된 경기체가는 조선 선조 때까지 400년간 존속되었던 시가이다. 후렴에 '경기하여(景幾何如)' 혹은 '경(景) 긔 엇더 니잇고'가 있음이 공통적으로 나타난다고 해서 경기체가로 불리어지고 있으나, 이 '경기체가'가 학술 용어로 적절치 못한 것은 사실이다. 과거에는 '별곡체가'라는 명칭을 사용한 바 있었다. 어쨌든, 경기체가는 속요와 대비되는 면이 있다. 속요가 본디 서민대중의 노래라면, 경기체가는 지배계층이 향유하던 노래이다. 속요가 대개 작자 미상이라면, 경기체가는 작가가 드러나 있다. 속요가 흔히 사랑노래로 불리어졌다면, 경기체가는 사물이나 경치를 나열, 서술하였다. 경기체가 중에서 가장 뛰어난 작품성을 지닌 것으로 평가될 수 있는 안축의 「죽계별곡」을 국역본으로 읽어보자.

> 죽령 남쪽, 안동 북쪽, 소백산 앞의
> 천 년의 흥망 속에도 풍류가 한결같은 순흥성 안에
> 다른 곳 아닌 취화봉에 임금의 태를 묻었네.
> 아, 이 고을을 중흥시킨 모습 그 어떠합니까!

청렴한 정사를 베풀어 두 나라의 관직을 맡았네.
아, 소백산 높고 죽계수 맑은 풍경 그 어떠합니까!

숙수사의 누각, 복전사의 누대, 승림사의 정자
초암동, 욱금계, 취원루 위에서
반쯤은 취하고 반쯤은 깨어, 붉고 하얀 꽃 피는, 비 내리는 산속을
아, 흥이 나서 노니는 모습 그 어떠합니까!
풍류로운 술꾼들 떼를 지어서
아, 손잡고 노니는 모습 그 어떠합니까!
눈부신 봉황이 나는 듯, 옥이 서리어 있는 듯, 푸른 산 소나무 숲
지필봉, 연묵지를 모두 갖춘 향교
육경(六經)에 마음 담고, 천고를 궁구하는 공자의 제자들
아, 봄에 시 읊고 여름에 거문고 타는 모습 그 어떠합니까!
매년 3월 긴 공부 시작할 때
아, 떠들썩하게 새 벗 맞는 모습 그 어떠합니까!

초산효, 소운영이 한창인 계절
꽃은 난만하게 그대 위해 피었고, 버드나무 골짜기에 우거졌는데
홀로 난간에 기대어 님 오시기 기다리면, 갓 나온 꾀꼬리 노래 부르고
아, 한 떨기 꽃 그림자 드리워졌네!
아름다운 꽃들 조금씩 붉어질 때면
아, 천리 밖의 님 생각 어찌하면 좋으리오.

붉은 살구꽃 어지러이 날리고, 향긋한 풀 우거질 땐 술잔을 기울이고
녹음 무성하고, 화려한 누각 고요하면 거문고 위로 부는 여름의 훈풍
노란 국화 빨간 단풍이 온 산을 수놓은 듯하고, 기러기 날아간 뒤에
아, 눈빛 달빛 어우러지는 모습 그 어떠합니까!
좋은 세상에 길이 태평을 누리면서
아, 사철을 놀아 봅시다.

안축(1282~1348)은 지금의 풍기인 고향 순흥의 죽계에 세력 기반을 가

지고 중앙 정계에 진출한 신흥 사대부의 한 사람이다. 그는 당대의 재사였다. 국내뿐만 아니라 원나라에서도 등과한 후에 관료·문인·학인으로 성장해갔다. 당시의 표전(表箋)과 사명(詞命)이 그의 손에서 나왔을 만큼, 그는 나라의 인재였다. 강원도 존무사(存撫使)로 재직하고 있을 때 충군애민의 내용을 담은 시문집 『관동와주(關東瓦注)』를 만들어 세상에 유포했다고 한다. 그의 경기체가 「관동별곡」과 함께 훗날 정철의 가사 「관동별곡」에 지대한 영향을 끼친 것은 두말할 나위가 없다.

그가 죽어갈 때 일생 동안 한 일이나 자랑거리가 별로 없다고 겸손해하면서 후세에 기록할 만한 것이 있다면, 국가의 관리로서 '백성으로 억울하게 남의 종이 된 자를 구제해 양인(良人)으로 환원시켜준 일'이라고 말했다고 전해진다.

경기체가 「죽계별곡」은 5장으로 구성되어 있다. 고향 순흥의 승경(勝景)을 노래한 이것은 신흥 사대부로서 중흥성대(中興聖代)와 장락태평(長樂太平)을 기원하면서 사계절을 즐기겠다는 삶의식을 반영하고 있다. 득의와 환희에 찬, 현실적인 생활 향유는 도학을 추구하면서 금욕적인 생활의 이상을 추구한 조선조 유림 선비들의 삶의식과 대비된다고 하겠다. 이 시에는 교술적인 세계관보다는 서정적인 장르의 성격이 압도적으로 분명히 나타나 보인다.

조선 시대의 시가는 악장(樂章)으로부터 비롯되었다. 악장은 태조 이성계가 예악의 정치적 기능에 깊은 관심을 갖게 됨으로써 발생했다. 이것은 궁중연락과 종묘제악에 사용되었다. 그 내용은 대체로 새 왕조의 창업과 제왕의 위엄을 송영(頌詠)했거나, 임금의 만수무강과 후손의 번창을 축원했다. 다음의 작품은 1394년 서울 정도(定都)를 기념하여 정도전이 지은

「신도가」이다. 표기법에 있어선 경기체가보다 훨씬 진보적인 입장을 취하고 있다. 우리말 운용의 폭이 그만큼 넓혀졌기 때문인 것이다.

> 녜는 양주(楊州) 고을히여
> 디위예 신도형승(新都形勝)이샷다
> 개국성왕이 성대(聖代)를 니르어샷다
> 잣다온뎌 당금경(當今景) 잣다온뎌
> 성수만년(聖壽萬年)하샤 만민의 함락(咸樂)이샷다
> 아으 다롱다리
> 알픈 한강수여 뒤흔 삼각산이여
> 덕중(德中)하신 강산 즈으메 만세를 누리소서

악장의 최고 수준은 「용비어천가」(1445)와 「월인천강지곡」(1447)에 이르러 정점에 도달했다. 조선 창업의, 6대에 걸친 사적을 찬양한 「용비어천가」는 역성혁명의 정당성과 왕위계승의 정통성을 합리화하기 위해 국책 사업으로 지은 장엄의 서사시이다. 지은이는 권제·정인지·안지이며, 그 형식은 125장으로 이루어져 있다. 최초로 한글로 표기된 작품이란 점에서 문학사적인 의의가 크다. 「월인천강지곡」은 세종이 직접 지었다고 전해지고 있다. 이것은 그의 정비인 소헌왕후 심비가 세상을 떠나자 그 추천(追薦)을 위해 석가의 일대기를 서사시의 형식에 맞추어 서술한 작품이다.

시조는 14세기 경인 고려 말에 발생하여 조선조 사회의 가장 대표적인 문학 장르로 발전했고, 또 오늘날의 문학도 전통적으로 계승하고 있다. 영조 이전에는 그 명칭이 단가(短歌)로 통용되었다. 시조는 국민가요라고 할 수 있다. 위로는 왕에서부터 아래로는 이름 없는 필부에 이르기까지 창작할 수 있었던 까닭에서다. 왕이나 종친으로서는 효종이 12수, 익종이 9수, 남원군이 30수를 남겼다. 영조 이전의 시조 작자 중에서 가장 많은 수를 차지하고 있는 신분은 유학자 관료였다. 주세붕 · 이현보 · 송순 · 이황 · 정철 · 박인로 · 윤선도 · 이정보 · 신흠 등이 그 대표적인 인물이라고 할 수 있다. 이런 점에서 볼 때, 시조는 적어도 유교적 이념과 미의식을 긍정적으로 구현하기 위한 갈래이다.

원어부사(原漁父詞) → 이현보의 「어부사」 → 윤선도의 「어부사시사」
이별의 육가(六歌) → 이황의 「도산십이곡」 → 장경세의 「강호연구가」

시조는 이와 같이 문학사적인 텍스트 상호관련성을 맺기도 했다. 시조는 사림파의 몫이었다. 사림파가 16세기의 선조 때 정권을 잡게 됨으로써 시조와 가사도 크게 발전할 수 있었다. 이황과 윤선도, 그 밖에 정철의 연시조 「훈민가」 등은 시조의 미학적 이념을 잘 반영한 경우라고 할 수 있다. 이 중에서 작품 한 편을 보자.

강원도 백성들아 형제 송사(訟事) 하지 마라
종뀌밭뀌는 얻기에 쉽거니와
어디 가 또 얻을 것이라 흘깃할깃 하난다.

형제간의 우애를 교훈적인 주제로 삼은 작품이다. 흥미로운 표현은 물론 '종뀌밭뀌'와 '흘깃할깃'이다. '종뀌밭뀌'에서 '뀌'는 '따위'의 뜻인 접미사이다. 노비 따위와 논밭 따위는 얻기 쉽지만 형제는 얻기 어렵다는 것. 그런데 서로 '흘깃할깃'하고 있다. 즉 서로 눈을 흘기고 손톱으로 할퀴듯이 서로 헐뜯으려고 한다는 것이다. 우리말의 미묘한 시적 음영(陰影)

및 울림은 사어화된 우리말에서 각별한 친밀감을 가질 수 있다.

수량 면에서 그다지 많이 남아 있지 않지만 기녀의 시조작품은 독특한 색깔을 띠고 있었다. 비록 지배계층은 아니지만 기녀들은 지배계층의 문학적인 삶 속에 존재했었다. 기녀의 작품 중에서 황진이 · 매창 · 홍랑(洪娘)의 작품은 주옥의 명편으로 평가되고 있다.

동짓달 기나긴 밤을
한 허리를 베어내어

춘풍(春風) 이불 아래
서리서리 넣었다가

어른 님
오신 날이어든
굽이굽이 펴리라.

황진이는 기녀 시가의 꼭짓점에 놓이는 시인가객이다. 겨울밤과 봄바람, 님과 나, 서리서리와 굽이굽이 등의 우리말의 미묘한 맞울림은 이 시조의 우주 화음을 만들어내고 있다. 이 시조는 우리 시조사에서 가장 높은 경지의 언어 운용을 보여준 주옥의 명편이라고 할 수 있다. 다음은 명기 홍랑의 유일한 작품이다.

묏버들
가려 꺾어
보내노라
님의 손에

주무시는 창 밖에
심어 두고
보소서

밤비에
새 잎 돋아나면
나인가도
여기소서

　16세기 말, 관리이면서 당대 최고의 시인으로 손꼽혔던 최경창과 기생 홍랑 간의 로맨틱한 사랑 이야기를 배경으로 하는 이 작품은 최경창을 떠나보내면서 쓴 홍랑의 시조이다.

　홍랑의 이 시조작품은 널리 인구에 회자하고 있다. 고려 속요 「가시리」와 함께 별리(別離)의 절창으로 평가됨직하다. 이처럼 절절하고도 곡진한 사연이 과연 노래가 아니라면 어찌 형용될 수 있었으리. 무릇 조선조 기녀의 노래에는 가녀린 곡선처럼 애원처절한 정서, 은근과 끈기, 그리움의 선율과 기다림의 절주(節奏), 사모와 간구의 정한……. 전통적으로 축적된 시적 경험의 총화가 짙게 배어있다.

　최경창도 「송별(送別)」이란 제목의 한시 두 편을 홍랑에게 써주었다. 일종의 답시(答詩)라고 할 수 있다. 그중 하나를 국역시로 읽어보자.

　　　　말없이 마주 보며 유란(幽蘭)을 주노라
　　　　오늘 하늘 끝으로 떠나면 언제 돌아오리
　　　　함관령의 옛 노래를 부르지 말라
　　　　지금 비구름에 청산이 어둡나니

　영조 이후의 시조는 평민 가객(歌客)에 의해 주도되었다. 직업적인 예인의 등장은 부호층과 왕실의 후원 등의 이유와 같은 경제적인 지위의 향상에 힘을 얻은 것이다. 가객은 이세춘·김천택·김수장·박효관·안민영 등으로 맥을 형성해갔다. 이들은 시조집을 편찬하고, 가단을 형성하고, 새로운 음률을 계발하고, 풍류적인 삶을 향유했다. 안민영은 옛 시조의 화려한 도미를 장식한 「매화사」 8수를 남겼다. 그는 시조집 『가곡원류』를 편찬했고, 개인 시조집 『금옥총부』를 상재했다. 대원군으로부터 후원을 받고, 또 대원군을 찬양·송축하는 시조를 헌정하기도 한 그는 평민이라기보다 상류층의 삶을 살았다. 평생에 걸쳐 천하를 주유하면서 각 지방의 명기들과 친교를 한 그는 19세기 말의 로맨티시스트였다. 콧대 높은 진주 기생 비연(飛燕)에 대한 러브 콜이 뜻대로 이루어지지 않자 다음과 같은 시조로써 추파를 던졌다.

자못 붉은 꽃이
짐짓 숨어 뵈지 않네
장차 찾으리라
굳이 헤쳐 들어가니
진실로 그 꽃이어늘
문득 꺾어 드렸노라

가사는 4·4조 음수율과 4음보격으로 된 유장한 흐름을 보여주는 갈래이다. 과거의 국문학자들은 가사를 '율문의 수필'이라고 규정하였는데, 전혀 근거가 없는 말은 아니다. 자아의 주관적 감정의 반응보다 세계의 객관적 서술 묘사가 비교적으로 두드러지고 후기에 이를수록 더욱 명백하게 되어갔다는 점에서, 가사는 교훈적 목적을 반영한 교술문학이다.

양반 가사는 정극인·정철·박인로 등이 일가를 이루었다. 정철의 가사들은 양반 관료로서의 삶의 의무를 잘 나타내고 있으며, 박인로의 가사들은 임진왜란 때 부산에서 항쟁했던 이로서의 꿋꿋한 무인적(武人的) 기개를 잘 드러내고 있다.

조선 후기 가사는 형식 면에서의 산문화·정형화, 평민의 자각, 현실세계로의 안목의 확장 등으로 특징화된다. 그것은 평민가사, 내방가사, 월령체가사, 유배가사, 기행가사, 종교가사 등으로 내용상 분화된다. 이러한 유의 가사들에는 전기 양반 관료의 가사들에서 보여준 음풍농월, 충성의 맹약, 태평성대의 구가 등이 사라지고, 실제적인 삶의 소재로부터의 자기 발견 및 인간생활의 영역과 견문의 확대 등이 의미의 중심부를 형성한다. 이런 점에서 볼 때, 후기 가사는 (특히 기행가사가 더욱 그러하겠거니와) 경험적 삶의 영역을 확대했다는 점에서 실사구시의 이념과 관련성이 전혀 없지 않다. 백광홍과 정철의 기행가사와 김인겸과 홍순학의 기행가사가 지향하는 이념이나 미의식은 본질적으로 다르다. 또, 후기 가사는 교술성이 더욱 강화되어 갔다. 그 끝에 종교적 교훈의 목적지향성을 분명히 드러낸 천주가사와 동학가사, 그리고 근대 전환기의 계몽적인 목적의식이 그대로 명시되어 있는 개화가사 등이 놓인다.

가사는 20세기에 이르러 왜곡의 과정을 겪으면서 소멸된다. 상사곡·권주가·장진주 등으로 대표되는 「십이가사(十二歌詞)」가 바로 그 경우이다. 「십이가사」는 가사의 길이가 짧아지고 후렴이 생겨나면서 전통적인 가사로부터 일탈하게 되어 기생들의 교방(敎坊)에서 불리어지게 되었다. 이른바 '잡가'의 한 갈래가 되었던 것이다. 애조가 띤 그 쓸쓸한 멜로디로 인해 망국지음(亡國之音)으로 일컬어지기도 했다.

옛소설에 나타난 우리말의 아름다움

조선 후기의 문학은 한글(국문) 문학의 절정기였다. 우리말의 아름다움이 문학적으로 잘 실현된 갈래는 뭐니 뭐니 해도 옛소설이라고 할 수 있다. 허균의 「홍길동전」은 택당 이식(李植)의 증언에 의거한 것이기는 하나 정

홍길동의 만화 캐릭터

작 허균 자신의 문헌에는 전혀 나타나지 않았다. 짐작컨대, 「홍길동전」의 모본은 한문으로 표기된 수고본(手稿本)인지도 모른다. 후세에 한글본으로 정착된 것 같다. 아니면 애초부터 허균의 「홍길동전」은 존재하지 않았을 수도 있다.

학계에서는 「홍길동전」의 현존본이 한글본이기 때문에 이것의 원작 역시 국문이라고 주장한다. 이 통설은 한문원작설을 부정하는 논의로서는 충분하지 못하다. 더 나아가 「홍길동전」이 허균의 것이라고 단정하는 데 아무런 도움이 될 수도 없다. 요컨대 「홍길동전」의 원본은 미궁에 빠져 있고 현존하는 이본들은 조선 시대 말엽의 한글 텍스트뿐이다. 우리가 알고 있는 그 한글 텍스트는 허균, 혹은 허균 시대의 언어가 아니라 19세기 민중의 말글이라는 데 문제점이 있다.

요컨대 실물이 없는 최초의 한글 소설은 최초의 것이라고 보기 어렵다는 게 나의 소견이다. 최초의 한글 소설이 발생한 연대를 앞당기고 싶은

민족주의적인 원망(願望)은 모르는 바 아니지만, 그렇게 믿기에는 실증적 토대가 너무 허약하다.

이에 반해, 김만중의 「구운몽」과 「사씨남정기」는 그 자신이 살았던 그 시대의 언어로 남아 있다. 물론 「구운몽」의 원본은 없다. 이것이 한문으로 쓰였는지, 한글로 쓰였는지 모른다. 그럼에도 불구하고 현전하는 한글본은 그가 살던 시대의 언어이다. 그가 한글로 「구운몽」을 썼을 가능성은 높다. 다음의 두 가지 점에서 말이다.

하나는 그가 평소에 한글을 사랑했다는 점이다. 그의 어머니 윤씨 부인은 어린 김만중에게 한글을 가르치며 한글 책을 제공해주었다. 뿐만 아니라, 그는 자국문학의 정체성과 모국어 의식을 철저히 깨달았던 문사였다. 우선 그가 한글문학을 비사리어(鄙詞俚語)로 폄하한 고루한 유학자를 비판한 글을 살펴보자. 그의 저서 『서포만필』에 나와 있는 유명한 글이다.

> 사람의 심정이 입으로 표현된 것이 말이 되고, 말에 절주를 붙이면 시가문부(詩歌文賦)가 된다. 여러 나라의 말이 비록 같지 않으나, 진실로 언어를 잘 구사할 줄 아는 사람이 있어 각기 자기의 언어에 맞게 절주를 붙인다면 모두 족히 천지를 감동시키고 신명에 통할 수 있는데 중국만이 그런 것이 아니다. 지금 우리나라의 시문은 제 나라 언어를 버리고 타국의 언어를 배워 쓰고 있으니 설사 그것이 십분 흡사하게 되더라도 그것은 앵무새의 사람 말 흉내에 불과한 것이다. 시골의 나무하는 아이들이나, 물 긷는 부녀들이 서로 화합하여 부르는 노래를 비속하다고들 하나, 그 참과 거짓을 따져 말한다면 사대부들의 소위 시부(詩賦) 따위와는 같이 논할 수 없다.

다른 하나는 김만중이 「구운몽」을 창작해 어머니를 위로할 요량이었고 심산이었다면 사대부 여성이 주로 읽었을 소위 언문(諺文)으로 표기하지 않고 한문으로 표기해야 할 이유나 개연성이 부족하다.

김만중의 자국어·자국문학에 대한 관심은 그 자신이 국문소설 두 편을 창작함으로써 실천적으로 입증되고 있다. 문학사 인식에 있어서 모국어의 권능을 회복하기 위한 외로운 분투의 결정이다. 그가 한국문학의 최대 가치를 이재(二才)나 삼당(三唐)에 두지 않고 송강 정철의 가사들에 두었다는 것은 우리 문학의 자존심을 최대치로 고양한 것인 동시에 근대적 산문정신의 맹아를 반증하는 것

일제강점기에 창극으로 무대에 올려진
〈숙향전〉의 한 장면

이기도 하다.

요컨대 「구운몽」은 심오한 주제의식, 치밀한 구성력에 있어서 최대의 걸작이다. 인생의 환락이 헛된 것임을 변증법적으로 전개하여 당시로서는 이단에 불과한 불교적 무상관(無常觀)이란 궁극적인 의미 요체를 드러낸 것도 하나의 체제저항적인 정조 및 논조를 머금고 있다. 유교적 합리주의와 양반 사회의 백일몽에 그가 성찰과 회의를 보이면서 세속의 삶에 대해 정신적인 승화를 강조한 것은 그의 인생관을 뚜렷이 나타낸 것이라고 하겠다. 다만 인물과 배경이 중국에 의거했다는 점이 옥의 티라고 아니할 수 없다.

18세기의 대표적인 소설인 「숙향전」은 대부분 한글본으로 전해지고 있다. 그런데 필자는 일제강점기에 발행된 세칭 딱지본으로 전하는 한문본

을 30년 가까이 소장하고 있다. 이를 미루어볼 때, 작자 미상의 「숙향전」의 본디 텍스트는 한문본이었을 가능성이 있다. 만약 한문본이 있었다면 그것은 현토(懸吐) 및 언해(諺解)의 문체로 표기되는 단계가 있었을 것이다. 그러나 이 단계가 확인되지 않는다. 한글본 「숙향전」은 가능한 한 우리말스러운 어휘와 문장과 표현법을 두루 사용하고 있다.

> 이때 날이 저물고 인적이 끊어지니 배고파 갈 바를 아지 못하여 덤풀(덤불) 밑에 의지하여 어미만 부르며 우노라 하니 한 잘내비(잔나비) 살문 괴기 한 덩이를 물어다가 주거늘 먹으니 배는 부르나 이때 추구월이라 밤이면 찬바람이 일어나니 발이 실려 두 손으로 붙들고 우더니 어데서 황새 녀나무(여남은) 마리 날아와 나래로써 숙향의 몸을 두로 덮으니 춥지 아니하더라

이렇게 보는 바대로 「숙향전」은 한글 표기에 안주하지 않고 우리말의 아름다움을 잘 살리려고 노력한 점에 있어서 높이 살 만하다. 이 소설은 한문 번역체의 기본 틀을 해체하면서 새로운 국문체를 창조해 나아가려고 했다. 이 사실은 분명히 새롭게 재평가되어야 할 점이라고 생각된다.

19세기에 이르면 우리 옛소설은 질량의 면에서 절정기에 이른다.

이 시기의 옛소설 중에서 가장 문학성이 높은 것으로는 판소리 대본을 소설로 재구성한 이른바 판소리계 소설을 꼽을 수 있을 것이다. 이 중에서도 가장 문학성이 돋보이는 것이라면, 국민적인 사랑을 받고 있는 「춘향전」이라고 할 것이다. 이 작품 역시 우리말을 잘 풀어내는 데 있어서 당대의 백미이다. 다음에 인용된 부분은 '완판33장본'에서 춘향이가 봄기운에 못 이겨 춘흥을 드러내는 장면이다.

> 봄새 울음 한가지로 왼갓 춘정 못다 이기여 두견화도 질근 꺾어 머리에도 꽂아보며 함박꽃도 질근 꺾어 이부 함속 물여보고 옥수 나삼 반만 걷고 청산

유수 흐르난 물에 손도 씻고 발도 씻고 머금어 양수하고 조약돌 덥석 주여 버
들가지 꾀꼬리도 희롱하고 버들잎도 주루룩 훑어내여 물에도 훨훨 흘려보고

인용문을 보면 오늘날의 언어에 가까이 접근하고 있음을 보게 된다. 특
히 춘향의 속마음을 투명하게 드러내 보이는 내면 풍경은 감각적인 묘사
에 의해 하나의 광채를 띠고 있다. 참 눈부신 알몸의 언어다. 누군가가
'모국어의 속살'이라는 표현을 사용한 바 있었는데 이 경우가 가장 적확
한 사례가 아닌가 한다.

문학사의 계보에서 볼 때, 국문학자 설성경은 「춘향전」의 언어가 지닌
독창적인 꾸밈새는 19세기에 절정을 이루었지만, 20세기의 「옥중화」에
이르러서는 더 이상의 성숙을 보여주지 못했다고 평한 바 있었다.

사설시조에서 본 문학적인 구어(口語)의 진경

19세기에는 문학 담당층의 변화도 가속화된다. 이때에 이르면 시조와
가사는 거의 평민화된다. 평시조도 전문 가객인 중인계층이 주도하였다.
사설시조는 거의 평민의 몫이었다. 시집살이에 불행한 삶을 영위해 가는
며느리의 애환과 고조된 불만을 내용으로 한 다음의 작품을 보자. 글말
(문어)에서 입말(구어)에로의 드라마틱한 전이 양상을 잘 보여준 것이라
고 짐작된다.

시어마님 며늘아기 나빠(미워) 벽바ㅎ를 구르지 마오.
빚에 받은 며느린가, 값에 쳐 온 며느린가. 밤나무 섞은 들걸(등걸) 휘초리
난 같이 알살픠신(앙상하신) 시아버님, 볕 뵌(쪼인) 쇠똥 같이 되종고신(말라
빠진) 시어머님, 삼년 결은 망태에 새 송곳 부리 같이 뾰족하신 시누이님, 당

피 가론(심은) 밭에 돌피난 같이 샛노란 외꽃 같은 피똥 누는 아들 하나 두고,
긴(기름진) 밭에 메꽃 같은 며느리를 어디를 나빠하시는고.

우리말의 언술 상황을 잘 보여주고 있는 작품이다. 비유적인 표현으로 인해 문학성이 매우 높다. 이 작품의 내용은 며느리인 나를 까닭 없이 미워하는 시어머니의 언행이 도화선이 되어 시집 식구들로부터 냉대를 받고 왕따를 당하는 화자 며느리의 넋두리이자 신랄한 조롱이다.

화자는 시아버지를 가리켜 고목 등걸에서 어쩌다 삐져나온 '휘초리'로 비유한다. 육체적으로 앙상하고 강퍅한 성품임을 암시하고 있다. 또 시누이를 두고 낡은 망태기에 든 날카로운 송곳같이 신경질적인 여자로 비유한다. 그녀는 노처녀로 시집도 못 간 주제에 올케인 자신의 조그만 실수도 용서하지 못한다. 그럼 남편은 어떤가? 잘 자라는 좋은 작물인 당피 사이에 어쩌다 씨앗이 떨어져서 나온 변변찮은 식물인 돌피처럼 비실비실한 모습이다. 얼굴이 샛노랗다면 병약한 게 분명하다. 아들도 무슨 병인지 피똥 누는 일이 잦다. 이와 같이 시집 식구들은 볼품없는 존재들이다.

이에 비해 화자인 나는 어떠한가? 나는 비옥한 밭에 탐스럽게 자란 메꽃으로 스스로 비유한다. 성적(性的)으로 왕성하고 생명력이 강한 것의 상징물이다. 자화자찬이래도 밉지가 않다. 되레 통쾌하다.

이 언술의 비대칭은 구어지향적이면서도, 또 근대지향적이다. 소박데기로 살아가던 조선 시대의 여인이 있는 그대로 내뱉은 푸념의 말투라는 점에서 언어 실상의 리얼리티를 느끼게 하기에 충분하다. 이리하여 우리 문학사는 더 근대(성)로 향해 한 걸음 한 걸음 다가서고 있었던 것이다.

성도 시절의 두보와 두시언해

두보가 옛 촉나라의 서울인 성도(成都)에 살았던 시기는 서기 760년에서 765년에 이르기까지이다. 그가 성도에 입성한 직후에는 고생이 무척 심했던 것 같다. 오래된 절의 빈방에서 더부살이하면서 친구들의 녹으로 탄 쌀을 꾸어 먹거나, 이웃집의 채소를 얻어먹었다. 그 후 절에서 불경을 베끼는 일을 허락받았던 것으로 보아, 살림살이의 형편이 조금 나아졌던 것으로 짐작된다. 760년에 쓴 시 「복거(卜居)」에 적혀 있는 대로, 그는 드디어 자기 집을 가질 수 있었다.

> 성도성 밖 완화계 강가의 서쪽에 있는
> 숲과 연못 그윽한 곳에 집터를 잡았노라

> 浣花溪水水西頭
> 主人爲卜林塘幽

두보가 성도생활을 영위하기 위해선 땅을 일구고 씨를 뿌리고 농사를

두보의 옛집을 복원한 두보초당

짓는 일이 급선무였다. 그의 시「위농(爲農)」에서 그는 농부가 되어 밭갈이 하면서 스스로 대견함을 느낀다. 얼마나 공을 들인 보리밭이랴, 하면서 말이다. 이러저러한 그의 소감은 보리꽃 지는 광경을 묘사하는 것으로 대신한다.

> 금관성 마을은 티끌 밖에서 연기를 피우네.
> 이 강마을은 열아홉 집이 살 따름이었다.
> 둥근 작은 연은 작은 잎사귀처럼 둥실 떠 있고
> 좁은 보리밭에는, 꽃이 사뿐히 지는구나.

> 錦里煙塵外
> 江村八九家
> 圓荷浮小葉
> 細麥落輕花

두보는 가족과 더불어 강마을에서 살았다. 그가 성도의 강마을에서 살 때 지은 시「강촌」은 익히 알려져 있다. 초당의 여름 경치를 읊은 이것은 하나의 그림처럼 서경적인 필치로 묘사한 것이다. 이 시에 내포되어 있는 삶

의 가치관은 한마디로 말해 한적(閑寂)과 안분지족이라고 말해질 수 있다.

> 맑간 가람 한 구비 마을을 안아 흐르나니
> 긴 여름 강촌에 일마다 유심(幽深)하도다.
> 절로 가며 절로 오는 건 집 위의 제비요.
> 서로 친하며 서로 가까운 건 물 가운데 갈매기로다.
> 늙은 계집은 종이를 그려 장기판을 만들거늘,
> 젊은 아들은 바늘을 두드려 고기 낚을 낚시를 만드누나.
> 많은 병에 얻고자 하는 바는 오직 약물이니
> 조그만 몸이 이 밖에 다시 무엇을 구하리오.

> 淸江一曲抱村流
> 長夏江村事事幽
> 自去自來梁上燕
> 相親相近水中鷗
> 老妻畫紙爲碁局
> 稚子敲針作釣鉤
> 多病所須唯藥物
> 微軀此外更何求

완화계의 맑고 푸른 강물이 한 번 굽어 돌며 마을을 품에 안듯이 흐르고 있다. 긴 여름철의 강마을에는 모든 일들이 그윽하기만 하다. 두보의 초당에는 제비들이 부지런히 들락날락하고 있으며, 강물에서는 갈매기들이 서로 다정하게 짝지어 놀고 있다. 나이든 아내는 종이에 줄을 그어 바둑판을 그리고, 어린 자식은 바늘을 두들겨 낚싯바늘을 만든다. 병 투성이인 나의 하찮은 몸은 오직 약물만이 필요할 뿐이다. 그 밖에 또 무엇이 필요하겠는가? 평화로운 강촌의 자연 속에서 오랜 지병으로 약물에 의탁하여 사는 두보의 일상적인 삶을 실감나게 그려내고 있다.

두보의 초당은 후세의 시인들이 마치 성지 순례하듯이 심방하던 곳이었다. 이곳으로 오던 사람마다 암울한 쓰라림과 같은 회포, 즉 암상회포(暗傷懷抱)를 느끼곤 했으리라. 고려 시대 우리나라의 문인이었던 이제현도 성도의 두보초당을 찾아가 중국의 시가 형식의 하나인 사곡을 쓴 바가 있었는데, 그 제목이 「동선가(洞仙歌)-두보의 초당」이다. 이것은 그의 저서 『익재란고』 제10권에 실려 있다. 우리말로 옮기면 다음과 같다.

백화담 위에는 가을 풀만 거칠군요. 당신을 그리워하니 지붕 위의 까마귀마저 곱습니다. 당신이 백발의 모습을 한 채 먼 길을 돌아오니, 처자는 굶주리고, 옷자락에 놓인 수마저 뒤죽박죽이었을 것입니다. 터를 가려 집을 장만하니 세상 일이 귀찮고, 돈을 남겨 술을 사다가 꽃놀이를 하다니 차라리 봄의 고뇌이었을 것입니다. 하느님은 무슨 심사란 말입니까? 현명한 재사를 나그네로 헛늙게 하는 것이. 아아, 시의 명성을 죄다 소진하게 한 것도 정녕 하느님의 뜻이란 말입니까? 후세 사람 누구나 나처럼 쓰라린 감회를 가졌을 것입니다.

성도 시절의 두보가 쓴 많은 시 가운데 가장 작품성이 높은 것으로 인정을 받는 것은 「춘야희우(春夜喜雨)」이다. 성도 시절의 두시에는 피난살이의 암울한 정서가 짙게 배어 있는 것이 일반적이지만 이 시에 이르면 삶의 희망찬 기미가 나직하고도 그윽이 깔려 있음을 느끼게 한다. 『두시언해』를 바탕으로 한 현대문과, 필자가 번역한 역시본을 나란히 적어놓은 다음에 한시 원문을 인용한다.

좋은 비 시절을 아니
봄을 당하여 베풀어나게 하놋다.
바람을 좇아 가만히 밤에 드나니
만물을 적시어 가늘어 소리 없도다.

뫼의 길에는 구름이 다 어둡고
가람 배엔 불이 하올로 밝도다.
새벽 붉은 젖은 땅을 보니
금관성 꽃이 하 피었도다.

반가운 비가 철을 알아서
봄을 맞이하는 만물을 소생하게 하네.
바람 따라 나직이 밤에야 듣나니
만물 적시는 가랑비의 소리없음이여.
들길에는 구름이 함께 가뭇하고
강배에는 등불이 유난히도 밝고녀.
새벽에 불그레한 습한 데 바라보니
이슬 머금어 무거워진 성도의 꽃가지여.

好雨知時節
當春乃發生
隨風潛入夜
潤物細無聲
野徑雲俱黑
江船火獨明
曉看紅濕處
花重錦官城

영화 〈호우시절〉의 한 장면(두보초당 앞)

제6행의 시구에 있는 홀로 독(獨) 자의 용법과, 제8행에 놓여 있는 무거울 중(重)의 용법은 시인에 의해 매우 탁월하게 처리되어 있어 후세의 애호가들로 하여금 상탄을 금치 못하게 했다.

시편 「춘야희우」가 인구에 널리 회자되었던 것은 사실이다. 고려 말의 정몽주가 이 시의 착상을 이용하여 「봄」이란 짧은 시를 쓴 바 있었고, 현대 시인 변영로 역시 「봄비」라는 시에서 "나직하고 그윽하게 부르는 소리 있어 나아가 보니……" 운운하면서 읊조린 바 있었다. 다음에 인용된 시는 정몽주의 『포은집』 제2권에 실려 있는 「봄」의 원문과, 또 이를 번역한 한 사례, 즉 필자의 대학 은사이며 『두시언해』의 전문가이신 이병주님의 역시본이다. 이 역시본은 우리말의 탁월한 감각에 맞추어 풀이한 역시의 명편이라고 여겨진다.

봄비라 보슬보슬 듣지 않더니
밤이자 나직나직 소리 나누나
앞시내 넘실넘실 눈도 다녹아
풀싹도 파릇파릇 돋아 나렸다

春雨細不滴
夜中微有聲
雪盡南溪漲
草牙多少生

그러나 성도 시절의 두시 중에서 독자들로부터 가장 사랑을 받고 있는 것은 「촉상(蜀相)」이리라. 그만큼 대중적으로 잘 알려져 있다는 것이 된다. 여기에서 말하는 '촉상'이란, 「삼국지연의」를 통해 친숙해진 촉한의 재상 제갈공명을 가리킨다. 그는 관우와 더불어 중국인들에게 영원한 영웅상으로 각인되어 있다. 충신된 자 눈물을 흘리지 않고 결코 읽을 수 없었다던 「출사표」는 각오와 결단의 상징적 표현으로 우리 곁에 친숙하게 남아 있는 낱말이다.

두보가 살던 시대에는 성도를 금관성(錦官城)이라고 했다.

성도는 예로부터 상업도시의 대명사로 번성했던 곳이다. 중국에는 양일익이(揚—益二)라는 말이 없었다고 한다. 상업도시의 으뜸이 강남의 양주요, 그 버금이 파촉의 성도라는 것. 성도의 별칭을 한 음절로 표현해 익(益)이라고 한다. 특히 성도는 비단과 종이가 특산품으로 유명했다. '촉금(蜀錦)'이라면 지금도 유명한 비단으로 알려져 있다고 한다. 그래서 성도를 두고 예로부터 비단 금 자로 된 금관성이라고 한다. 「촉상」의 번역문은 『두시언해』적인 현대문으로 옮겨보겠다.

승상의 사당을 어디 가 찾으리오.
금관재 밖의 잣나무 삼렬(森列)한 데로다.
버텅에 비추었는 푸른 풀은 절로 봄빛이 되었었고,
잎을 사이로 한 꾀꼬리는 속절없이 좋은 소리로다.
세 번 돌아봄을 어지러이 함은 천하를 위하여 헤아림이니
두 조(朝)를 거친 것은 늙은 신하의 마음이니라.
군사를 내어 이기지 못하여서 몸이 먼저 죽으니
길이 영웅으로 하여 눈물을 옷깃에 가득케 하나다.

丞相祠堂何處尋
錦官城外柏森森
映階碧草自春色
隔葉黃鸝空好音
三顧頻繁天下計
兩朝開濟老臣心
出師未捷身先死
長使英雄淚滿襟

주지하듯이 『두시언해』는 당나라 시인 두보(杜甫, 712~770)의 시를 언해한 책이다. 본래는 『분류두공부시언해(分類杜工部詩諺解)』의 제목으로 된 25권 17책을 가리키고 있다. 초간본과 중간본이 있는데 을해자(乙亥字)로 발간된 초간본(初刊本)은 성종(成宗)의 왕명으로 유윤겸(柳允謙)와 조위(曺偉)

와 승려 의침(義砧)이 우리말로 옮겨 1481년(성종12)에 간행한 것이다. 머리말에 놓여 있는 조위의 서문에 의하면 세교(世敎)를 위하여 간행하였음을 알 수 있게 한다. 중간본은 목판본으로, 초간본 발간 이후 150여 년이 지난 1632년(인조10)에 간행되었다. 장유(張維)의 서문에 의하면, 당시 초간본을 구하기 힘들던 차에 경상감사 오숙이 한 질을 얻어 베끼고 교정하여 영남의 여러 고을에서 나누어 간행하였다고 한다.

『두시언해』는 국가 공식의 문학적인 노선을 제시했다는 데 문학사적인 의미가 있다고 하겠다. 중국에는 시대마다 해묵은 이두논쟁(李杜論爭)이 있어 왔는데 우리는 두보의 유교적인 성향에 손을 들어주었다고 할 수 있다. 두시의 우국연민(憂國憐憫) 사상은 훈구파의 순수문학이 아닌 사림파의 현실주의 문학에 방점을 찍은 것이라고 하겠다. 조선 중기 이후 사림파의 문학적인 승리는 시조와 가사 등의 한글 시가의 발전에 초석을 다졌다고 볼 수 있다. 우리나라 최초의 번역시집인 『두시언해』가 우리의 한글 문학에 어떻게 기여했는지에 관해서 앞으로 많은 연구가 있어야 할 것으로 전망된다.

그리움의 정한(情恨), 아름다운 바람의 흐름

— 경남 기녀(妓女)의 시와 노래

1

　기녀(妓女)는 역사적으로 볼 때 춤, 노래, 의술, 바느질 따위를 배우고 익혀서 나라에서 필요한 때 봉사하는 관비를 통틀어 이르던 말이라고 『표준국어대사전』에 나와 있다. 이 낱말의 유·동의어로는 연화(煙花)·여기(女妓) 등이 있다. 우리나라에서는 기생(妓生)이란 말이 더 친숙하게 사용되었다. (또 이 말은 우리나라 외에는 사용되지 않았다.) 중국에선 창기(娼妓), 일본은 예기(藝妓)란 말을 자주 사용했다. 우리에겐 기생과 창기가 좀 비하하는 듯한 어감을 주는 말이다. 어쨌든 기녀는 한중일이 함께 사용하는 가치중립적인 공용어처럼 생각된다. 이 글은 경남 지역의 기녀들이 쓴 한시와 노래한 시조를 대상으로 한 소략한 소개의 글이다.

　기녀들의 도덕적인 가치는 일부종사하는 데 있었다. 요즈음처럼 여성의 인권이 신장되지 못한 전통 사회에서 소박데기가 되지 않고 한 남자에게만 사랑을 받고 살아가는 것은 비단 기녀가 아니라고 해도 옛 여인 모두가 바라 마지않거나 꿈을 꾸는 일이었다. 하지만 현실은 그렇지 못했다. 물론 기녀 중에는 극히 일부의 사례이지만 사대부 가문의 기첩(妓妾)이 되어 본부인의 역할을 대행하면서 행복을 누린 사례도 없었던 것은 아니었지만, 대부분의 기녀들은 첫사랑으로부터 버림을 받았기 때문에 냉혹한 운명 속에서 살아가지 않을 수 없었다.

기녀들의 시가(詩歌)는 대체로 사랑하는 사람으로부터 어느 순간에 사랑을 받지 못할지도 모른다는 두려움 속에서 자신의 간절한 사랑을 표현하거나 노래하는 경우가 많았다. 우리는 이를 가리켜 그리움의 정한(情恨)이라고 말하고는 한다. 정한은 정과 한의 대조적인 성격으로 결합된 병렬 합성어이다. 다시 말해 그것은 긍정적이고도 부정적인 복잡한 양면성이 한꺼번에 내포해 있는 어휘이다. 자, 그러면 먼저 경남 지역의 기녀 중에서 그리움의 정한을 밝히고 있는 몇 가지의 사례들을 살펴보도록 하자.

2

승이교(勝二喬)라고 하는 진주 기생이 있었다. 이교는 「삼국지」에 등장하는 오나라 국색의 자매로서 손책과 주유의 아내가 된 대교·소교를 가리키고 있다. 대교와 소교보다 더 미모가 뛰어나다, 라는 뜻의 이름이다. 그녀에 관한 전기적인 사실은 권응인(權應仁)의 『송계만록』에 밝혀져 있는 것이 전부이다. 그의 저서에서는 승이교에 관해 다음과 같이 평가하고 있다.

진주에 승이교라는 기생이 있는데, 어릴 때 이름은 억춘이라고 하였다. 마관(馬官) 김인갑이 그녀를 사랑하여 시를 가르쳤다. 천성이 총명하여 자못 시어를 잘 이해하였다. 작품도 간혹 맑고 고운 데가 있었다. (……) 이 같은 작품들을 본다면 이소(離騷)의 운치가 있어 보인다. 나이가 서른이 되지 않고 젊고도 총민하기 때문에, 만약 쉬지 않고 정진한다면 옥봉(玉峰)의 경지에 이르는 것도 어렵지 않을 듯하다.

晉城有妓勝二喬者小名億春爲馬官金君仁甲所幸誨之以詩性甚慧黠頗解詩語所作間有淸麗 (……) 觀此等作大有騷韻而年未立而少且聰敏若不自畫玉峰不難到也

그녀의 연인이면서 시의 스승인 김인갑(金仁甲)은 역사적으로 알려진 인물은 아니다. 관직이 조선 시대 각 도의 역참을 관장하던 종6품의 외관직인 찰방(察訪)인 것으로 보아 그다지 높은 벼슬은 아니다. 그는 말을 키우고 관리하는 인부들을 감독하는 마관(馬官)이었던 것이다. 그러면서도 시 쓰는 재주가 있었던 시골 문사로 보인다. 권응인이 그를 두고 '김군인갑(金君仁甲)'이라고 한 것으로 보아 친구이거나 아니면 후배이거나, 어쨌든 지인인 것으로 짐작된다.

승이교가 진주 관아에 소속되었다면 신분이 자유롭지 못했을 것이다. 만약 서른이 되기 전에 퇴기가 되었다면 사기(私妓)로서 주점을 운영했는지도 모른다. 어쨌든 김인갑과 승이교는 떨어져 살았던 것임에 틀림없다. 그녀의 시가 애절한 그리움을 담고 있는 이유다.

西風吹衣裳
衰容傷日月
蓮堂秋雨踈
露枝寒蟬咽

이 시의 제목은 일반적으로 「서풍(西風)」으로 소개되어 있다. 이 시는 자신의 여위어가는, 혹은 늙어가는 모습을 생각하면서 인생의 무상감에 젖어든 시의 느낌을 노래한 것이라고 생각되는 작품이다. 이미 알려진 두 분들의 역본을 소개하자면, 다음과 같다.

서풍이 옷자락을 펄럭일 때마다
늙어가는 모습 세월이 한스럽다
연꽃 핀 정자에 가을비가 부슬거리고
이슬 맺은 가지에 매미가 슬피 운다.

— 조두현 역본

서풍은 의상에 불고
쇠한 모습은 세월이 상심되네.
연당에 가을비 성기고,
이슬 가지에 찬 매미는 흐느껴 울부짖다.

— 이한조(李漢祚) 역본

다음 시의 제목은 일반적으로 「사군(思君)」으로 소개되고 있다. 사군이란, '임 생각'을 뜻한다. 진주에서 승이교가 연인인 김인갑을 그리워하면서 쓴 시라고 여겨진다. 시간적인 배경은 깊어가는 가을날의 밤이다.

霜雁拖寒聲
寂寞過山城
思君孤夢罷
秋月照窓明

이 시를 가장 먼저 번역한 이는 안서 김억이다. 그의 역본은 두 가지인데 하나는 7·5조 자유시로, 다른 하나는 시조(時調), 즉 전래의 정형시로 옮겼다. 두 역본을 동시에 인용해본다. 일제 시대에 그가 편역한 『꽃다

발」(박문서관, 1944)에 실려 있는 역본이다.

> 서릿발에 갑자기 나는 기러기
> 쓸쓸히 산성(山城) 돌며 외치는 통에
> 깜짝 놀라 수우잠 상사몽(相思夢) 깨니
> 가을달만 사창(紗窓)에 뚜렷하고야.

(시조역)

> 기러기 찬 서리에 놀래어 산성 돌며
> 외치는 긴 소리에 상사몽 문득 깨니
> 사창엔 늦가을 달만 혼자 뚜렷하더라.
> ── 「사창(紗窓)엔 달만 밝고」(김안서 역본)

원문과 김안서 역본을 대조해보면 그다지 틀린 데가 없어 보인다. 산성
은 진주성을 가리키고 있다고 생각된다. 지금에 남아 있는 진주성은 일부
에 지나지 않는 중심된 성인 아성이며 천혜의 자연 조건인 강과 야산을
이용한 것. 모양으로만 보면 산성에 진배없다. '수우잠'은 『표준국어대사
전』에 의하면 '수잠/겉잠/여원잠'에 해당하는 말이다. 즉 이 낱말은 '깊
이 들지 않은 잠'을 뜻한다. 나의 개인적인 취향이라면, 두 역본 중에서
후자인 시조역이 더 좋아 보인다. 번역자에 의한 언어 통제가 잘 이루어
져 있기 때문이다. 다만 지나치게 주제어 같은 느낌을 주면서 또 관습적
으로 흔해 빠진 시어 상사몽(相思夢)보다는 전자에 사용된 '수우잠'을 사
용했더라면 하는 아쉬움이 남는다.

이 두 편의 시는 「추회(秋懷)」라는 제목으로 묶여진다. 정황으로 볼 때,
이상으로 소개한 두 편의 시는 연작시일 가능성이 많다. 이를 두고, 나는
여러 가지 역본을 참고하고 또 시적인 분위기를 고려하면서 순서에 따라

졸역본을 다음과 같이 만들어 보았다.

　　　가을바람이 불어 옷자락 펄럭이니
　　　야위는 얼굴 가는 세월이 서러워라
　　　연당의 가을비는 듬성듬성 내리고
　　　이슬 맺힌 가지, 매미소리가 차갑네

　　　서리 내리는 밤 기러기 나는 소리
　　　산성을 넘어서 쓸쓸하게 가는 소리
　　　임을 그리워하다 외롭게 꿈을 깨니
　　　가을 달은 창가에 밝게 비쳐오네

　승이교의 「추회」 2수와 비슷한 또 다른 시편이 있다. 「추야유감(秋夜有感)」이 바로 그것이다. 이 시 역시도 가을의 감회를 노래한 것. 비애감의 극치에 달하고 있어 가슴 저미는 듯한 느낌을 주고 있다. 즉, 바람 불고 뒷산에 단풍이 들려고 할 즈음인 가을날의 달 밝은 밤, 임 그리워 혼자 잠 못 드는 기녀 화자의 고적을 달래면서 노래하고 있다.

　　　江陽館裏西風起
　　　後山欲醉前江淸
　　　紗窓月白百蟲咽
　　　孤枕衾寒夢不成

　강양관(江陽館)이 어디인지 잘 알 수 없으나 진주 남강변에 있는 숙박 장소인 것 같다. 관아 소속의 영빈관인지, 아니면 개인이 운영하는 기방(妓房)인지도 잘 알 수 없다. 그런데 안서 김억이 소개하는 역본에는 강양관이 양산관(楊山館)으로 표기되어 있으니 더욱 궁금해진다.
　승이교의 또 다른 가을 노래로서 4백 년 넘게 절창이 되어 온 「추야유감」은 앞의 경우와 마찬가지로 안서 김억이 억춘(憶春)이란 작가 명의 작품으로 번역했다. 번역의 표제는 「가을도 깊어가고」이며, 별도로 시조로도 번역되기도 했다. 시조는 "우수수 갈바람에 산천이 쓸쓸한 제······"로 시작되면서 각별한 느낌을 반영하고 있다. 나는 또 다시 「추야유감」의 졸역본을 다음과 같이 따로 만들어보았다. 이 역시도 앞의 경우와 한가지로 여러 가지 역본을 참고한 결과를 수용한 것이다.

> 강양관(江陽館) 안으로 하늬바람 불어오네.
> 뒷산은 취할 듯하고 앞강은 맑았어라.
> 사창에 달은 밝고 뭇 벌레도 목메는구나.
> 외론 베개 찬 이불, 꿈조차 못 이루겠네.

권응인이 승이교의 시를 평하기를 소운(騷韻)이 있다고 했다. 혹자는 이 '소운'을 가리켜 '시의 운치'라고 했는데, 이는 '이소(離騷)의 운치'로 해석되기도 한다. 기원전 3세기경 초(楚)나라에 시인 굴원이 지었다는 낭독시(구전시)인 「이소」는 최초의 충신연주지사(忠臣戀主之詞)이다. 그럼에도 불구하고 '이소'가 '근심을 느낀다'는 뜻으로 역시 해석된다면, 승이교의 시는 임을 그리워하는 근심의 노래다.

권응인이 승이교가 옥봉(玉峰)의 경지에 이르는 것도 어렵지 않을 것이라고 전망한 것으로 보아 그녀가 여류시인 이옥봉과 비슷한 세대이거나 후배 격에 해당된다고 하겠다. 이옥봉은 시인으로서 주로 1550, 60년대에 활동했다. 그렇다면 승이교는 1560, 70년대에 활동했다고 보는 것이 비교적 정확하다.

승이교는 영원한 가을의 여인이다. 시인 고은의 시를 원작으로 노래한, 매우 성취적인 (1960년대의) 대중가요가 있다. 최양숙이 샹송풍으로 부른

「가을편지」다. 가을엔 편지를 하겠어요, 누구라도 그대가 되어 받아주세요, 낙엽이 쌓이는 날, 외로운 여자가 아름다워요……. 나는 승이교의 시를 볼 때마다 이 노래를 연상하곤 한다.

시를 쓴 진주 기생 가운데 계향(桂香)도 있다. 그녀는 난향(蘭香)으로도 일컬어진다. 그녀가 어느 시대의 사람인지조차 잘 알 수 없다. 계향의 대표작은 「기원(寄遠)」이다. 기녀 한시의 대표적인 작품으로 손색이 없다. 이능화는 근대 기녀 자료의 고전인 『조선해어화사』에서 이 시를 인용하면서 "삼와양사(三瓦兩舍)에서 이 같은 운치 있는 작품이 나왔다는 것은 실로 기발한 일이다."라는 찬사를 덧붙였다. 우선 이 시의 원문을 적어본다.

別後雲山隔渺茫
夢中歡笑在君傍
覺來半枕虛無影
側向殘燈冷落光
何日喜逢千里面
此時空斷九回腸
窓前更有梧桐雨
添得相思淚幾行

이 시는 7언의 8행시로 구성되어 있다. 비교적 유장한 느낌의 시상이 펼쳐져 있는 아름다운 시라고 생각된다. 이것은 많은 사람들에 의해 번역되었다. 이 중에서 김달진의 역본(1989)인 「먼 사람에게」를 따오려고 한다. 내가 본 역본 중에서 가장 문학적인 감성을 불러일으키는 것 같아서다.

헤어진 뒤 구름산이 아득하나니
꿈에 당신 곁에서 웃으며 즐기었네.

깨고 나면 반(半)베개의 허무한 그림자요
옆으로는 등잔불의 쓸쓸한 빛이네.
천리 먼 님의 얼굴 언제 반겨 만날까.
지금에 부질없이 구곡간장 다 끊이네.
다시 창 앞 오동잎에 비 떨어지는 소리
그리움 더하나니 눈물은 얼마인고.

— 김달진 역본

현존하지 않은 연인에 대한 애절한 사모의 심정을 노래한 시다. 사랑하는 사람이 현실적으로 존재하지 않기 때문에 꿈에서만 만남을 향유한다. 철학자에게 관념적 향유가 있다면, 예술인에게는 몽상적인 향유가 있을 터. 그러나 꿈을 깨고 난

그림으로 그려진 진주 기생 계향

현실은 서럽기 그지없다. 이를 두고 서양의 문예사조에서는 '낭만적 아이러니'라고 말한다. 낭만적 아이러니는 아름다운 환상을 창조하다가 갑자기 그것이 파괴되면서 생겨나게 되는 아이러니이며, 환상이나 꿈속에서 깨어났을 때 현실과의 거리에서 오는 모순의 감정을 수반하는 반어(反語)의 언술인 것이다. 나 역시 이 시에 관한 역본을 작성한 바 있었다. 논문 「진주 기녀 문학의 역사적 전개 양상과 지역문화적 특성에 관한 연구」

(2003)를 썼을 무렵의 일이었다.

> 헤어진 뒤 운산(雲山) 막혀 아득한 저 길
> 꿈속에서나 님 곁에서 웃어봅니다.
> 깨고 나면 베갯머리 그림자도 볼 수 없어
> 옆으로 몸 돌리면 등잔불이 쓸쓸해요.
> 어느 때나 천리 밖의 정든 님 만나볼까.
> 순간에도 구곡간장 끊어질 듯합니다.
> 창 앞 오동나무엔 비가 내리는데요,
> 상사(相思)의 회포는 눈물 되어 흘러요.

— 졸역본

나의 역본을 10년 만에 살펴보니 내가 그 당시에 무엇보다 여성적인 말투·말씨에 마음을 기울였던 것으로 생각된다. 이 정조의 어조라면 많은 남자로부터 사랑을 받고 있는 기생의 여성스런 시적 어조에 가깝게 접근한 것이라고 스스로 생각한다.

기녀의 문학이란, 본디 남녀 간의 애정을 주제로 삼는 경향이 뚜렷하다. 우리나라의 문학 전통에 의하면, 여염집 여인이 사랑을 고백하거나 전언(傳言)하는 성격의 작품이 극히 드물다. 이런 점에서 볼 때 기녀의 문학이 우리 문학에서 차지하는 독자성은 각별하다. 계향의 시세계는 여느 기생 시인처럼 상사(相思)와 정한(情恨)으로 요약된다고 하겠다.

거의 알려져 있지 않은 사실이거니와, 19세기 말, 변방 김해 지역에 강담운(姜澹雲)이라고 하는 이름의 빼어난 기녀 시인이 있었다. 그녀는 한양에 있는 출판사인 녹규관에서 1877, 8년 어간에 한시집 『지재당고(只在堂稿)』를 상재했다는 점에서 동시대의 시객(詩客)들에겐 어느 정도 이름이 알려진 인물이었다.

　강담운의 삶에서 빼놓을 수 없는 인물은 배전(1843~1899)이다. 그는 김해 출신의 빈궁한 선비로서 시의 일가를 이루어 동시대에 한양(서울)의 시단에까지 이름을 떨쳤다. 강담운과 배전은 시서화에의 취향과 전문적인 안목을 공유하는 동호인으로 만났으리라. 그러다가 자연스레 정인(情人)의 관계로 발전했으리라. 세평에 의하면 강담운은 배전의 소실이었던 게다. 그녀는 예서(隷書)에 정평이 나 있었고, 그녀의 낭군인 배전은 끝내 벼슬길이 막힌 이로서 가난한 중년의 나이에 김해로 귀향하여 그림을 그려 연명했다고 한다. 요컨대, 강담운은 사실상 가난하고 병약하여 별 볼일 없는 남자의 여자였던 셈이다.

　강담운은 본디 김해 관아에 소속된 관기였던 것으로 짐작된다. 그녀가 배전을 만났을 무렵에는 교방으로부터 나와 벌써 사기(私妓)로서 생업에 종사했을 것이다. 생활 형편이 그다지 여유롭지 않았던 것은 두말할 필요조차 없다.

　먼저 살펴볼 시는 「봄날 편지를 붙임(春日寄書)」이다. 어느 봄날에 정인인 차산 배전에게 편지를 붙였다는 것. 편지 내용은 그리움으로 가득 찬 것. 두 사람은 오랫동안 서울과 김해에 머물면서 서로 헤어져 있는 상태였다. 그 당시의 편지는 서울로 가는 지인을 통해 부친다.

　　　그리움이 가득한
　　　눈물방울로
　　　붓을 적셔 그립다
　　　글자를 쓰네
　　　뜰 앞 바람이
　　　푸른 복사꽃에 부니
　　　쌍쌍의 나비가

꽃을 안고 떨어지네.

滴取相思滿眼淚
濡毫料理相思字
庭前風吹碧桃花
兩兩胡蝶抱花墜

— 「봄날 편지를 붙임」(이성혜 역본)

　　강담운과 배전의 이별은 과거 보러 가는 배전을 보내면서 강가에서 헤어짐을 노래한 시 「송산랑부시험강부별(送山郎赴試驗江賦別)」에서 잘 반영하고 있다. 낙동강의 어느 나루터에서 님과 이별하는 강담운은 '그리움으로 인해 감히 님을 원망하지 않겠다(相思敢怨君)'라고 다짐한다. 그러나 배전의 서울 체류 기간이 길어졌다. 과거 시험에서 떨어진다. 이때의 과거 시험은 형식에 불과하다. 얼마만큼 정치적인 줄 서기를 잘하느냐에 달려 있다. 변방인 김해 사람을 벼슬길에 등용해줄 수 있는 사람이 없었다. 두 사람의 이별 기간이 길어지면서 강담운의 그리움도 깊어지고 간절해진다. 「봄날 편지를 붙임」에 이르면 그녀는 그리움이 가득한 눈물방울로, 붓을 적셔, 그립다, 라는 글자를 쓴다. 나는 이 시를 다음과 같이 옮겨 보았다. 이성혜 역본과 차별성을 두기 위해서다.

　　그리움이 가득 찬
　　젖은 눈물을

　　붓에 적셔 써보네
　　그립다,
　　라고.

뜨락 앞 부는 바람에
짝을 지은 나비들이 안고서
떨어지는

아, 푸른 복사꽃.
　　　　　　— 「어느 봄날의 편지」(졸역본)

시를 쓴 기생 강담운의
시가 보이는 필사본

　강담운은 돌아오지 않는 님을 그리워하면서 하루하루를 힘겹게 보낸 것 같다. 인편이 닿을 때마다 편지는 간혹 서로 주고받은 것 같다. 다음의 시를 보자. 김해를 강남이라고 했다. 대구에서 창녕으로 이르는 낙동강에서 보면 김해는 강의 남쪽이다. 강담운이 서울에 있는 배전을 그리워하면서 읊조린 시다. 이러한 유의 표현을 두고, 사람들은 절창(絶唱)이라고 하는 말을 쓴 것이 아닌가 한다.

　　시월의 강남에 비 내리면
　　북녘에는 눈이 내리리라
　　북녘에서 눈을 만나신다면
　　빗속에서 당신 그리워하는
　　제 모습 생각하여요

　　十月江南雨
　　知應北雪時
　　在北如逢雪
　　懷心雨裏思

3

풍류(風流)라는 말이 있다. 표준적인 국어사전에는 '멋스럽고 풍치가 있는 일. 또는 그렇게 노는 일'이라고 정의하고 있으나 그리 간단한 일은 아니다. 국악에서는 풍류를 가리켜 관현악이라고 말하는 경향이 있다. 관악은 대풍류요, 현악은 줄풍류다.

먼저, 국문학자 신은경의 『풍류─동아시아 미학의 근원』(보고사, 2003)에 나타난 바, 풍류에 관한 의미의 층위를 중심으로 다음과 같이 검토해 보기로 한다.

풍류의 어원은 『예기』 풍운유형(風雲流形)에까지 소급되는 것 같다. 또 어딘지는 모르지만 풍행유전(風行流傳)이란 말도 있다고 한다. 동양 삼국에서 쓰이는 풍류라는 말은 대체로 멋스럽고 품격이 높고 속세를 떠나 있는 것을 말한다. 즉, 미학의 의미 범주를 지칭하는 개념이다.

하지만 각 나라마다 또 다르게 사용하는 의미로도 세분화되어 있기도 하다. 중국에서는 여성의 요염한 모습이나 기녀 · 염사(艶事) · 호색과 관련되는 일로 일컬어지면서 의미의 방향이 틀어졌다. 오늘날의 중국에서도 남녀 간의 로맨스를 풍류운사(風流韻事)라고 하고, 연애소송사건을 풍류공안(風流公案)이라고 말한다. 일본에선 대체로 풍류를 두고 잘생긴 남녀를 가리킨다. 『만엽집』에 이 남녀를 두고 '풍류사(風流士)'와 '풍류낭자'라고 했다. 즉, 일본에서의 그것은 외면적으로 드러나는 용모의 감각적인 아름다움이다. 우리나라에서의 풍류는 화랑 집단의 이데올로기인 선풍(仙風)으로 간주하는 일이 있었다. 최치원은 풍류를 가리켜 '현묘(玄妙)의 도(道)'라고 말하지 않았던가. 그 후, 세월이 한참 지나오면서 철학적이고 종교적인 의미는 사라지면서 연락적(宴樂的)인 의미의 풍류 개념만 부상하게 되기에 이른다. 조선 후기에 풍류는 '한량들의 잡스러운 놀이' 정도의 타락상을 보이게 된 것이다. 어쨌든 좋은 의미의 풍류를 향유하는 남자를 두고 나라마다 이런 명칭이 있었다.

중국—풍류명사(名士) : 『진서(晉書)』
일본—풍류사(士) : 『만엽집』
한국—풍류도(徒) : 「금오신화」

우리나라의 경우는 복수화된 특징을 보이고 있다. 풍류도는 선인(仙人)의 딴 이름이다. 최치원에서 비롯된 풍류의 전통이 「금오신화」의 작자 김시습에 이르기까지 계승된 것이다. 그 이후에도 옛시조에 '풍류사종(師宗)'이란 말이 나온다. 이 역시 신선 같은 사람을 가리킨다. 우리가 지금 익히 듣고 있는 말 중에 풍류객, 풍류남아 등의 용어가 있다. 전자가 좀 문화적인 소양을 갖춘 사내를 가리킨다면, 후자는 술 좋아하고 바람기 있는 남자를 말하는 경향이 있다. 풍류의 양면성은 지금도 확인이 되는 것이다.

또 한 가지 얘깃거리가 있다.

풍류에 내포된 예술 요소를 따지자면, 중국은 시문(詩文) 내지 시서화(詩書畵)를 말하고, 일본은 춤을 가리킨다. 우리에게는 가악의 이미지가 강하다. 국악의 관현악을 두고 대풍류와 줄풍류로 분류했듯이 말이다.

우리나라의 현대시인들도 풍류에 관심이 있었다. 시조시인이라면 가람 이병기과 초정 김상옥이요, 자유시인이라면 미당 서정주이다. 그의 시세계를 이룬 풍류는 신라정신과 무관하지 않다는 점에서, 풍류의 사상, 풍류의 형이상과 무관하지 않았다. 우선 시인의 생각에 의한 풍류의 개념을 살펴보자.

우리가 흔히 멋진 것의 뜻으로 쓰는 말에 풍류(風流)라는 말이 있지만, 이 것은 두말할 것도 없이 글자 그대로 물론 바람의 흐름을 꼬투리로 해서 쓰여 지는 말이다.

신라 때의 제일 큰 시인 최치원이 신라의 화랑도의 정신 성격을 말하면서 '우리나라에는 깊고 미묘한 살길이 있어 왔는데 그걸 풍류라고 한다.'고 한 데서 써 먹은 그 풍류란 말도 물론 저 우리 생활의 틈틈이 문득 끼여드는 미 묘한 친구—

저, 바람의 흐름을 두고 한 말이다.

— 『육자배기 가락에 타는 진달래』, 42쪽에서

새로 제작된 논개의 공식적인 인물화

서정주는 풍류를 가리켜 '바 람의 흐름'이란 축자역(逐字譯)을 흥미롭게 사용하고 있다. 풍류는 가장 한국적인 생각의 틀인 셈이 고, 우리 일상의 생활에 밀접한 관련을 맺고 있는 습벽이기도 하 다. 그런데 여기에는 뭔가 다른 게 있다. 바람의 흐름 속에서, 바 람의 흐름과 함께 그 바람에는 하루살이 같은 생존의 협애한 공 간을 넘어선 문화적인 역동의 힘이 들어 있다. 이 힘은 최치원이 말한 바 '접화군생'의 모둠살이가 가능한 현묘한 살 길[道]이다.

서정주의 풍류도가 가장 적실하게 반영된 사례는 시집 『학이 울고 간 날들의 시』(1982)이다. 이 시집은 일종의 역사시집이다. 이 시집에 실려 있는 시들의 하나의 예로서 논개를 시의 소재로 삼은 경우를 보자.

어린 계집아이 너무나 심심해서
한바탕 게걸스런 장난이듯이
철천의 웬숫놈 게다니 로꾸스케 장군 하고도
진주 남강 촉석루에 한 상도 잘 차리고,
그런 놈 하고 같이 노래하며 뛰놀기도 잘 하고,
그것을 하다 보니 더 심심해져설랑
바위에서 끌안고 딩굴다가 풍당!
남강 깊은 물에
강제정사(强制情死)도 해버렸나니,
범 냄새와 곰 냄새
보리 이삭의 햇볕 냄새도 도도한
논개의 이 풍류의 곡선의 역학(力學)—
아무리 어려운 일도, 죽음까지도
모든 걸 까불며 놀 듯이 잘 하는,
이빨 좋은 계집아이 배 먹듯 하는
논개의 이 풍류의 맵시 있는 역학—
게눈 감추듯한
동이(東夷)의 궁대인족(弓大人族)의
물찬 제비 같은 이 호수운 역학이여!

— 「논개의 풍류역학」 전문

민족의 한(恨)과 그 극복의 모습을 상징하는 새를 표상한 학(鶴)을 내세워 5천 년 역사를 시의 언어로 함축한 시집 『학이 울고 간 날들의 시』는 풍류의 역사관을 근거로 한 일종의 영사시(詠史詩)이다. 이 영사시의 하나로 「논개의 풍류역학」을 인용했다. 논개야말로 민족의 한과 그 극복의 표상으로 충분한 것일 수밖에 없다.

주지하듯이, 논개는 역사 인물 가운데 거룩한 성녀(聖女)의 이미지를 갖고 있는 인물이다. 논개가 적장을 끌어안고 순국한 행위를 두고 '강제정사'라고, 또 이를 두고 전라도 방언으로 '호숩다(재미있다)'라고 했으니,

시인의 불경한 언어 표현일 수밖에 없다. 그러나 서정주의 반어법은 빛을 발한다. 풍류 곡선의 역학에 이르러서는 시인의 상상적인 혜안을 유감없이 발휘하고 있다. 이때 역학은 미학의 딴 이름이지만, 이보다 더 옹골차고 힘이 있다.

그러면 화제를 경남 지역으로 돌려보자. 진주 기생이 시조를 노래했다는 것은 진주에서 만들어진 『교방가요』에서도 잘 나타나 있다. 이 책은 의기 논개를 위한 특별한 제전 의식을 위해 만들어진 것이다. 여기에는 다른 가집(歌集)에서 볼 수 없는 시조 다섯 편이 실려 있다. 그만큼 진주 기생들은 시조의 작사와 창에 익숙했음을 잘 알 수 있다.

진주 기생 중에서 한때 시조를 썼던 이로는 매화(梅花)와 옥선(玉仙)이 있었다.

이 두 사람은 모두 19세기 중·후반의 인물로 추정된다. 옥선은 이 글에서는 논외로 한다. 그런데 매화의 작품은 풍류의 극치라고 할 수 있는 소위 여창가곡(女唱歌曲)으로서 악보집에 기록되어 있기 때문에 종장 제4음보가 생략되어 있다. (시조창에서 종장 4음보는 소리를 생략하고 연주만 하기 때문이다.) 가사(노랫말)로서는 약간의 기형적인 형태를 보이고 있다.

기생문학은 노래·연주·춤과 관련되기 때문에 운문과 관련된 시조·한시가 대부분이다. 기녀 작품 중에 산문문학이 거의 없는 까닭이 여기에 있다. 대체로 기녀의 문학이 상사와 정한으로 요약되듯이 매화의 경우도 마찬가지이다. 진주의 시인인 승이교와 계향의 한시는 물론 진주의 기녀 가객인 매화와 옥선의 시조도 상사와 정한의 세계이다. 기녀문학은 현대 시에까지 계승된 사랑 노래의 전통을 이어왔다.

살뜰한 내 마음과 알뜰한 님의 정이
일시상봉(一時相逢) 그리워도 단장심회(斷腸心懷) 어렵거든
하물며 몇몇 날을 이대도록 (……)

　　　　　　　　　　　　　　　　　　　　 — 매화의 시조

우리말에 '알뜰살뜰'이라는 부사가 있다. 국어국립원의 『표준국어대사전』에 의하면, "①일이나 살림을 정성껏 규모 있게 꾸려 가는 모양. ②다른 사람에게 정성을 쏟는 모양."으로 풀이된다. 이 시조의 초장은 알뜰과 살뜰을 파자(破字)하는 과감성을 보여주고 있다. 이 시를 해석하면 다음과 같다. 알뜰살뜰한 내 마음과 님의 정이 한데 어울려 잠시 서로 만나 그리움을 푼다고 해도 슬프디슬픈 마음의 감회를 해소하기 어려울 것이다. 하물며 몇몇 날을 이처럼 서로 헤어진 상태로 보낼 것인가?

야심(夜深) 오경(五更)토록 잠 못 이뤄 전전(轉展)할 제
궂은비 문령성(聞鈴聲)이 상사(相思)로 단장(斷腸)이라
뉘라서 내 행색(行色) 그려다가 님의 앞에 (……)

매화의 세 번째 작품이다. 비록 한자어가 많아서 눈에 거슬리지만 시적인 레토릭이 뛰어나다고 말할 수 있다. 이에 관해서는 윤영옥의 논문 「기녀 매화의 시조」에서도 이미 밝혀진 바 있었다. 그는 '문령성(聞鈴聲)'을 두고 자기를 찾아오고 있는 님이 탄 말방울 소리를 듣는다는 뜻으로 이해하고 있다. 이 소리는 환청의 말방울 소리다. 종장 마지막 음보는 '전할꼬'가 생략되었다고 보는 것이 좋을 것이다. 상사의 감정은 승이교와 계향으로부터 이어온 진주 기녀의 축적된 정서라고 보는 게 옳을 것이다. 진주 기생 매화가 남긴 시조 네 편은 각기 독립된 작품이면서 동시에 또 큰 한 사이클을 형성하기도 한 것이기 때문에 유기적인 전체성을 지닌다.

마지막 작품은 모두의 작품과 수미 상관성을 맺는다.

> 평생에 믿을 님을 그려 무삼 병들손가
> 시시(時時)로 상사심(相思心)은 지기하는 탓이로다
> 두어라 알뜰한 이 심정을 님이 어이 (……)

평생토록 믿어야 할 님을 그리워해서 무슨 병이 들 것인가. 시의 여성 화자에게 그리움 따위는 병이 아니란다. 병은 님 탓이라기보다는 내 탓이다. 평생토록 믿어야 할 님을 그리워해서 병이 드는 게 아니라, 평생토록 믿어야 할 님을 미덥지 않아서 병이 든다고 화자는 말하는 것이다. 원문에 한글로 표기된 '지기'는 지기(知機), 혹은 지기(知己)로 이해되는 시어이다.

4

일제강점기에 정치적인 의식이 있는 기녀가 더러 있었다. 이런 기생을 두고 '사상기생'이라고들 한다. 이때 사상은 민족주의 사상이거나 사회주의 사상이거나 한 것이다. 반제(反帝)·항일(抗日)이란 점에서는 공통적이다. 사상기생의 상대자는 지도자 격인 우국지사, 독립운동가, 불의를 참지 못하는 열혈 청년이었다. 경남 지역 출신 사상기생 두 사람의 시를 보자.

경남 울주군 언양 출생의 기녀 이봉선(李鳳仙, 1894~1992)은 향리에서 관기제도가 해체된 시대의 사기업(私妓業)에 소속된 기녀이다. 서예와 거문고뿐만 아니라 미모도 출중했다고 한다. 그녀의 시적 재능은 훗날 『조선해어화사』를 쓴 이능화도 깜짝 놀랄 정도였다고 한다. 그녀는 1911년 한일병합이 있었던 이듬해에 다음과 같은 시를 쓰기도 했다.

북풍이 동풍으로 바뀌자
창가 매화에 작은 꽃봉오리 맺혔네
해마다 봄은 다시 오는데
세상에 영웅이 대대로 이어짐은 없구나

— 박민영 역본

北風轉向東
窓梅結小紅
歲有回春意
人無永世雄

이 시는 망국에 대한 비애의 느낌을 노래한 것이다. 나라를 다시 일으
켜 세울 수 있는 영웅은 어디에 있느냐고 시대의 유감(有感)을 읊조리고
있다. 이봉선은 이 무렵에 경남 최고의 부호이며 독립운동가인 김홍조와
사랑을 나누고 있었다. 그로부터 사상의 영향을 받았다면, 그녀 역시 사
상기생이 아닌가. 인용시는 식민지 시대에 있어서 지방 기녀의 현실인식,
시대의식을 잘 보여준 것이라고 하겠다.

현계옥(玄桂玉) 역시 비록 기녀이지만 의식이 있는 여성이었다. 그녀는
경남 밀양 출신이며 경북 달성 기생이었다. 악공인 아버지에게서 가곡을
배워 기녀가 되었다고 한다. 스스로 독립운동에 참여하기 위해 망명해 독
립군에 소속하였다. 동지들과 극단을 조직해서 상해 한국 정부를 찾아가
연극을 통해 얻은 이익금을 남김없이 군자금으로 희사하고 몸소 부엌일
을 맡아서 했다. 그녀의 한시 「목란화병(木蘭火兵)」은 뜻있는 사람들의 입
에 오르내렸다.

압록강 가장자리에 구름이 넓고 아득하네
만주 모래벌판에는 드센 북풍이 불어오네

목란은 창가의 베 짜는 일 벌써 두었으리
군영으로 향해 가 밥 짓는 병사가 되었네

— 졸역본

馬訾江邊雲漠漠
滿珠沙上朔風驚
木蘭已謝當窓織
好向營中作火兵

애니메이션으로 거듭난 뮬란(화목란)

중국의 양나라 고사는 효녀 목란이 늙은 아버지가 화병으로 출정하게 되자 아버지를 대신하여 남장(男裝)하고 종군하여 12년 만에 개선했다는 일을 주제로 한 얘기가 있다. 현계옥은 이 얘기를 모티프로 삼아 시를 지은 것이다. '마자강(馬訾江)'은 압록강이며 '만주(滿珠)'는 만주(滿洲)를 가리킨다. 목란이 아버지를 대신해 종군한 것처럼, 그 자신도 독립군을 도와주고 있음을 대비하여 시적 화자의 애국적인 정감을 표출하고 있다. 이런 점에서 볼 때, 현계옥은 일제강점기의 전형적인 사상기생이다.

조선 후기에 유어당(有魚堂)이라고 하는 이름의 통영 기생이 쓴 2행시가 있다. 시는 아주 단순하지만 뜻은 결코 예사롭지가 않다. 오늘날의 입장에서 볼 때, 뭐랄까 생태환경의 사상적인 성향이 소급적으로 적용될 수 있는 시다.

물이 흐리면 아름다운 물고기들 적고
산이 깊으면 진귀한 새 종류 많으리

水濁嘉魚少
山深異鳥多

　통영 기생 유어당의 시는 10자의 한자로 만들어진 일종의 극서정시이
다. 유어당이란 이름이 특이한 것으로 보아서 생선회 요릿집을 운영하는
기생이 아닐까 하고 막연히 추측해본다.

　요컨대 기녀의 시가라고 해서 그리움의 정한이나 풍류의 자취만이 남
아 있는 것이 아니다. 경우에 따라서는 사상적인 것의 잔영이 투사되어
있기도 하다고 말해질 수 있는 것이다. 나는 앞으로 경남 지역의 기녀문
학에 대한 서책을 간행해볼 계획을 가지고 있다. 이 글이 나의 계획을 위
한 디딤돌 하나 정도가 되었으면 좋겠다.

서포 김만중의 문학

— 과거에서 현재에 이르는 길

남해 가는 길, 인생 가는 길

오늘의 강연이 있을 이 자리에 오기까지 우여곡절이 있었습니다. 저는 오늘 여기에 오려고 서울 집에서 천릿길을 버스를 타고 왔습니다. 혹시나 해서 어제 버스표를 인터넷으로 예약을 했는데 제가 예약을 할 때는 남은 좌석이 두세 자리밖에 없었습니다. 속으로, '아차, 큰일 날 뻔했다' 하는 생각이 스쳐 지나갔습니다. 그런데 예기치 않은 일은 잇달아 일어났습니다. 양재역을 지나 남부터미널 전철역에 내려야 할 것을 깜빡하고 교대역에 내려 다시 한 전철역을 가는 데 7분이 더 소요되었습니다. 출발 직전에 가까스로 탄 시외버스는 수도권에서 왜 그렇게 정체가 되는지요? 때마침 이 유배문학관 관계자가 내게 전화했습니다. 혹시 수도권에서 버스가 막히지 않느냐고 말입니다. 그래서 걱정이 된다고 했더니 발표 순서를 조정해둘 테니 편안한 마음으로 내려오라고 말했습니다.

승가의 선승들이 선적(禪的) 명상을 위해 문제의식을 제기하고 또 제 나름의 해답을 구하려고 하는 걸 두고, 화두를 튼다, 라고 말합니다. 저 역시 사이비 선객이 되어 오늘의 일에 관해 화두를 한번 틀어보았습니다. 길에는 무슨 일이 생길지 모릅니다. 길은 평탄해 보여도 언제든지 예기치 않은 험로로 돌변하기도 합니다. 나는 오늘 남해 가는 길이야말로 인생 가는 길이 아닌가 하고 생각해보았습니다.

서울에서 남해로 간 사람은 저 말고도 많습니다. 역사적으로는 남해에 벼슬 하러 가는 사람, 일이 잘못 되어 귀양길에 오른 사람 등이 있었을 터입니다. 이 중에 대표적인 역사 인물로, 우리는 서포 김만중 선생을 떠올리지 않을 수 없습니다. 유배객이 된 선생이 남해로 귀양살이 하러 갈 때 일단 가면 앞날이 어찌 될지 모르는 그 심정은 오죽이나 하였겠습니까? 결국 선생은 남해에 간 후 불귀의 객이 되었습니다. 그의 남해행은 개인적으로 불우했지만, 문학적으로 볼 때에는 불멸의 세계에 접어들었습니다.

남해 적소에서 슬픔을 노래하다

서포 김만중은 유배지 남해에서 생을 마감했습니다. 잘 알다시피, 그가 쓴 소설인 「사씨남정기」와 「구운몽」은 우리 문학사에 남긴 찬연한 금자탑이라고 할 수 있습니다. 이 두 편의 작품은 원본의 문제가 아직 해결되지 않았지만 한글로 표기된 것이어서 더욱 가치를 발하고 있습니다. 어쨌든 다음은 그가 남해에서 지은 한시 중에서 비교적 알려진 것인 「남황(南荒)」에서 따온 것입니다. 남해가 유배지이기 때문에 거칠 황(荒) 자를 사용한 게 아닌가 합니다. 이 시를 쓴 그의 마음도 거칠 대로 거칠어져 있습니다.

서쪽 변방에서 해를 넘겨 살아왔는데
남녘의 낯선 땅에 이젠 머리카락 희끗해진 죄인일세
마음이 잿빛이라 거울 보기도 귀찮고
울음 솟구치면 세상은 배 탄 듯 흔들린다네
해질녘에 고향에서 오는 편지가 끊겨
맑은 가을날에 기러기를 바라보며 시름을 달래누나

　김만중에게 있어서 남해는 세 번째 유배지입니다. 그가 금성과 선천에서 유배생활을 할 때에는 어느 정도 삶의 희망을 갖고 있었습니다만, 정치적으로 복권의 가능성도 있었고 서인(西人)의 당파적 재건이 점쳐지기도 했을 것입니다.

　그러나 절해고도인 남해에 이르러 그는 모든 게 허사요, 일이 돌아가는 형편이 절망적이다, 라는 사실을 깨닫게 됩니다. 삶의 전망은 장밋빛이 아닌 잿빛이었다. 울음을 터뜨려 눈물이 솟구칠수록 세상은 마치 배를 탄 듯이 심하게 흔들리고 있었습니다. 이 지경에 이르러 그에게 남아 있는 것은 죽음에 대한 자각과 예견이었습니다.

　그는 남해에 이르러 자신의 인생이 장밋빛 인생이 아니라 잿빛 인생임을 자각하게 됩니다. 그의 마음도 지금 잿빛입니다. 이 시의 내용으로 보아 그는 늘 우울하며, 병리적으로는 아마 우울증 초기 증상에 해당된 게 아닌가 하고 짐작할 수 있습니다.

　어쨌든 김만중은 남해에서 세상을 떠납니다. 한 사람의 죽음을 당색, 당리당략을 떠나 비교적 객관적으로 평가한 것이 『조선왕조실록』 졸기(卒記) 기사입니다. 그의 죽음에 관한 기사문을 요약적으로 제시하면 대체로 이렇습니다.

전 판서 김만중이 남해에서 졸했는데, 나이는 56세였다. 사람됨이 청렴하게 행동하고 마음이 온화했으며 효성과 우애가 돈독했다. 벼슬이 높은 품계에 이르렀지만 가난하고 검소함이 유생과 같았다. 글솜씨가 기발하고 시는 더욱 고아하여 근세의 조잡한 어구를 쓰지 않았으며, 또한 재주를 감추고 나타내지 않았는데, 사람들이 그의 천품이 도에 가까우면서도 학문에 공력을 들이지 못한 것을 한스럽게 여겼었다. 유배지에 있으면서 어머니의 상을 만나 상을 치룰 수 없음을 애통해하며 울부짖다가 병이 되어 죽음에 이르렀다.

김만중에 대한 당대의 세평은 매우 좋습니다. 실록(實錄)에 폄훼와 증오 섞인 기록들로 점철해 있는 허균에 관한 것과 비교하자면 너무 대조적입니다. 그가 비록 정치적인 문제에는 언제나 꼬여 있었음에도 불구하고 실록은 그가 살아생전에 좋은 인격의 소유자였음을 널리 알리는 듯하며, 그의 문재가 뛰어났음도 있는 그대로 기술하고 있습니다. 정치인으로서의 그가 비록 비극으로 생을 마감했지만, 문학적으로는 불멸의 대열에 이미 들어섰다는 것입니다.

실록의 기록처럼 천품을 보면 그는 학인이어야 하는데 실제로는 문인의 삶을 살았습니다. 물론 그는 당대 최고의 학인적인 관료인 대제학에 올랐으나 퇴계나 율곡과 같은 최고의 학자는 되지 못했습니다.

대신에 그는 문학으로 뜻을 세웠습니다. 그만큼 그는 현실적으로 결핍된 삶이 많았던 탓이겠지요. 태어나기 전에 이미 별세한 아버지, 형제를 키우느라고 고생만 한 어머니, 왕의 여인들 문제에 깊숙이 개입해 정적과 끊임없이 싸워야 했던 일들. 이런 점을 보면, 문학은 현실 그 자체가 아닙니다.

죄송합니다만, 제 개인의 얘기를 좀 해도 되겠습니까? 저는 올해 문단에 등단한 지 30년이 되었습니다. 얼마 전에 어느 문예지에서는 저의 문단 등단 30년을 기념해주는 특집이 기획되기도 했습니다. 지금 제 나이는 김만중 선생이 남해에서 돌아가실 때의 나이와 같은 쉰여섯입니다. 문학을 한 서른 해 하다보니 비로소 문학이 뭔지 눈에 보입니다.

그렇습니다.

문학은 현실 그 자체가 아닙니다. 문학은 현실의 결핍을 채우는 것입니다. 그것은 꿈일 수도, 욕망일 수도, 대리만족일 수도 있습니다. 아니면 또 다른 그 무엇일 수도 있습니다. 김만중은 꿈을 형상화하고, 인간의 내재된 욕망을 표현하고, 현실에서 이룰 수 없는 권력과 도덕성의 문제를 풍자적으로 비유했습니다.

감추어져 있는 낮은 수준의 근대지향성

2009년 5월 23일 토요일 오전이었습니다.

노무현 전 대통령의 자살 소식이 전해진 어수선한 분위기 속에서도 서포 김만중 선생 추모 국제학술 심포지엄 「세계 문학 속의 김만중」이 예정대로 남해 보물섬 마늘나라 세미나실에서 열렸습니다. 한국 학자 2명, 일본 학자 2명, 중국 학자 1명이 참가했습니다. 저 역시 비교문학의 관점에서 「단테와 김만중의 문학사적인 맥락과 의의」라는 제목의 내용을 발표했었습니다.

단테와 김만중은 삶의 역정이나 문학사의 의의에 있어서 비슷한 점이 적지 않습니다.

첫째, 이들은 정치권으로부터 추방된 인물이었습니다. 이들이 살던 시대적 조건에는 격렬한 당파적 정쟁이 있었고, 두 사람 모두 정치적인 신조가 뚜렷하다는 점에서 당색(黨色)이 유달리 두드러졌습니다.

둘째, 이들의 문학적 성취가 '여행적 우화의 형식'을 지니고 있습니다.

「신곡」이 죽음 이후의 세계를 편력하는 환상 여행이라면, 「구운몽」은 현실·꿈·현실이라는 원환적 구조와, 좀 어려운 말로 표현해 격리·입사·귀환이란 통과제의적인 입문식(入門式) 구조로 이루어져 있습니다.

서포 김만중의 모습을 상상으로 그린 것

단테의 「신곡」은 천국과 지옥의 중세적인 흑백논리 틈새에 연옥이라는 중간적인 회색 지대로서의 사이버스페이스를 만들어 놓습니다. 이 연옥이 일종의 근대의 발견이라고 할 수 있겠습니다. 김만중의 「구운몽」도 마찬가지입니다. 그에게 현실은 행과 불행이라는 이원 구조로 이루어져 있는데 이 사이에 꿈이 틈입하게 되지요. 그에게 있어서 꿈은 헛된 욕망을 실현할 수 있는 회색 지대입니다. 말할 것도 없이, 이것은 근대로 나아갈 수 있는 발판이 되기도 하구요. 이때의 욕망이 돈의 문제와 긴밀하게 관련된다면 명백하게도 근대지향성을 띠게 되겠지만, 그러지 못해 아쉬움이 남아 있습니다.

셋째, 단테의 작품에 기독교 외에도 이교정신(異敎精神, paganism)이 반영되어 있듯이, 김만중의 작품세계에도 유자(儒者)로서 주자학적 이념을 비판하면서 오히려 심오한 불교적 인생관이 녹아 있습니다.

넷째, 일반적으로 잘 알려져 있는 얘기이면서 가장 중요한 얘깃거리가 되겠지만 두 사람은 라틴어와 한문이라는 중세 공동문어로부터 벗어나려는 의식 및 실천적인 노력을 보여주었습니다. 「신곡」과 「구운몽」에는 근대적 국민문학으로서의 가능성이 점쳐져 있다는 점에서 진정한 의미의 모국어 문학을 이탈리아와 한국에서 각각 처음으로 열면서 질적인 성취를 확보하려고 했던 겁니다.

그리고 이 날 국제학술대회에서 인상적으로 느낀 것은 김만중의 「구운몽」과 이하라 사이가쿠(井原西鶴)의 「호색일대남(好色一代男)」을 비교한 소메야 토모유키 교수가 성진과 팔선녀의 관계를 만다라형 도표를 만들어 설명한 부분이었습니다. 이와 관련한 천착이 국내에서도 이루어졌으면 하는 바람이 있었습니다.

이탈리아 문학사에서 가장 위대한 시인은 단테입니다. 단테의 문학에 관한 성과와 의의는 많은 사람들에 의해 줄기차게 논의되어 왔습니다. 제가 읽은 단테 문학의 비평서 가운데 하나가 조지 홉즈의 『단테의 생애와 시학』인데 이 책의 마지막 부분에 인상적인 내용이 있어 다음과 같이 인용해 봅니다.

> 분명한 것은 고전에 대한 열정과 우리가 단테에게서 발견할 수 있는 기독교적이고 신플라톤적인 우주와는 상반된 개념으로 설정된, 고양된 개개 인간의 운명에 대한 비전이 이탈리아와 유럽 르네상스의 특징이 되었다는 것이다. 이것은 이탈리아 도시의 정신과 북부 스콜라주의의 만남의 산물이었다. 그 만남의 첫 번째 열매가 단테의 탄생이었다. (명지출판사, 1991, 151쪽)

단테의 문학이 형성된 배경에 중세의 주도적인 철학만이 아니라, 그것에는 근대의 여명으로 향한 신흥의 기운 같은 것, 말하자면 이탈리아의 도시정신이라고 이름될 수 있는 시대적인 분위기가 반영되어 있다는 사실을, 인용문에서는 진지하게 말하고 있습니다.

그런데 단테와 여러 모로 비슷한 면이 많은 김만중의 경우에는 조지 홉

즈가 지적한 소위 '도시정신' 같은 것이 없습니다. 김만중의 문학에 이 점이 없었다는 것은 당시 우리나라가 자본주의 단계로 진입하는 데 있어서의 미성숙성에 기인하고 있다고 봐야 하겠지요. 비슷한 시기의 일본 작가 이하라 사이카쿠의 경우에는 거침없는 성적 자유가 반영되어 있고, 쵸닌(町人)의 금전 감각은 재화의 근대적 유통 이전 단계를 보여주고 있다는 점에서 그의 소설에 도시정신이 어느 정도까지는 있다고 하겠습니다.

결론적으로 말하면, 단테와 김만중의 닮은꼴은 뜻밖에도 많습니다. 앞으로 이 사실에 관해 많은 사람들이 고민해야 할 부분이라고 저는 생각하고 있습니다.

서러워라, 잊혀진다는 것은

최근 10년 동안에 걸쳐 남해 지역 사회는 김만중 선생에 대한 기념사업을 헌신적으로 추진해왔습니다. 이 과정에서 남해유배문학관이 건립되고, 남해유배문학상이 제도화되고, 그 밖에도 세미나 등이 개최되었습니다. 이 과정에서 남해를 배경으로 하는 좋은 작품들이 많이 나왔습니다.

김탁환의 소설 「서러워라, 잊혀진다는 것은」은 기성 작가가 쓴 남해 소재의 작품 중에서 최고의 작품으로 손꼽히고 있습니다. 역사 사실로서의 장희빈 사건과, 이를 풍간하기 위하여 김만중에 의해 씌어졌다는 고전소설 「사씨남정기」는 가장의 사랑을 독차지하기 위해 본처를 모함하는 악첩의 진부한 이야기에 지나지 않습니다. 이른바 한 남자를 둘러싼 두 여자의 쟁총(爭寵) 모티프입니다. 소설 「서러워라, 잊혀진다는 것은」의 내용 속에 내포된 갈등은 주지하는 바대로 서포 김만중과 희빈 장옥정의 정치적인 당파의 이해관계와 밀접하게 맞물려 있습니다.

서포 김만중의 마지막 생애는 한 번도 만난 적이 없었던, 그리고 모질고 삿된 자로서의 희빈 장옥정과 목숨을 걸고 대결을 벌여야 했던 급박한 생애였습니다. 결국 장희빈도 죽고 그도 죽습니다. 냉혹한 정치 현실에서 두 사람은 공멸했습니다.

소설 「서러워라, 잊혀진다는 것은」이 KBS TV문학관으로 거듭 난 것은 2005년 12월 23일입니다. 원작소설이 공간된 때로부터 3년이 지난 시점입니다. 이 영상문학 텍스트는 조선조 숙종 때 인현왕후와 장희빈을 둘러싼 정치 세력에 맞서 권력 투쟁을 벌였던 시대적인 배경 속에서 김만중의 소설 「사씨남정기」가 당대의 정치 현실을 반영한 조선시대의 필화 사건이라고 보고, 이 이야기를 재구성한 것입니다. 방송국에서는 17세기 당시의 문화적 풍경(풍속)과 사회상을 철저한 고증을 통해 복원하고 그 당시 소설이 대중에게 던져주었던 기쁨과, 사회적 역할 등을 조명해보겠다고 했습니다.

TV드라마 〈서러워라, 잊혀진다는 것은〉은 이채롭고도 특수한 세팅을 설정하는 데 성공을 거두었습니다. 조선 시대에 저잣거리에서 책을 팔고 사고 하는 가게인 세책방, 남녀가 서로 내외하면서 강담사의 이야기를 듣는 특수한 공간으로서의 매설방이 그것입니다. 또 남해의 지리적인 배경을 살리게 하기 위해 바닷가 배경의 촬영과, 노도와 남해 현청을 대신하는 장소 선정도 세심하게 배려한 것 같습니다. 책을 두고 목숨을 건 싸움을 벌이는 것도 무협영화 보는 듯한 시청각적인 유인성이라고 하겠습니다. 어쨌든 이야기의 전개도 무척 스피디합니다.

앞으로 남해에서는 김만중에 관한 한, 그리고 김만중의 작품에 관한 한 문화콘텐츠로서 시지각 매체에 관심을 가져야만 한다고 보입니다. KBS TV문학관 〈서러워라, 잊혀진다는 것은〉이 그 나름의 의의와 가치를 부여

할 수 있는 것도 이
러한 맥락에서 이해
되어야 하며, 결국
앞으로 김만중의 생
애, 작품 등이 영상
화되어 대중의 눈과
마음속으로 파고 들
수 있도록 관련되는
전문가들이 함께 노
력해야 하겠습니다.

다양한 종류의 〈구운몽도〉 중의 하나

김만중의 숨결이 남아 있는 곳

국문학자 설성경 선생님은 연세대 교수 직을 정년퇴임한 이후에도 남해에 자주 오신다고 합니다. 이 분은 남해 지역에 애착이 참으로 크다고 합니다. 남해가 김만중 선생의 숨결이 남아 있는 곳이기 때문이겠지요. 그는 저서 『서포 소설의 선과 관음』(1999)에 이런 의미 있는 말을 남겨두기도 했습니다.

서포가 만난 마지막 유배지인 경남 남해는, 우리나라의 대표적인 관음신앙 도량이 있는 곳이라는 점에서 서포는 기이한 인연을 맺게 된다. 남해의 금산(錦山)에서는 불교적 성격을 지닌 전설류(傳設類)가 집중적으로 나타나고 있다. 이는 서포가 남해에 유배되었을 때 이곳의 불교적 성격을 「사씨남정기」 창작의 불교 소재로 사용 했을 가능성을 보여준다. (『서포 소설의 선과 관음』, 22쪽)

남해는 이성계, 이순신, 김만중 등과 같이 관련되는 역사 인물이 많습니다. 이성계와 금산과 관련된 설화는 이 지방 사람들 가운데 모르는 사람이 없을 겁니다. 이순신은 노량해전을 앞두고 남해와 관련이 많은 관음보살에게 기원을 드렸다는 구전설화가 있고, 기록된 사료에는 천지신명에게 기도를 올렸다고 하죠. 천지신명은 우리의 고유한 토착신앙의 숭배 대상입니다.

저는 간송미술관에서 김홍도의 〈남해관음도〉를 본 일이 있는데 여기에서 말하는 남해가 이 지역의 이름을 말하는 것인지 보통명사인지는 잘 알 수 없습니다. 만약에 전자의 경우라면 이 그림에 대한 남해의 문화적인 연고가 있다는 점에서 예사롭지 않을 것입니다. 마찬가지로 「사씨남정기」에서 말하는 관음 역시 이 지역과 반드시 무관하다고는 볼 수 없겠지요.

김만중 선생의 흔적은 또 다른 텍스트로 무수히 남아 있습니다. 그의 소설에 대한 아류 소설은 말할 나위도 없고, 시조와 민요 등의 형태로도 남아 있습니다. 조선 후기에 울산에 사는 한 선비는 평론을 썼고, 지금 일본 후쿠오카의 한 박물관에서는 여덟 폭의 병풍으로 된 민화풍의 〈구운몽도(九雲夢圖)〉 역시 상설로 전시되고 있습니다. 이 모든 것은 아직 활용하지 않는 무궁한 문화콘텐츠 자료입니다. 언젠가 김만중의 드라마틱한 일대기나, 「구운몽」과 「사씨남정기」는 영화로, 애니메이션으로, 뮤지컬로 만들어질 것입니다. 이때가 되면 남해의 지역 사회도 뭔가의 역할을 해야 할 것입니다. 그때가 오기를 기대하면서 저의 말씀을 이제 마치려고 합니다.

경청해주셔서 감사합니다.

이름난 시집으로 다시 읽는
우리 근현대시의 사적(史的) 개관

김소월의 『진달래꽃』 ─ 토착적 모어(母語)의 보고 같은 시집

김소월의 시집 『진달래꽃』은 1925년 매문사(賣文社)에서 간행되었다. 이 시집의 문학사적인 의미와 가치는 실로 다대한 것이다. 작년에 김소월의 시집 『진달래꽃』이 문화재로 등록되었다. 우리나라 근대시기에 간행된 문학작품은 말할 것도 없고, 근대 출판물로서도 초유의 일이다. 문화재로 등록된 시집 『진달래꽃』은 모두 2종 4점이다. 시집 『진달래꽃』의 원본 판본이 두 가지인 것도 매우 이례적이라고 할 수 있다.

이 시집은 총판매소에 따라 한성도서주식회사(漢城圖書株式會社) 총판본과 중앙서림(中央書林) 총판본 두 가지의 형태로 간행됐는데, 본문 내용과 판권지의 기록(간행시기, 발행자, 인쇄소, 발행소 등)은 일치하나, 한성도서본은 표지에 꽃그림이 있고, 본문에 편집 오류로 보이는 오, 탈자가 여러 군데 발견됐다. 이 시집의 문화재 등록을 앞둔 『진달래꽃』의 등록 예고 기간(2010.9.13~10.12) 중에 어느 판본이 원본이냐를 두고, 문화재청은 이를 검토하기 위해 문화재위원, 서지학자, 국어학자 등 관계전문가 10여 명이 참석한 가운데 검토 회의를 열고 그 결과를 토대로 문화재위원회 심의를 개최했다.

그 결과 판권지의 간행 시기, 발행자 기록 등을 객관적인 자료로 인정하고, 동일 원판을 사용해 출판한 시집의 희소성이 있으면서 근대기 우리나라 문학작품의 출판에 대한 연구를 위해서도 가치가 충분하다고 판단해 모두 문화재로 등록하기로 했다. 이번에 등록된 유물은 한성 총판본 3점과 중앙 총판본 1점 등 총 4점이다. 작년에 등록된 시집『진달래꽃』은 표제시「진달래꽃」을 비롯「먼후일」, 「산유화」, 「엄마야 누나야」, 「초혼」 등 토속적이고도 전통적인 정서가 절제된 가락 속에 융해된 127편의 주옥같은 작품이 수록돼 있다.

시인 김소월은 민족생활사에 적층해온 토착적인 감수성을 바탕으로 님 없음의 시대에 그리움의 정한(情恨)을 결곡하게 시로 나타낸 우리의 터주 시인이다. 그는 오늘날까지에도 곡진한 모어(母語, mother-tongue)의 텃밭을 일구어낸 재능과 기량이 널리 인정되는 시인으로 기억되고 있다. 그의 이러한 문학적인 미덕은 대체로 연시풍의 사랑 노래에서 확인되어진다.

그런데, 김소월의 사랑 노래는 동시대에 사랑 노래를 명상적이고도 아름답게 목청껏 구가한 한용운의 경우에 비할 때 그 성격을 달리하는 점이 있다. 한용운에게 있어서는 사랑의 대상이 종교적 신성성의 강렬성에 근거한 상징 관념으로 실현되었다면, 김소월의 경우는 세간의 정분을 진솔하게 반영한 그런 대상으로 구체화되어 있다.

김소월 시의 어휘 활용 양상을 꼼꼼히 살펴본 한 연구에 의하면, 그는

'님'을 47회, '당신'을 50회, '애인'을 4회 되풀이해 사용했다. 이에 비해 '그대'라는 시어는 무려 65회나 사용되었던 것으로 나타났다. '그대'는 한용운의 시에서 거의 사용되지 않았던 시어였다. 이러한 사실을 미루어 볼 때, 한용운의 사랑이 초월적인 이상의 세계에 대한 한없는 경모의 대상을 향해 수직적으로 상승하고 있다

김소월·「진달래꽃」 표지

면 김소월의 사랑은 세속적인 남녀가 서로 사랑했다가 때로 미워하면서 헤어져 서로 애틋이 그리움의 감정을 되새기곤 하는, 이를테면 수평적인 현실의 부대낌 속으로 파고드는 그런 사랑이라고 할 수 있다. 아울러, '그대'라는 시어가 나타난 시들이 대체로 당시 풍속적인 생활감정을 잘 반영하고 있는 것도 사실이다.

김소월의 시는 대체로 쉽게 이해될 수 있는 성질의 것이지만, 통사 구조의 시대적 이질성, 거의 사어화(死語化)된 토착어, 김소월 유의 개성적 방언 및 독창적인 문법 등으로 인해 독자들에게 의미를 충분히 전달하지 못한 경우도 없지 않았다. 시적 분위기의 모호성 때문에 정확하게 이해되지 않는 시도 간혹 눈에 띄는 것도 사실이다. 그럼에도 불구하고, 그동안 텍스트 비판과 본문비평에 힘입어서 해석의 확장이 이룩될 수 있었다. 어쨌든 시집 『진달래꽃』에 보이는 독특한 우리말을 살펴본다.

○ 돗엣물(「님의 말씀」) : 독 안에 있는 물. 소월의 시어 중에는 이러한 어구생략촉음 'ㅅ'이 적지 않다. 예컨대, '길거리엣사람' '숲속엣냄새' '가슴엣사람' '무덤가엣금잔디' 등이 있다.

○ 축업은(「님에게」) : '축축한'의 뜻과 비슷함. 이 표현은 평안도 정주 지방의 방언이다. 한때 김소월의 스승인 안서 김억은 이를 '때문은'으로 해독한 바 있지만 명백한 오독이다.

○ 야저시(「꿈으로 오는 한 사람」) : 야젓이. '의젓하다'보다 어감이 작은 말인 '야젓하다'는 태도와 됨됨이가 옹졸하지 않고 무게가 있다는 말이다. 김용직은 '의젓이'의 작은 말로 보고 있다.

○ 싀멋업시(「기억」) : 달 아래 싀멋없이 섰던 그 여자. 아무 생각 없이 그저 망연히. 오세영은 '싀멋업시'를 '멋적게'로 풀이하였다. 그 밖에 월색에 '우둑히 싀멋없이 잡고 섰던 그대를'이란 표현도 있다.

○ 비난수(「비난수하는 맘」) : 정주 출신의 국어학자 이기문은 정주 방언 '비난수'를 무당이나 소경이 귀신에게 비는 말이라고 설명한 바 있다. 이를테면 비난수는 넋두리, 공수, 신탁 등을 가리킨다.

○ 가왁가왁(「길」) : 까마귀 울음소리. 독특한 맛과 울림을 느끼게 하는 소월 유의 음성 상징어.

○ 즈려밟고(「진달래꽃」) : 일반적으로 '지레밟고', '짓밟고'로 인식하고 있으나 앞의 '삽분히'와 의미상 모순과 충돌을 일으키기 때문에 두고두고 해석상의 문제가 될 수 있다.

○ 아우래비(「접동새」) : '아홉 오랩'으로 해석하면 '아홉 명의 오래비'가 되고, '아우 오래비'로 해석하면 남동생이 된다.

○ 불설워(「접동새」) : '몹시 서러워'는 오독이다. 김이협의 평북방언사전에는 '살림이 곤궁하여 신세가 매우 가엾다'라고 풀이하고 있다. 이 시어의 용례는 김억의 「코스모스」에도 나타나고 있다. 즉 "불서럽은 그 경상(景狀)하도 애련해"가 바로 그것이다. 사람의 마음에 깊은 느낌을 주는 시어이다.

○ 집난이(「첫치마」) : 출가녀(出嫁女)를 가리키지만 여기에서는 어감상 '새댁'이 정확하다. 김소월의 고향인 정주 출신 이기문의 기억에 의하면, 정주 방언 중에 새로 시집간 색시를 가리키는 '진나나'가 있다. 그렇다면, 김소월의 '집난이'는 '진나나'의 어원을 수용한 결과로 이해된다.

○ 물우혜슬제(「닭은 꼬꾸요」) : 물 위에 스러질 적에

　소설가이자 우리말 애호가로 알려져 있는 고종석은 김소월을 가리켜 본원적 정서의 여분을 서럽게 쓰다듬는 가인(歌人)이라고 했다. 매우 적절하고도 재미있는 표현이다. 하지만 김소월 시세계의 전면적인 진실은 아니다. 본원적인 정서의 여분이란 것이 한(恨)이니 슬픔이니 하는 다소 음습한 것이라면 그 나머지 것인 신명과 생의 희열 같은 리드미컬하고 밝은 정서도 그에겐 있다. 그럼에도 불구하고, 그의 시에 함축된 지닐성이 노래스러운 결과 마디가 따로 있다는 건 엄연한 사실이다.

　　　나 보기가 역겨워
　　　가실 때에는
　　　말없이 고이 보내드리우리다

　　　연변에 약산
　　　진달래꽃
　　　아름따다 가실 길에 뿌리우리다

　　　가시는 걸음걸음
　　　높인 그 꽃을
　　　사뿐히 즈려밟고 가시옵소서

　　　나 보기가 역겨워
　　　가실 때에는

죽어도 아니 눈물 흘리우리다

　시집 『진달래꽃』의 표제시이자 시집의 대표작이기도 한 시편 「진달래
꽃」은 『개벽』 지(誌) 25호(1922.7)에 발표되었다가 시집에 수록할 때 일부
개작된 것이다. 이 시의 중요한 모티프는 꽃뿌림의 행위이다. 이것은 불
전(佛前)에 꽃을 흩뿌려 부처를 공양하는 의식인 산화공덕을 연상하게 한
다. 그것은 대상을 축복, 찬미하는 행위이며, 이 시에서는 그것이 떠나는
님을 증오하거나 저주하지 않겠다는 의미로 변용되고 있다. 그리고 이 시
는 민중적 내지 민족적 정한, 유교적 인륜에 입각한 휴머니즘 절망의 현실
을 초극하는 절제된 정서 등과 관련하여 이해될 수 있다. 북한에서도 인민
성 인도주의적 감격, 생활 긍정의 의욕 등이 내포된 시로 이해해왔다.

　시집 『진달래꽃』에 개재된 그 밖의 대표작으로는, 식민지 시인의, 광복
을 간절히 비원하는 의식(儀式)으로도 볼 수 있는 「초혼」, 식민지 지식인
의 정신적 방황의식과 실존적 위기의식을 묘사한 수작으로서, 현실에 동
요하는 소월 자신의 내면 풍경이 투명하게 반영되어 있는 「길」, 모성적인
의식(意識)의 상실감으로부터 기인된 포한의 정조가 깃든 일종의 설화시
라고 볼 수 있는 「접동새」, 개화와 낙화, 생성과 사멸, 공존과 고독 등의
무수한 반복의 도정 속에서 우주론적 조화의 세계가 완결된 것을 상징하
고 있는 「산유화」 등이 있다.

청록파 시인들의 『청록집』－자연의 새로운 발견과 비현실의 순 수 서정

　박목월·조지훈·박두진의 공동시집 『청록집』은 1946년 6월 '을유문

화사'에서 간행됐다. 이 세 시인은 1930년대 『문장』 지(誌)의 추천제를 통해 시인으로 이미 등단했다. 일제 말 조선어 말살 정책에 따라 우리 문학의 암흑기에 잠정적으로 절필한 이들은 해방 직후에 『상아탑』 등의 매체를 통해 시심을 분출하였다. 이 세 사람의 인연과 우정을 맺어 결국 『청록집』의 공간을 적극적으로 기획한 이는 수필가 조풍연이었다. 그는 일제 때 『문장』 지의 편집장을 역임했고 해방 후에는 을유문화사에 재직하고 있었다.

『청록집』의 시인 세 사람은 『문장』 지에서 정지용으로부터 추천을 받았다. 세 사람의 시인에겐 정지용은 사장(師匠)과 같은 존재였다. 이들이 시집의 서문을 예를 다해 요청했지만 정지용이 거절하였고, 『청록집』을 모처에서 증정했을 때 해방 후 좌경화되어버린 그는 곤혹스런 표정을 짓게 된다. 박목월은 그때 그가 지은 표정을 두고 '해방 후의 혼란을 단적으로 상징해주는 얼굴이요, 표정'이라고 말한 바 있다.

박목월 · 조지훈 · 박두진은 우파 문단의 핵심 단체인 청년문학가협회에 창립 초부터 참여했다. 그들은 해방 후의 혼돈 상황 가운데서도 외곬으로 차원 높은 순수시 제작을 지향, 추구했음을 구체화한 것이 『청록집』 발간의 의미라고 할 수 있다. 문학사의 관점에서 볼 때, 『청록집』은 세칭 청록파의 이름으로 한국 서정시의 주류를 형성한 것이라고 할 수 있다. 동시대의 평판은 김동리의 비평문 「삼가시(三家詩)와 자연의 발견」(1948)에서 이미 이루어졌다. 그는 청록파를 두고 시문학파와 생명파를 계승한 발전적인 계보라고 높이 평가하였다.

청록파는 주지하듯이 자연을 발견한 시인들이다. 그 자연은 뚜렷하게 현실도피적인 공간이 아니다. 자연을 새롭게 바라보는 인간적 서정의 표현에 초점을 둔, 그럼으로써 인간의 삶을 통해 재해석된 자연인 것이다.

1969년 예술원상 수상식장의
박목월(왼쪽)

청록파 시인들의 공통적인 미학 기반은 서정성이라고 할 수 있다.

청록파 시인들이 지향한 자연에의 시적인 감응력은 전통 산수화에서 볼 수 있는 투명한 색채 감각의 리리시즘 세계로 경사되어 있다. 청록파 시인들의 자연에 대한 그리움의 정서는 서양적인 의미의 역동적인 그리움이 아니라, 정한·청빈·무소유·달관 등이 적절히 투영된 동양적인 그리움의 정서이다. 그들의 서정시 경향을 두고 '심오한 단순성의 시학'이라고 말해질 수 있겠는데 그 성과는 다음과 같이 설명되기도 한다.

청록파 시인의 서정성은 절제된 감정, 모국어에 대한 사랑과 헌신으로 드러나는 것. 소위 청록파 시인의 시문학사적인 기여 가운데서도 우리말의 갈고 닦음을 빼놓고서는 논의의 향방이 일쑤 놓쳐버릴 수밖에 없다. 이에 관해 문학비평가 유종호는 『시와 말과 사회사』에서 『청록집』 시편들이야말로 우리말의 세련된 조직이라는 점에서 한 극점을 보여준 것이라고 높이 평가하고 있다(202쪽 참고). 청록파 시인 중에서 우리말을 가장 잘 다룬 이는 박목월이지만, 박두진의 서정적인 시도 건강하고 평화로운 자연에 대한 강렬한 염원이 약동하는 주술적 리듬에 실려 장쾌하게 표출되곤 한다. 특히 「어서 너는 오너라」와 같은 시는 순(純)우리말로 쓰여 사람과 자연이 대화합하는 무도를 이루어간 시편이라고 평가됨직하다.

주지하듯이, 청록파 시인 중에서도 가장 서정성이 짙은 시인은 박목월이다. 그의 서정시는 자아와 세계가 가장 근접된 동일화의 특성을 보이며, 고양되고 충만한 현재의 감동을 노래하는 짧은 형식을 지향하며, 열정보다는 부드러움과 조화로움의 비상한 감응력을 제시하기도 한다.

시인의 순서가 박목월을 첫머리로 내세운 것은 그가 단형(短型)의 순수성을 가장 집약적으로 보여주었기 때문인 듯 하며, 박두진이 마지막으로 배치된 것 역시 산문적인 호흡의 유장성에 따른 안정감을 고려하고 배려했기 때문이었을 것이다. 박목월과 박두진 사이에는 늘 조지훈의 중도적인 성향이 자리하고 있었다.

해방 전의 『문장』지가 추구한 세계는 다소 현실도피적인 고완(古翫)의 취향과 관련된 것이었다. 『문장』의 아취적 고전주의는 조지훈에 의해 재현된 감이 있었다. 조지훈의 대표작 중 하나인 「봉황수(鳳凰愁)」를 복고주의라고 비판한 이는 청량산인(淸凉山人)이었다. 청량산인은 문학비평가 이원조의 필명이다. 조지훈과 이원조의 「봉황수」 논쟁에서 잘 알 수 있듯이 청록파가 좌파 논객의 표적이 된 것은 사실이다. 청록파의 시문학 영향력을 그만큼 인정했다는 것의 반증이라고 하겠다.

조지훈의 경우는 시 창작 외에도 그 당시에 시론(詩論) 형태의 산문적인 글쓰기를 적잖이 시도했듯이, 그는 청록파의 이론 분자 역할을 담당하고 있었다. 조지훈의 해방기 시론은 일언이폐지하여 이른바 순수시론으로 요약된다고 할 수 있다. 그들이 탐구한 청록의 상징세계는 동양의 산수화에서나 볼 수 있는 순수의 이상세계였다고 하겠다.

청록파는 『청록집』 발간 이후에도 지속적으로 활동을 했다. 박두진의 대표적인 시집으로 평가되는 『해』가 1949년에 상재된 것도 이러한 맥락에서 이해해야 할 것이다. 청록파 시인의 공동시집인 『청록집』에는 39편의 시가 실려 있다. 이 중에서 일부분은 해방 전에 발표했거나 본인들이 수고본의 형태로 보관해왔으며, 대부분의 작품은 해방 후에 씌어졌다. 일제 암흑기에 그들은 현실 도피의 공간에서 숨을 죽이며 붓을 꺾고 있었기 때문에 작품의 성향 역시 현실로부터 벗어날 수밖에 없었다. 그들이 해방 직후에 삶의 구체적인 현장으로 돌아와 우파 진영의 문단을 만들어가는 데 일조하는 위치에 놓여 있었지만 적어도 시의 가치와 세계에 있어서는 현실의 중심부인 정치 현실과 다소 유리되어 있었던 것도 틀린 게 아니다.

> 머언 산 靑雲寺
> 낡은 기와집
>
> 산은 紫霞山
> 봄눈 녹으면
>
> 느릅나무
> 속ㅅ잎 피어가는 열두 구비를
>
> 靑노루
> 맑은 눈에
>
> 도는
> 구름
>
> — 박목월의 「청(靑)노루」 전문

박목월의 시 「청노루」는 청록파 시인이 공통적으로 추구한 시적 동질성이랄까, 유대감의 표상과도 같은 것. 푸른 구름과 보랏빛 안개로 대비되는 색채 감각은 고고함과 초연함, 그리고 탈속의 경지를 연상시키기에 충분하다. 박목월의 이와 같은 동화적인 순수세계는 조지훈의 경우와 겹쳐지는 측면이 있다. 그 시는, "바라뵈는 자하산(紫霞山)/열두 봉우리// (……)/사슴도 운다."라는 조지훈의 시편 「피리를 불면」과 내용이나 이미지에 있어서 서로 비슷하다. 그럼에도 불구하고 조지훈의 시세계는 고풍의상이나 신라 천년의 꽃구름과 같은 회고적인 아름다움에 더 많이 깃들여져 있다. 박목월의 동화적인 순수세계와 조지훈 유의 회고미는 몽환적인 비현실의 세계를 드러내고 있다는 점에서 서로 연결되기도 한다.

청록파 시인이 현실로부터 벗어나려는 경향을 보이는 것을 시도하고 있다는 점은 인간의 자연화에 대한 동경의 또 다른 표현이라고도 말할 수 있겠다. 인간의 자연은 다름이 아니라 낙원의식을 충동하는 자의식을 반영한 것. 『청록집』의 제호(題號)로 이용되었던 '푸른 사슴'의 이미지는 그들이 지향하는 유토피아에의 표상이다. 즉, 그들은 제국주의 시대에 약육강식의 비인간화된 현장과, 해방기의 어지럽고 혼탁한 정치 현실의 세속사를 애써 외면하면서, 꽃구름 가득한 맑은 하늘, 청정한 적멸의 산방(山房), 뭇 삶이 이상적으로 공존하는 터전으로서의 생태 자연 등을 꿈꾸면서 노래하게 되었던 것이다.

신경림의 『농무』 - 우리말 운율과 농촌 상황시의 참다운 가치

신경림의 시집 『농무』의 텍스트는 세 가지 층위를 이루고 있다. 이는 애초에 1973년 월간문학사에서 초판본으로 간행된다. 이어서 1975년에는 창작과비평사에서 증보판의 형태로 다시 간행되었다. 그리고 1999년에 이르러 출판사 답게에서 한영대역본이 나오게 된다. 흔히 신경림의 시집

『농무』라고 하면 두 번째 형태의 증보판을 가리키고 있다. 신경림의 시집 『농무』는 스테디셀러로 독자들의 사랑을 꾸준히 받아왔다. 1975년에서 1990년까지 15년간에 걸쳐 이 시집은 대체로 14만 부의 판매부를 올린 것으로 알려져 있다.

이 시집의 체재는 모두 7부로 구성되어 있다. 증보판에 실려 있는 시편의 수는 60편에 이른다. 1950년대에 발표한 5편과, 1960년대에 발표한 8편을 제외하고는 모두 1970년대에 발표한 시들이다.

이 시집의 발문을 쓴 문학평론가 백낙청은 '하나의 민중적 경사'니 '민중의 사랑에 값하는 문학'이니 하는 표현을 사용하면서 고무적인 반응을 나타내 보인 바 있었다. 이 시집이 1974년 제1회 만해문학상 수상작으로 결정된다. 그때 심사를 맡았던 시인 김광섭은 이 시집을 가리켜 우리에게 농촌의 이미지를 쉽게 환히 보여주고 있는 농촌의 상황시(狀況詩)라고 말한 바 있었다.

이 시집의 문학사적인 의미 내지 의의는 리얼리즘 시로서의 가능성을 열었다는 데 있다. 그것은 압축 성장의 시기에 소외되고 그늘진 농민의 정서와 농촌의 몰락이라는 시대적인 상황의 결과로 보아야 한다. 1960, 70년대 한국 농촌 풍경과 농민 정서를 반영한 압도적인 사회적 구성물로서의 이 시집에 엿보이는 것은 당대 농촌 상황을 꾸밈없이, 섬세하게 재현한 시인의 리얼리즘 정신이라고 할 것이다.

현실이 여실한 데서 시적인 감흥이 살아난다.

시집 『농무』의 주인공들은 산업화 물결 속에서 붕괴되어가는 농촌의 현장 속에서 한과 신명의 집단적인 풀이로서 울분을 삭이려는 농민들이다. 이들에게는 '나'로서 실존하는 자립의 존재가 아니라, '우리'로서 연대할 수밖에 없는 동시대의 운명 공동체 구성원들이다.

시집 『농무』의 중심 공간은 장터이다. 이 시집에 그려진 장터는 도시와 외부로부터 소외되고 폐쇄된 공간이면서, 농촌과 벽지, 사람과 사람을, 이웃과 이웃을 연결하는 열린 소통의 공간이며 공동체적 연희 공간이기도 하다. 시인 신경림은 시집 『농무』에서 이러한 공간에서 힘없이 살아가고 있는 사람들의 못나고 어눌한 것에 보내는 애정과 믿음에 대한 시적 헌사로서 한 시대 문학의 소임을 훌륭하게 수행해낼 수 있었던 것이다.

그러나 이러한 관점 못지않게 우리가 성찰해보아야 할 것은 사회사적인 시각과 다소 거리를 둔 형식주의의 측면에서 시적 언어의 질적인 양상을 비평적으로 해명해야 하는 일인 것이다. 발문을 쓴 백낙청의 글을 인용하면 다음과 같다.

> ……인식의 혼란이나 감정의 낭비가 가져오기 쉬운 생소한 낱말들을 철저히 솎아버린다. 그의 운문은 산문으로서도 손색이 없을 만큼 순탄하게 뜻이 통하면서, 아렇게나 바꿔놓은 듯한 그의 시행들은 산문으로 고쳐놓았을 때 그 진가가 드러날 이만큼 우리말에 내재하는 운율에 밀착되어 있다. (1975년 증보판, 112쪽)

신경림의 시집 『농무』가 세상에 공간되고 나서 반응이 매우 좋았다. 그래서인지 당시에 시사 월간지 『신동아』에서 시집 『농무』을 두고 비평가들의 좌담회가 열렸다. 매우 이례적인 일이다. 어쩌면 초유의 일이 아닌가 한다. 참석자는 김우창, 김종길, 백낙청이다. 이들은 영문학 전공자들이며, 당시에 영문학 교수로 재직하고 있었다. 비평가로서의 김우창은 영문학뿐만이 아니라 철학에도 해박한 지식을 소유한, 당시의 의욕적인 인문주의자였다. 김종길은 시인으로도 활동하면서 영미 신비평의 정치한 안목으로 한국의 시 현상을 재단하는 예리함을 지닌 비평가였다. 백낙청은 당시 서울대 영문학 교수로서 『창작과 비평』 지를 주재하면서 사회문화적 비평의 새로운 기치를 드날리고 있었다. 이 세 사람의 비평적 좌담의 결과인 「시인과 현실－신경림 시집 『농무』의 세계와 한국시의 방향」(『신동아』, 1973. 7)은 분량이 이백 자 원고지로 백 매 이상이 되는 장문의 글이다.

좌담문(회화록) 중에서 '시인과 언어와 현실'은 『농무』의 언어 형식의 조건에 관한 논의이다. 백낙청은 시인의 사명 하나가 순화(醇化)하고 정화하고 개발하는 것이라는 사실을 전제하면서, 신경림이 『농무』에서 우리 현실에 순탄하게 쓰이는 말을 밀도 있는 시어로 승화한 사실을 높이 평가해야 한다는 의견을 내놓는다. 이 자리에서 논의된 신경림의 언어란 다름 아닌 토속어로 이름되고 있다. 이 대목에서 토속어가 적확한 용어인가 하는 점은 되짚어보아야 할 여지가 있지만, 김우창은 시인이 언어를 지켜야 한다는 것과 토속어는 직접적인 관계가 없다고 지적한다. 이에 대해 백낙청은 토속어에 지나치게 치중하는 게 건전하지 못하다고 보지만 순수한 우리말로 시를 써서 독자들에게 두루 읽히게 하는 것은 모국어 순화의 이름에 값하는 것이라고 밝힌다. 물론 김우창도 말과 사회의 함수관계를 인정하면서 토속어 못지않은 정확한 언어 사용, 토속적인 기반에서의 경험이 재생된 언어의 사용을 강조한다. 다시 말하면, 김우창은 신경림의 우리말 의식을 중도적인 시각에서 보고 있다. 이에 비해 김종길은 시 창작에서의 언어가 만만찮은 저항력을 가지고 있지만 비교적 만만한 게 토속어라고 밝힌 것을 보면 신경림의 우리말 의식을 다소 부정적으로 보고 있는 듯하다. 그가 언어 조직의 세련됨을 중시하는 형식주의 비평가이니까, 그럴 수밖에 없으리라.

징이 울린다 막이 내렸다
오동나무에 전등이 매어 달린 가설 무대
구경꾼이 돌아가고 난 텅 빈 운동장
우리는 분이 얼룩진 얼굴로
학교 앞 소줏집에 몰려 술을 마신다
답답하고 고달프게 사는 것이 원통하다
꽹과리를 앞장세워 장거리로 나서면
따라붙어 악을 쓰는 조무래기들뿐
처녀애들은 기름집 담벼락에 붙어 서서
철없이 킬킬대는구나
보름달은 밝아 어떤 녀석은
꺽정이처럼 울부짖고 또 어떤 녀석은
서림이처럼 해해대지만 이까짓
산 구석에 처박혀 발버둥친들 무엇하랴
비료값도 안 나오는 농사 따위야
아예 여편네에게나 맡겨 두고
쇠전을 거쳐 도수장 앞에 와 돌 때
우리는 점점 신명이 난다.
한 다리를 들고 날라리를 불거나
고갯짓을 하고 어깨를 흔들꺼나

— 신경림의 「농무」 전문

　이 시는 토속의 기반에서 이루어진 시어의 새로운 감각과 가능성을 보여준 것이라고 해도 좋을 것이다. 시어들은 모두 우리의 일상 생활 현장에서 잘 쓰이는 말들이다. 조금 낯선 것처럼 느껴지는 시어가 있다면, '도수장' 정도이다. 도수장은 소나 돼지를 잡는 도살장을 뜻한다. 농무를 추는 패거리의 춤이 절정을 이루는 곳은 바로 이 도수장 앞터이다. 여기에서 춤춘다는 것은 백정들의 형평(衡平)에 대한 잠재된 꿈에 대한 기억이 분출된다는 것을 반증한다.

이 시의 배경이 되는 장터는 시인의 고향인 충북 충주시 노은면에 소재한 작은 장터인 것으로 알려져 있다. 이 시에서 선보인 정확한 정경 묘사의 언어는 한 시대의 문제작을 일구어낸 토속적인 기반이 되었던 것임을 아무도 부인하지 못할 것이다. 신경림의 후속된 시세계 역시 구술적 전통의 계승과 입말지향성을 바탕으로 한 담화와 민요에 밀착된, 또 다른 언어의 양상에 기대게 된다.

이성복의 『뒹구는 돌은 언제 잠 깨는가』 – 시대의 아픔과 고통에 맞선 빛나는 역설의 언어

시인 이성복은 1952년 경북 상주읍에서 태어났다. 고향의 초등학교에 입학하여 다니다가 졸업을 1년 남짓 앞두고 서울로 전학하였다고 한다. 1968년 경기고등학교에 입학하였고, 재학 시절에 교내 웅변반 활동을 했다. 고교 시절에 만난 동기 및 선후배로는 진형준(문학평론가), 유인태(정치인), 이인성(소설가) 등이 있었다. 1971년 서울대학교 문리대 불문학과에 입학을 한 후 때마침 교양과정부 전임강사로 부임한 김현을 처음 만난다. 문리대 문학회에 가입하여 황지우(시인), 김석희(소설가, 번역가) 등과 새로운 친분을 쌓았다. 1973년 군복무를 하던 시절에 소설 「천씨행장」을 완성했다. 1976년, 복학한 후에는, 황지우 등과 교내 시화전을 열었다. 1977년 『문학과 지성』 겨울호에 「정든 유곽에서」와 「1959년」을 발표함으로써 시인으로 등단한다. 그리고 1980년 가을에 첫 번째 시집인 『뒹구는 돌은 언제 잠 깨는가』를 문학과지성사에서 상재하기에 이르렀다.

이상은 시인 이성복이 태어나서 첫 시집을 내기까지의 약력을 소개한 것이다. 여기에서 주목할 수 있는 사실은 그가 고등학교에 다니던 시절에 웅변 활동을 했고, 대학을 재학하면서 시인으로 등단했다는 것. 주지하듯이, 시와 웅변의 발화 형식은 말하기라는 점에서 비슷하다. 하지만 시가 속삭임의 밀어라면, 웅변은 외침의 양식이다. 웅변이 듣는 것이라면, 시는 엿듣는 것이라고, 존 스튜어트 밀이 말한 바 있었다. 이성복은 청자에게 현실의 공공연한 당면 과제를 힘주어 말하기보다는 독자로 하여금 서정적 자아의 내밀한 고백을 엿듣게 하는 쪽으로 나아가게 되었던 것이다.

시집 『뒹구는 돌은 언제 잠 깨는가』를 살펴보면 시인 이성복은 앞 시대의 시인인 김수영으로부터 영향을 받은 것 같다. 어느 정도의 영향이냐에 관해서는 관점의 차이가 있을 것이다. 이 시집의 해설을 쓴 시인 황동규는, 김수영과 비슷하면서도 김수영에게서 볼 수 있는 사변적인 요소를 극도로 줄이고 있으며, 이보다는 자유로운 연상이 이성복 시의 주조(主調)를 이룬다고 했다. 이성복의 당해 시집에 나타나 보이는 이 자유로운 연상을 두고 초현실주의일 거라고 생각하는 사람들이 많다. 그의 자유연상기법이 가장 뚜렷하게 나타난 경우는 시편 「구화(口話)」에서가 아닌가 한다. 다음과 같이 앞부분을 인용한다.

> 앵도를 먹고 무서운 애를 낳았으면 좋겠어
> 걸어가는 詩가 되었으면 물구나무 서는
> 오리가 되었으면 嘔吐하는 발가락이 되었으면
> 발톱 있는 감자가 되었으면 상냥한 工場이
> 되었으면 날아가는 맷돌이 되었으면 좋겠어

물론 이 시는 초현실주의 시 같은 느낌을 준다. 그러나 그의 시들 가운데 초현실주의 시라고 말해질 수 있는 경우는 극히 드물다. 초현실주의 시의 희유한 간헐성이라고 해야 할까. 『초현실주의』의 저자 신현숙도 "기계적으로 초현실주의의 기법을 따른 것은 아니지만 전통적인 시어의 파기, 기존 가치의 전복, 낯설은 이미지들의 조합을 통하여 초현실주의적인 성향을 내비친다."(동아출판사, 1992, 196쪽)라고 밝힌 바 있었다.

시집 『뒹구는 돌은 언제 잠 깨는가』에는 43편의 시가 실려 있다. 특별한 대표작이 있는 것도 아니고, 그렇다고 범작은 단 한 편도 없을 만큼 시의 수준이 매우 높다고 할 수 있다. 이 시들은 대체로 1978, 9년 즈음에 씌어졌다고 한다. 이 시기라면 잘 알다시피 정치적인 상황을 볼 때 유신 말기가 아닌가. 이 시집에는 한 시대의 말기적인 상황이 잘 반영되어 있다. 당시 엘리트 청년의 의식 배후에 잠재되어 있었을 무기력, 치욕, 불감증, 정신의 외상 등이 부성(우상) 파괴의 각과 날을 세우게 했으리라고 생각된다. 이런 점에서 초기 시의 이성복은 시를 통해 세계와 불화를 일으키거나, 사람살이의 갈등을 불러일으킨다는 이원론자라고 할 수 있다. 이 대목에서 모순이 일어난다. 시는 외침이 아니니까 말이다. 시는 웅변이 아니라 깊은 내면의 그윽한 울림이 아닌가.

"그해 겨울이 지나고 여름이 시작되어도/봄은 오지 않았다"로부터 시작하고 있는 시편 「1959년」은 시집의 권두시이다. 봄의 부재가 지닌 불길한 징조와 나쁜 의미의 주력(呪力)을 미리 느끼게 하는 것. 한 시대의 종언을 앞둔 숫자의 상징성 내지 정치적인 알레고리와 무관하지 않다. 시인은 폐쇄적인 공간의 장소상상력에 기대어 성이 음습하게 거래되는 사창가인 유곽으로 세상을 은유하였다. 이런 점에서 「다시, 정든 유곽에서」는 내면적인 자기 격투에 의한 치열한 시정신을 보여준 작품이다. 그가 존재하는 세상은 색(色)이 등등한 늙은이가 의붓딸을 범하고, 신혼부부는 습기 찬 어느 날 연탄가스로 죽고, 악에 바친 소년들은 소주병을 깨서 제 팔뚝을

굿고, 식모애들이 때로 사생아를 낳는 것과 같은, 불가해한 '유곽'의 세계이다. 시인 송재학의 말마따나, 이 세계는 모든 게 신비적인 세계이지만, 동시에 비이성적 세계이며, 폭력의 세계이고, 재난의 세계이며, 전도된 가치의 세계이다.

어쨌든 시인 이성복은 시집 『뒹구는 돌은 언제 잠 깨는가』를 통해 1982년 제2회 김수영문학상을 수상한다. 그 당시의 이 문학상 수상은 문단의 화제를 일파만파 불러일으켰을 만큼 관심이 집중된 것이었다. 그는 「삶의 오열」이라는 수상 소감을 남겼다. 그 요지는 대체로 다음과 같다. "진실에 대한 열정이라는 점에서 지금까지 나는 김수영에게서 많은 것을 배워왔고 배우고 공유하고 있다. 모든 삶은 거대한 상처이며, 그때 문학은 '지금, 이곳에서 내가 너와 함께' 나누고 좌절하고 극복하였던 상처의 기록이다."

> 그날 아버지는 일곱 시 기차를 타고 금촌으로 떠났고
> 여동생은 아홉 시에 학교로 갔다 그 날 어머니의 낡은
> 다리는 퉁퉁 부어올랐고 나는 신문사로 가서 하루 종일
> 노닥거렸다 前方은 무사했고 세상은 완벽했다 없는 것이
> 없었다 그날 驛前에는 대낮부터 창녀들이 서성거렸고
> 몇 년 후에 창녀가 될 애들은 집일을 도우거나 어린
> 동생을 돌보았다 그날 아버지는 未收金 회수 관계로
> 사장과 다투었고 여동생은 愛人과 함께 음악회에 갔다
> 그날 퇴근길에 나는 부츠 신은 멋진 여자를 보았고
> 사람이 사람을 사랑하면 죽일 수도 있을 거라고 생각했다
> 그 날 태연한 나무들 위로 날아 오르는 것은 다 새가
> 아니었다 나는 보았다 잔디밭 잡초 뽑는 여인들이 자기
> 삶까지 솎아내는 것을, 집 허무는 사내들이 자기 하늘까지
> 무너뜨리는 것을 나는 보았다 새占치는 노인과 便桶의

다정함을 그날 몇 건의 교통사고로 몇 사람이
죽었고 그날 市內 술집과 여관은 여전히 붐볐지만
아무도 그 날의 신음 소리를 듣지 못했다
모두 병들었는데 아무도 아프지 않았다

이 시에서 시적 화자는 하루의 삶이 묘파된 병리적 일상을 담담하게 복
원하고 있다. 화자가 경험하고 있는 하루의 삶은 대체로 논리적인 인과관
계를 형성하고 있지만 전방의 무사함, 몇 년 후에 창녀가 될 애들, 사람이
사람을 사랑하면 죽일 수도 있을 것, 자기 삶까지 솎아내는 잔디밭 잡초
뽑는 여인들 등의 인과의 흐름이 분명하지 않는 이미지를 매우 자유분방
하게 떠올리기도 한다. 결국 화자는 '모두 병들었는데 아무도 아프지 않
았다'라는 하나의 역설(逆說)로써 시상을 마무른다. 이 대목에 이르러 부
조리의 현실을 하나의 광채로운 역설 및 배리(背理)로 제시하는 시적인 역
량이 돋보인다. 새로운 상황에 부합하는 예외적인 언어를 창안하는 일을
수행하는 것이야말로 그 당시 이성복에게 부과된 시인의 운명이 아니었
을까?

30년 전 즈음의 일이다.

필자는 아슴푸레한 기억의 저편을 헤집어본다. 시인 이성복이 모(某) 계
간문예지가 기획한 좌담회에 참석해 자신의 시를 가리켜 '저공 비행'이
란 비유를 사용한 바 있었다. 그의 시는 천상(순수시)으로 날 수도 없고,
지상(참여시)으로 뿌리를 내릴 수도 없었다. 그의 시세계는 지상에 뿌리
를 내리려고 한 김수영의 그것과, 그래서 다를 수밖에 없었던 것이다.

그의 두 번째 시집인 『남해금산』에 이르면, 그는 세계와의 불화와 갈등
을 제어하면서 시의 각별한 리리시즘의 세계를 남다르게 제시한다. 그의
시에는 이때부터 역(易)이나 불교 같은 일원론적인 동양사상이 슬며시 자

문학의 미시담론

••••

134

리하게 된다.

허수경의 『슬픔만한 거름이 어디 있으랴』 — 민중시의 시대
에 대미를 장식한 새로운 감각의 민중시

시인 허수경은 1964년에 진주에서 태어나 자라면서 진주여고와 경상대 국문과를 졸업했다. 1987년 『실천문학』 복간호에 「땡볕」 외 3편을 발표하면서 시인으로 등단하게 된다. 그는 등단한 이듬해인 1988년에 첫 번째 시집인 『슬픔만한 거름이 어디 있으랴』를 상재한다. 그리고 뒤에 이어지는 시집으로는 『혼자 가는 먼 집』(1992), 『내 영혼은 오래 되었으나』(2001), 『청동의 시간 감자의 시간』(2005) 등이 있다. 그 밖에, 소설로는 『모래도시』(1996), 『길모퉁이의 중국식당』(2003), 『아틀란티스야 잘 가』(2011), 『박하』(2011) 등이 있으며, 고고학 에세이집으로는 『모래도시를 찾아서』(2005) 등의 산문적인 저술물들이 있다.

알려진 바에 의하면, 그녀는 작품 활동 초반에, 가수 신해철이 진행하는 라디오 프로그램의 원고를 쓰는 일로 생계를 유지하고, 진주의 가족도 부양하고, 지상에 없는 아버지가 남겨놓은 빚을 갚아나갔다고 한다. 그러나 그녀는 단 한 번도 힘들다는 말을 하지 않고, 오히려 고향 진주나 아버지 얘기를 할 적이면 앳된 얼굴이 되곤 했다고 한다. 그는 또 1992년에 독일로 가, 독일에서 거주하면서 뮌스터 대학에서 고대 동방문헌학 박사과정을 밟았다. 그녀는 20년이 된 지금까지도 독일에서 체류하고 있다. 독일에 가기 전까지 국내에서 소설가 신경숙 등과 친교를 맺기도 했다.

허수경은 1988년에 『슬픔만한 거름이 어디 있으랴』(실천문학사)라는 제목의 시집을 상재함으로써 문명을 떨치기 시작했다. 이 시집은 1980년대에 유행하던 이른바 민중시의 범주에 속하는 것이었다. 이 격동의 시대에 민중시는 시대의 어김없는 선물이었고, 따라서 1980년대의 민중시는 민중시로선 유례없는 호황을 누리기도 했다. 그런데 이 무렵에 민중시가 일관된 주제, 틀에 박힌 표현 전략, 흔해 빠진 소재주의 등으로 인해 신선함을 상실하고 있었다. 허수경의 시집이 당시에 이와 같은 도식주의로부터 벗어났기 때문에 민중시 계통의 시세계를 가지고 있으면서도 기존의 민중시와 전혀 다른 느낌의 시세계를 창조함으로써 군이 민중시를 선호하는 독자가 아니라고 해도 독자들의 가슴을 적시거나 심금을 울렸다. 여성 비평가 정효구는 그 까닭을 언어 다루는 솜씨에 두었다. 즉, 자연발생적이라고 부를 만한 어떤 가락이 시인의 몸에서 누에고치가 실을 뽑아내듯이 자연스럽게 풀려나와 시집 전체를 흥건히 감싸고 있다고 평한 바 있었다.

허수경의 시집 『슬픔만한 거름이 어디 있으랴』의 내용을 부면별로 정리하여 살펴보면 대체로 다음과 같다.

우선 제1부 '진주 저물녘'은 23편의 시편들이 실려 있다. 전체적인 작품의 질적인 면에서 볼 때 제1부가 가장 핵심적인 섹션이 아닌가 한다. 그의 시 작품 중에는 고향 진주를 배경으로 삼고 있거나, 그것을 암시하게 하고 있거나 하는 것들이 적지 않다. 시의 내용이 시인 허수경의 삶과 무관치 않은 것으로 짐작되고 있지만, 서정적인 주인공은 매우 극적(劇的)으로 맥락화한 퍼소나가 대부분이다. 삶의 신산고초를 다 겪은 중년의 입에서 인생의 경험이 우러나온다.

제2부 '원폭수첩'은 연작시 「원폭수첩」 6편과, 연작시 「남강시편」 5편으로 구성되어 있다. 연작시 「원폭수첩」은 역사의 저편에 감추어져 있는 음습한 고통의 기억을 헤집고 있는 시인의 날카로운 역사적 안목이 느껴

지는 작품이다. 일본에는 오래 전부터 원폭시(原爆詩)라는 용어가 있었다. 우리에게도 식민지 백성의 관점에서 본 우리의 원폭시가 있어야 한다면 하수경의 연작시 「원폭수첩」이 적절하게 해당한다. 히로시마 참사 직후에 "살려주세요 난 아직 안 죽었어요"라는 조선어 절규가 있었다. 원폭의 도륙보다도 더 무서운 것은 트럭에 매달린 반주검을 구덩이에 버리는 비인도적인 행위였다. 역사 고통의 후유증을 앓고 있는 내용의 「원폭수첩」은 허수경 시의 반전(反戰) 모티프의 뿌리이기도 하다. 연작시 「남강시편」 5편 역시 민중적인 삶과 역사의 아픔을 노래하고 있다. 진주의 상징인 남강은 그에게 더 이상 아름다운 낭만적인 자연물이 아니다. 민중적인 집단 트라우마의 표상이다.

제3부 '유배일기'는 그다지 뚜렷한 특징을 보이지 않는 부면이다. 무슨 의미에서 유배라는 말을 쓴 지도 알 수 없다. 정신적인 형벌을 말하는 것 같은데 이 표현 역시도 모호한 구석이 있다. 제3부의 시 18편의 공통점을 굳이 찾으라면, 「스승의 구두」, 「진주 아리랑」, 「국립 경상대학교」, 「대평 무우밭」이 진주 지역과 관련된 소재를 이용한 것이라는 점이다.

제4부 '조선식 회상'은 작품 수가 25편에 이른다. 여기에는 연작시 「조선식 회상」 14편과 연작시 「우리는 같은 지붕 아래 사는가」 4편이 포함되어 있다. 이 부면은 절름발이의 근대사, 오욕의 역사를 표상하는 단어인 '아버지'에 관한 시적 형상화라고 할 수 있다. 여기에 실려 있는 시 대부분에 걸쳐 아버지라는 단어가 등장하고 있다. 시인에게 아버지는 어떻게 형상화되고 있는가. 시민으로서 행복한 적이 없는 아버지, 기미가요가 울리면 경례를 올리고 일장기가 올라가면 부동자세로 서는 아버지, 전쟁 후 십여 년 동안 떠돌아다닌 병역 기피자 출신의 아버지, 굴원을 밤새워 읽거나 초사의 주석을 달거나 하는 아버지이다. 물론 어느 정도까지 자전적

이고 극적인지는 잘 알 수 없지만 말이다.

　　기다림이사 천년같제 날이 저물세라 강바람 눈에 그리메지며 귓볼 불콰하
게 망경산 오르면 잇몸 드러내고 휘모리로 감겨가는 물결아 지겹도록 정이
든 고향 찾아 올 이 없는 고향
　　문디 같아 반푼이 같아서 기다림으로 너른 강에 불씨 재우는 남녘 가시나
　　주막이라도 차릴거나
　　승냥이와 싸우다 온 이녘들 살붙이보다 헌출한 이녘들
　　거두어나지고
　　밤꽃처럼 후두둑 피어나지고

—「진주 저물녘」 전문

　　인용시 「진주 저물녘」은 시집의 첫머리에 실려 있는 시다. 지역 방언의
묘미가 극대화된 시이다. 이 시에서 '기다림이사 천년같제'니 '문디 같아
반푼이 같아서'는 진주 지역뿐 아니라 경상도 전역에서 쓰는 방언이다.
'헌출하다(헌칠하다)'는 진주 지역어가 맞는 것 같다(장일영 엮음의 『진
주지역방언집』에도 등재되어 있다). 이녘(그대)이니 그리메(그림자)니 하
는 말은 전라도 방언으로 알고 있는데, 진주 지역어로 사용되었는지는 과
문한 탓에 잘 알 수 없다. '기다림으로 너른 강에 불씨 재우'다, 라는 표현
이 언뜻 다가서지 않는다. 너른 강 같은 마음에 기다림의 불씨를 손질하
다, 정도의 뜻으로 풀이되는 게 아닌가 여겨진다. 시집 『슬픔만한 거름이
어디 있으랴』의 발문을 쓴 송기원이 한 번도 본 적이 없었던 허수경을 두
고 '세상의 모든 남정네들에게 버림받고, 그렇게 버림받아 자유로운 몸
이 되어, 드디어 세상의 모든 남정네 등을 제 살붙이로 여기는 진주 남강
이나 혹은 낙동강 하류의 어느 가난한 선술집의 주모를 떠올렸다.'라고
표현한 바 있었다. 이 말과 가장 가까운 시가 있다면 바로 「진주 저물녘」

이 아닌가 한다. 허수경 시세계의 한 부분을 이루는 여성적 내지 모성적 포용성을 잘 드러낸 시가 아닐까.

이 시집에서 특히 주목을 받은 바 있었던 시편 「폐병쟁이 사내」에서도 그는 20대 중반의 여성으로서 40대 여인의 탈[persona]을 쓰고 나이를 잊은 화법을 창조했다. 이 시는 기층적인 전통 여성이 내밀하게 품고 있는 내성과 독성(毒性)의 아름다움이 고통에 가득 찬 세상의 표상으로서 병든 남정네를 마치 감싸고 있는 것 같은 느낌을 갖게 하기에 충분했다.

소설가 김유정을 울린 판소리 명창 박록주

봄의 눈썹을 가진 여인

젊었을 때 소리하는 기생으로서 판소리계에서 일세를 풍미하였고 중년의 나이에 들어서는 국창(國唱)으로 존경을 받기도 했던 박록주. 그는 1905년 경북 선산에서 태어났다. 그가 태어난 곳이 지금의 행정 구역으로는 구미시라고 한다. 그의 아버지가 박수무당으로 소리 선생을 했다고 하니, 그의 재주는 다름 아니라 집안의 내림 덕이라고 하겠다. 그는 열네 살 때부터 행수기생 출신의 앵무(鸚鵡, 1907년 국채보상운동에 앞장 선 대구 지역의 의기)가 있는 달성권번을 드나들면서 춤과 시조와 소리를 배우면서 체계적인 기생 수업을 받는다. 열아홉 살에 영남 출신의 기녀들이 상경하여 모임을 이룬 한남권번에 기적(妓籍)을 두고, 송만갑·정정렬·김정문·유성준·김창환 등의 당대 명창들로부터 판소리를 본격적으로 배운다.

1928년은 그에게 복잡한 인간관계를 맺게 되는 해이었다.

기존의 기둥서방인 남백우 외에, 후원자 김경중, 숨겨놓은 애인 조선극장 지배인 신 아무개, 집요한 애정공세를 펴게 될 김유정 등을 만난다. 김경중은 인촌 김성수의 아버지로서 엄청난 부를 축적한 자산가이고, 김유정은 훗날 소설가로 명성을 떨치게 될 연희전문의 가난한 학생이었다. 1931년에 그는 신 모씨와의 애정 문제로 자살을 기도했다. 그 후 순천 갑부 김종익을 만나 기첩(妓妾)이 되어 경제적인 후원을 받아 판소리를 대중화하는 창극 활동에 매진하였다. 그의 창극 활동의 시작은 김종익을 만나게 되는 1934년부터였다. 이때부터 1944년까지 향후 10년간은 창극인으로서의 박록주의 활동 시기이다. 이 기간 동안의 순수한 판소리 활동은 방송에 출연하고, 방대한 양의 음반을 취업한 것으로 정리될 수 있겠다.

그는 해방 이후에는 판소리를 보급하고 후진을 양성하는 일을 주로 했다. 6·25때 북한군 치하에서 일부 국악인들로부터 월북을 강요받았으나 응하지 않았고, 오히려 서울 수복 후에 전시위문단으로 활동했다. 그는 정부로부터 인간문화재로 인정을 받고, 또 문화재 관리국의 보관용으로 판소리 녹음을 남기기도 했다. 1979년, 그는 서울 면목동의 단칸 셋방에서 세상을 쓸쓸하게 떠났다.

사회주의 운동가이면서 서예가였고 또 판소리 연구의 초석을 다진 벽소 이영민은 1920년대 명창의 자료를 적잖이 남겼다. 그의 한시집 『벽소시소(碧笑詩稿)』에 명창 박록주를 묘사한 일종의 연희시가 남아 있어 눈길을 끌게 한다.

> 비단 휘장이 온갖 등불에 대낮처럼 밝은데
> 난새와 제비의 자태로 천천히 무대에 오르네
> 가을별이 흩어지고 기러기가 떨어질 무렵,

때는 바야흐로 봄의 눈썹이 절창하려 하네

錦幕千燈夜如晝
鸞姿燕態上筵遲
秋星忽散鴻將墜
正時春眉絶唱時

여기에서 봄의 눈썹은 박록주를 가리킨다. 박록주의 이름이 춘미(春眉)인 까닭이다. 그의 본명은 명이(命伊)다. 춘미는 지금의 사람들이 그의 아호로 생각하고 있지만 본디 기명(妓名)이 아닌가 한다. 녹주는 예명(藝名)이다.

그 시절의 아름다운 스토킹

이상으로 박록주의 생애를 서술하였는데, 이 중에서 오늘날의 우리에게 주목과 관심을 끌게 하는 것은 소설가 김유정과의 관계이다. 김유정의 박록주에 대한 짝사랑은 집요하고도 상상을 초월한 것이었다. 시쳇말로 스토커였던 셈이다. 1928년 극장 사무실에서 박록주를 우연히 대면한 이후 다짜고짜 매달린 김유정의 짓거리는 당시의 보편적인 시각에서 볼 때 보통 사람으로서는 이해할 수 없는 것이었다. 그의 애정 공세는 단정한 글씨의 편지에서 시작되었다. 겉봉에 '박록주 선생님 전(前)'이라고 하면서 말이다. 편지 내용은 대체로 이렇게 시작했다. 나는 조선극장에서 소리하는 선생님의 모습을 보았습니다. 나는 스물두 살의 연전(延專) 학생으로 당신을 진정으로 연모합니다. 이때 박록주는 김유정의 사랑을 받아들일 수 없었던 처지에 있었다. 자신을 후원하는 기둥서방이 있었고, 또 몰래 만나 사랑의 감정을 키워가는 밀애(密愛)의 대상도 있었다. 박록주 자신이 훗날에 회상한 것을 바탕으로 두 사람 사이에 오간 대화를 재구성해 보았다.

박록주 : 당신이 김유정이요?
김유정 : 그렇습니다.
박록주 : 어쩌려고 나에게 그런 편지를 보냈소?
김유정 : 어쩌려고가 무슨 말이요?
박록주 : 그건 그렇고, 연모라는 말이 무슨 뜻이요?
김유정 : 당신을 사랑한다는 겁니다.
박록주 : 나는 소리하는 사람인데, 어찌 학생과 연애를 한다는 말이요.
김유정 : 학생과 소리하는 사람이 사랑해서 안 된다는 까닭이 어디 있소?
박록주 : 사랑한 뒤에는 어쩔 생각이요?
김유정 : 결혼하는 겁니다.
박록주 : 아시다시피 나는 서방이 있는 몸이잖소?
김유정 : 알고 있습니다. 하나 그는 진짜 서방이 아니잖습니까?
박록주 : ……
김유정 : 선생을 진짜 사랑하는 사람은 바로 납니다.

박록주는 막무가내로 떼를 쓰는 김유정을 집에서 내쫓아버렸다. 그 이후로 그의 편지는 협박조로 바뀌었다. 박록주의 집 앞에서 소리치는 일들이 벌어졌다. (혈서로 쓴 연애편지까지 보내었다나.) 호칭도 선생에서 당신으로, 당신에서 너로 바뀌어갔다. 너를 죽이겠다는 위협이 한두 번이 아니었다. 실제로 김유정이 박록주를 죽이려고 벼르고 있었다고 한다. 소리하는 기생과 연전 학생 사이의 연문(戀聞)은 장안의 화젯거리였다. 이와 관련해, 채수정의 석사학위 논문 「박록주 흥보가의 음악적 특징」(이화여대 대학원, 1997) 부록에 박록주의 해적이 가운데 이런 내용이 있어 다음과 같이 인용하고자 한다.

요절한 천재 소설가 김유정의 모습   판소리 명창 박록주의 젊은 모습

(박록주는) 1929년 3월에는 복잡한 가정관계와 고난에 찬 인생을 비난하며 과다 복용한 수면제로 자살을 기도하기도 했다. 박록주가 자살을 시도했으나 죽지 않고 눈을 떠보니 머리 위에는 이 사실을 들은 김유정이 앉아 있었다. 박록주가 이곳에 왜 왔느냐고 호통을 치자, 김유정은 살아있는 박록주를 만져볼 수 없으니 죽은 박록주라도 만져보기 위해서 왔다고 했다는 이야기가 있다.

여기에서 말한 고난에 찬 인생이란, 박록주와 밀애관계를 유지하고 있던 신 아무개와의 파경을 의미한다. 요컨대 박록주와 김유정 두 사람 모두 연애에 실패한 사람들이었던 셈이다. 그런데 여기에서 김유정이 주변에 남자들이 여럿 있었던 박록주에게 왜 그리 매달렸는지 궁금해하는 사람들이 있을 것이다. 사실 그녀는 그렇게 대단한 미인이 아니었다. 절색은커녕 미색도 못 되었다. 그저 그런 평범한 외모라고나 할까? 성격도 괄괄하고 남성적이어서 여장부 같은 구석이 있었다. 목소리도 섬세한 기교의 발성과는 거리가 멀었다. 저음에 가까운 거친 소리를, 그녀는 주조음(主調音)으로 사용하고 있었다.

박록주는 그로부터 처음에 연애편지가 왔을 때 잘못 온 편지인 줄 알았다. 그때 장안에 박록주라고 하는 또 다른 이름의 미인 기생이 있었기 때문이다. 김유정의 스토킹이 끝난 다음에, 그는 소설가로 등단했다. 그의 소설 「두꺼비」(1936)에서 그는 그 사건을 이렇게 회상한 바 있었다. "저쪽에선 나의 존재를 그리 대단히 여겨주지 않으려는데 나만 몸이 달아서 답장 못 받는 엽서를 매일같이 석 달이나 썼다." 요즘 같으면 스토킹이 성범죄 중에서도 결코 가벼운 것이라고 말할 수 없지만, 그래도 그 시절엔 낭만적인 데가 있었다. 기생은 일종의 엔터테이너였다. 악가무의 일정이 꽉 짜여 있는 명기의 경우는 시간과 돈을 관리할 매니저가 필요했다. 보통은 오빠나 남동생이 매니저 역할을 한다. 흔히 말하는 '기생오라비'라는 말은 여기에서 생겨났으리라고 본다. 박록주의 매니저는 그의 남동생 박만호였다. 김유정은 박록주를 흠모하면서부터 그와 비슷한 나이의 박만호를 벗으로 삼을 만큼 친해지기도 했다.

막내로 태어난 김유정은 어릴 때 어머니를 여의었다. 강원도 춘천 지역의 소위 경영형 부농(富農)이었던 아버지는 서울로 이사를 했다. 이사한 그의 집 주변에는 그 유명한 우미관이 있었다. 그 우미관에서는 나팔소리로부터 비롯하여 기생들이 부르던 판소리, 여창가곡이 늘 은은하게 울려 퍼졌으리라. 그가 어릴 때부터 들었던 우미관의 풍악 소리가 어머니를 잃은 슬픔으로부터의 위안의 소리였고, 또 그의 문학의 모태였던 것이다.

김유정은 박록주보다 세 살 아래였다. 연상의 여인, 그것도 남자가 있는 여인을 사랑한 그에게는 그녀를 사랑할 수밖에 없는 이유가 따로 있었다. 김유정의 우인이었던 소설가 안회남의 회상에서도 나타나 있는 것처럼 그는 박록주에게서 그의 어머니의 환영을 발견했을 터이다. 연상의 여인에게서 어머니의 분위기를 느낄 수 있다는 것은 굳이 정신분석학적인 담론이 아니래도 누구나 다 아는 얘기다.

이미 오래 전에 그의 조카 되는 이의 증언이 있었듯이, 김유정은 말을 하려면 입을 벌리고 한동안 힘을 들이다가 비로소 말을 했다. 그는 심각한 말더듬이였다. 그런 그가 소리의 달인인 한 여인을 사랑하게 된 것은 극히 자연스런 보상 심리의 결과인 것이다. 말을 심하게 더듬었던 그가 소리 명창인 한 여인을 사랑하게 되고, 또 언어의 경지를 새로이 개척한 소설가로 다시 일어설 수가 있었던 것은, 어쩌면 그에게 부과된 운명인지도 모른다.

요컨대 김유정은 박록주를 사랑한 것이 아니라 박록주의 소리를 사랑했다. 이 역시 일종의 페티시즘(fetishism)이다. 김용익의 소설 「꽃신」에서 주인공 상도가 이웃집 소녀를 사랑했지만 정작 사랑한 것은 그녀가 신고 있는 꽃신이었다는 사실과 비슷한 얘기가 된다.

어쨌든, 그 이후 김유정은 소설가의 삶을 살아갔다.

그의 소설가의 생애는 너무 짧았다. 그 짧은 기간에 그가 우리에게 남긴 문학적인 유산은 상당히 의미가 있다. 그가 남긴 소설 작품 중에서 「두꺼비」와 「생의 반려」는 박록주와의 인간관계 경험에서 비롯된 것임은 비교적 잘 알려져 있다. 박록주는 김유정을 울렸다. 이때 울렸다는 말은 연애를 실패하게 했다는 뜻도 되겠지만, 그의 소설이 그녀의 판소리에 공명(共鳴)했다는 뜻도 포함이 된다. 말하자면, 그 말은 두 겹의 뜻이 담겨 있는 말이다. 김유정의 판소리적인 특성 연구는 선행 연구자들이 언급한 바 있었지만, 앞으로 있어야 할 학계의 연구 과제이기도 하다.

주지하듯이, 김유정은 이상(李箱)과 절친한 관계였다. 두 사람이 얼마나 사이가 좋았으면 동성애 관계가 아니냐 하는 말도 있었다. 둘 다 폐질환을 앓다가 같은 해에 요절한 것도 운명적으로 서로 비슷했다. 또 둘 다 기생을 사랑했다. 금홍을 사랑한 이상이 너무 밀접한 육착(肉着)의 관계를 맺었기 때문에 도회지 감각의 황폐함과 불모(不毛) 속에 매몰되었다면, 박록주를 사랑한 김유정은 너무도 아득하고 너무도 가슴 먹먹하여 그가 성장해온 식민지 도시 공간의 현대적인 감각으로부터 벗어난 토속의 유머 세계로 스스로를 후퇴하지 않을 수밖에 없었던 것이다.

소리살림을 잘 살아온 내력

한 시대에 이름을 크게 떨친 박록주는 1930년대 일제강점기의 유성기 음반에 자신의 소리를 적잖이 남겼다. 그의 장기인 〈흥보가〉는 문화재 관리국에서 소리 문화재로 영구히 남기기 위해 1973년에 녹음을 했다. 그의 나이 68세 때의 일이었다. 고령의 나이에도 불구하고 그의 소리는 달관의 경지에 이르렀다. 이 소리는 1988년에 중앙일보사에서 엘피 음반으로 간행하여 대중화시킨 바 있다. 나 역시 일제강점기의 에스피 음반을 복각한 씨디 음반보다 그것을 선호해 듣고는 한다.

박록주의 〈흥보가〉 중에서 중심이 되는 레퍼토리는 〈제비노정기〉와 〈박타령〉이다. 이에 대한 연구는 앞서 말한 바대로 채수정의 석사학위 논문에 잘 나타나 있다. 〈제비노정기〉는 김창환과 박록주 사제 간에 차이를 드러냈다고 한다. 구성음과 사설부침새에 있어서 차이도 드러나지만, 3분박 위주로 분할해 부르는 김창환은 밋밋한 느낌을 주지만, 2분박 중심으로 분할하는 박록주는 박진감을 준다. 또 발성에 있어서도 전자가 가성을 많이 사용하지만, 후자는 통성만으로 부른다. 참고로 말해, 김창환은 동·서편제 거장인 박기홍과 이날치와는 이종 간이며, 판소리계의 대중적인 스타였던 임방울의 외숙이기도 하다. 「박타령」은 그를 가르쳐준 송만갑·김정문과는 큰 차이가 없다. 그가 변화 없이 선생 세대의 것을 수용했음을 알 수 있다. 즉 동편제는 그대로 고수하고 김창환 유의 서편제는 자신의 동편제에 알맞게 창조적으로 변용시켰던 것이다. 판소리 전문가 김석배의 말에 귀를 기울여보자.

그녀의 소리는 고졸하지만 새겨들을수록 깊은 맛을 느끼게 한다. 얼핏 들으면 무미건조하고 투박하지만 담백하고 구수하면서 시원한 느낌을 주는 소리이다. 선천적으로 타고난 우람한 남성적 성음을 바탕으로 동편제 창법인 통성 위주의 소리를 이끌어 나가고, 군더더기 없이 분명하게 소리를 맺기 때문이다. 이러한 특징은 물론 근원적으로 그의 뛰어난 판소리 기량에 기인하는 것이지만 일견 판소리에 어울릴 성싶지 않은 그의 경상도 어투도 한 몫을 하고 있다.

박록주의 판소리를 잘 들어보면, 소리 사설보다 아니리 사설을 주로 엮어갈 때 경상도 성조나 어휘가 혼재되어 있음을 감지할 수가 있다. 물론 쟁점의 여지가 남아 있지만, 판소리는 수도권에서 발흥이 되었다. 이것이 호서를 거쳐 호남으로 남하하는 과정에서 한때 판소리는 전라도 판이 되었다. 사실 대부분이 전라도 방언으로 개입되면서 원형은 자연스레 개작되어 갔다. 그런 20세기 초에 이르면 판소리는 경상도에로의 동진 현상을 보인다. 대구와 진주는 일제강점기에 판소리의 시장으로 활성화되기에 이르렀다. 어쨌거나 경상도 출신의 여인이 판소리 분야에 국창(國唱)이라는 최고 경지에 도달한 것은 참으로 놀라운 일이 아닐 수 없다.

미학과 출신의 시인이었던 김지하는 한때 판소리의 미학을 공부하기 위해 말년의 박록주를 쫓아다니며 공부를 청했다. 하루는 그는 유행가 가수 중에서 소리의 특성을 비교해 달라고 부탁한 바 있었다.

김지하 : 선생님, 유행가 가수 중에서 누구 소리가 제일 못났습니까?

박록주 : 이미자야!

김지하 : 왜 그렇습니까?

박록주 : 소리에도 천장이 있어. 높은 소리를 할 때에도 반드시 천장까지는 아직 두 옥타브 정도 여유를 둬야 해! 이미자 소리는 천장까지 가는 정도가 아니라, 아예 천장을 찢어버려!

김지하 : 그럼 누구 소리가 제일 좋습니까?

박록주 : 문주란이지.

김지하 : 왜 그렇습니까?

박록주 : 문주란이는 소리를 되도록 낮춰가면서 옆으로 울리도록 하거든! 소리살림을 잘살아 아껴 쓰거든!

박록주의 판소리는 섬세한 기교의 고음으로 처리되는 것이 아니다. 송만갑의 우직하면서도 정직한 동편제 발성을 이어받았기 때문에 화려함을 그닥 중시하지 않는다. 이미자의 소리는 화려하고도 섬세한 외침에 가깝다. 반면에 문주란의 소리는 기교를 멀리하는 잔잔한 속삼임으로 들려온다. 박록주의 소리가 문주란 식의 무기교의 기교를 중시한다면, 그의 후배이면서 제자이기도 한 김소희는 이를테면 판소리계의 콜로라투라(coloratura)였다.

판소리는 외침도 아니요, 속삭임도 아니다.

그것은 중간 부분에 놓인 것이 아닐까? 김지하의 미학 가운데 '흰 그늘'이란 용어가 있다. 희다는 게 외침이라면, 속삭임은 그늘이 아닐까? 그늘에 흰 것이 드리운 것은 한(恨) 위에 흥(신명)을 만드는 것. 가슴에 첩첩이 쌓인 한을 삭혀서 아우라(Aura)의 신명을 일으켜 세우는 것. 이를 가리켜 판소리 용어로 '시김새'라는 말을 사용하기도 한다. 김지하의 판소리 미학은 젊은 날, 박록주와의 소중한 만남의 경험에서 비롯된 것이라고 해도 과언이 아니다.

저 유리창 밖에 있는 가로등 그늘의 밤

시인 박인환, 그는 누구인가

시인 박인환의 모습

시인 박인환은 서른 살의 나이에 요절한 참 아까운 시인이다. 과거에 요절했던 문인들이 어디 한두 명이었겠느냐마는, 한 십여 년을 더 살았더라면 하는 아쉬움이 크게 느껴지는 경우로는 그만한 경우가 없을 성싶은 시인이다. 지금 성장하는 세대에게 있어서의 그는 시편「목마와 숙녀」단 한 편의 시만으로도 비교적 잘 알려진 시인의 한 사람으로 기억의 한 자리를 차지하고 있다.

그는 시골 면사무소에서 공무원 생활을 하다가 상경하여 사업을 시작한 아버지의 아들로서, 비교적 여유로운 경제 환경에서 성장한 것 같다.

최고의 명문인 경기공립중학교에 재학하다가 영화 구경에 미쳐 2년 만에 다른 학교로 전학할 만큼 학생 신분으로선 여윳돈이 있었다. 또 그는 3년 제 관립학교인 평양의학전문학교에 입학했지만 적성에도 맞지 않고 해방이 되어 세상이 바뀐 탓인지 1년 남짓 잠시 학적을 두었으나 자퇴와 함께 서울로 되돌아왔다. 그는 스무 살의 나이에 종로에 서사(書肆 : 서점)를 열고 문인들과 교류하기 시작한다. 이때『국제신문』주필을 하고 있던 소설가 송지영을 만나 신인으로 시 작품을 발표하게 된다.

1926년에 태어난 그는 황국신민화 교육을 가속화하던 시대에 주로 교육을 받았다. 우리 말글은 거의 익힐 기회가 없던 시대를 보낸 그는 생경하고도 관념적이고도 생경한 일본식 한자어에 의해 의식이 물들어가던 세대에 속한다. 문학평론가 이동하(서울시립대)는 1920년대 출생의 시인들에게 있어서 정감어린 토착어가 없고 일본식 한자어가 범람하던 현상을 두고 일종의 원죄요 천형이라고 말한 바 있었다. 박인환의 시 역시 마찬가지였다. 그는 6 · 25 이전에 전위적인 모더니스트 시인들과 어울려 다니면서 동인 활동을 했다. 우리말에 대한 감성과 의식이 부족했기 때문에 근대적 감각의 세련으로 포장된 한자어가 난무하던 시절이었다. 해방기 시단의 한자어 과잉 현상은 우리말 빈곤의 반증이라고 할 것이다.

한국전쟁 시기에 피난살이하던 그가 서울로 귀환한 때는 1954년 가을 무렵이었다. 이때부터 1956년 봄까지의 2년 6개월 동안에, 그는 온갖 예술가들이 모이곤 했던 명동에 주로 머물러 있었다. 그의 생애 막바지에 해당하던 그 명동 시절은 사회적으로 볼 때 모든 게 폐허에서 시작하는 삭연한 전후(戰後)의 분위기를 그대로 반영한 시기였다. 그에게 있어서 이 시기에 늘 궁핍했으나, 이상은 높았고, 시는 비로소 우리 말글의 감각을 회복해 가려고 하던 중이었다.

술병에서 떨어진 상심한 별……

우리가 알고 있는 유일한 대표작인 「목마와 숙녀」도 이 시기에 쓰였다. 그가 급서하기 5개월 전에 쓴 것으로 알려져 있는 이 시는, 시인이, 목마를 탔던 어린 소녀가 숙녀가 되고, 목마는 방울소리만 남긴 채 사라지고, 그 소녀는 어느덧 방울소리를 추억하는 늙은 여류 작가가 되는, 그 오가는 세월의 무상감을 감성적으로 노래한 것이다.

이 작가는 다름이 아닌 영국의 소설가 버지니아 울프이다. 그녀는 1927년에는 소녀 시절의 원체험(原體驗)의 서정적 승화라고도 할 수 있는 「등대로」를 발표하였는데, 이른바 '의식의 흐름'이란 현대소설의 기법으로 인간 심리의 가장 깊은 곳까지를 비추어주면서 시간의 개념과 삶의 진실에 대한 새로운 관념을 제시하였다. 그녀는 소녀 시절부터의 심한 신경증으로 인해 1941년 3월 28일 우즈강(江)에서 투신자살함으로써 비극적이고 불행한 삶을 마감하였다.

다음에 인용되어 있는 박인환의 시는 오늘의 언어 감각에 맞게 원문의 한자어 표기를 우리말 표기로 바꾼 변형된 텍스트이다.

한 잔의 술을 마시고
우리는 버지니아 울프의 생애와
목마를 타고 떠난 숙녀의 옷자락을 이야기한다
목마는 주인을 버리고 그저 방울소리만 울리며
가을 속으로 떠났다 술병에 별이 떨어진다
상심한 별은 내 가슴에 가벼웁게 부서진다

그러한 잠시 내가 알던 소녀는
정원의 초목 옆에서 자라고
문학이 죽고 인생이 죽고
사랑의 진리마저 애증의 그림자를 버릴 때
목마를 탄 사랑의 사람은 보이지 않는다
세월은 가고 오는 것
한때는 고립을 피하여 시들어가고
이제 우리는 작별하여야 한다
술병이 바람에 쓰러지는 소리를 들으며
늙은 여류작가의 눈을 바라다보아야 한다
……등대(燈臺)에………
불이 보이지 않아도
그저 간직한 페시미즘의 미래를 위하여
우리는 처량한 목마 소리를 기억하여야 한다
모든 것이 떠나든 죽든
그저 가슴에 남은 희미한 의식을 붙잡고
우리는 버지니아 울프의 서러운 이야기를 들어야 한다
두 개의 바위 틈을 지나 청춘을 찾은 뱀과 같이
눈을 뜨고 한 잔의 술을 마셔야 한다
인생은 외롭지도 않고
그저 잡지의 표지처럼 통속하거늘
한탄할 그 무엇이 무서워서 우리는 떠나는 것일까
목마는 하늘에 있고
방울 소리는 귓전에 철렁거리는데
가을 바람소리는
내 쓰러진 술병 속에서 목메어 우는데

이 시에는 박인환의 다른 시에서 잘 볼 수 없는 뭔가가 있다. 낯선 한자
어가 별로 없다는 것. 오늘날의 우리들의 언어 감각으로도 충분히 느낌을
전달될 수 있다는 사실이다. 내 처음의 저서는 지금으로부터 23년 전에

상재(上梓)한 『무슨 꽃으로 문지르는 가슴이기에』(1991)이다. 나는 이 책에서, 이 시를 두고, '야트막한 사색의 심도, 자기 신념이 부족한 소시민적 비애감을 보여주고 있으나, 당시로서는 보기 드문 언어 감각으로 표현된 작품'이라고 평하였다. 그 언어 감각은 화사하고 세련된 언어 감각이다. 그래서 이 시는 마치 감미롭고도 서정적인 경음악을 듣는 것 같은 착각 속에 빠져들게 하는 것이다.

명동의 고고한 백작인가, 겉멋에 집착한 속물인가

시인 박인환의 명동 시절에 관한 일화는 소설가 이봉구의 회상록 『명동백작』에 잘 묘파되어 있다. 이 책에서 그는 그가 표현한 '명동백작'이 누구를 가리키는지 명확하게 밝혀놓지 않았다. 자기 자신을 가리키는지, 아니면 1950년대 중·후반기에 모여들었던 모든 예술가들을 뜻하는지 알 수 없다. 그런데 시인 고은은 누구에게 들은 얘기인지 모르지만 '구호 물자를 골라 입은 댄디맨 박인환만이 명동백작이라는 칭호를 받았을 뿐이다.'라고 밝힌 바 있었다.

그는 험프리 보가트의 헤어스타일에 한껏 멋을 낸 바바리코트와 머플러를 착용하고서 거대한 '허영의 시장'인 명동에 나선 것이다. 다방에선 영화의 감동과 감격을 전파하는 데 여념이 없었고, 스탠드 바에 이르면 진 피즈, 하이볼, 조니 워커 등의 양주를 계절에 따라 마시곤 했다고 한다. 6. 25 이전에 술을 거의 마시지 않았던 그는 명동 시절에 이르러 폭음의 연속이었다. 이봉구는 『명동백작』에서 박인환을 이렇게 회상하였다. "새벽같이 뛰어나와 바쁜 듯이 동방살롱을 드나들고, 자리에 앉으면 한시도 조용히 있지 못할 만큼 흥분 속에서 박인환은 하루하루를 보

냈다. 부지
런히 원고도
쓰고, 부지
런히 원고료
를 받으러
돌아다니면
서도 해질
무렵이면 오
늘밤을 유쾌

1955년 명동의 예술가들. 오른 편에 서 있는 이진섭과 박인환

히 놀아야겠다고 걱정을 하는 박인환이었다."

1955년 어느 가을날이라고 한다. 문학인을 지망하고 있는 한 젊은
여성이 죽었다. 화장을 하고 가루가 된 뼈를 한강물에 띄운 후 사람들
은 명동으로 모여 들었다. 박인환은 담배를 반쯤 피우다 허공으로 던
져버린 후에 자작시를 낭독했다.

가을에 향기가 있다면 그것은 스카치 위스키의 애닯고 가냘픈 향기. 정든
친구끼리 스탠드 바의 문을 열어보자. 가슴에 바람을 알리는 샹송이 들린다.
우리 친구가 노래하는 「라비앙 로즈」와 같은 노래야만 한다.
「사브리나」의 오드리 헵번과 같은 목소리면 더욱 고맙고,
우리는 위스키를 마신다.
한 잔은 과거를 위해, 두 잔은 오늘을 위해서
내일을 위해서는, 그까짓 것은 생각할 필요가 없다.
그저 우울을 풀었으면 마음대로 마시면 된다. 술병에서 꽃이 쏟아지고 별
이 나오는 환상이 생길 때까지
가을은 위스키를 부르고 우리에게 망각을 고한다.
— 『명동백작』, 2004년 판, 145쪽.

••••

박인환이 낭독했다는 이 시는 그에게 집중된 삶의 소재가 어김없이 드러나고 있다. 이를테면, 샹송, 위스키, 영화, 영화배우, 환상 등에서 말이다. 가장 박인환적인 감각의 소재주의인 것이다. 이런 점에서 볼 때 전후(戰後)의 폐도(廢都) 번화가 가운데서 그래도 사람들이 가장 많이 몰려든 명동에서 곤핍한 생활 중의 고고함을 잃지 않으려는 정신의 순결성을 박인환의 시에서 엿볼 수 있다.

그러나 세평은 일률적이지 않다. 어떤 이는 그를 가리켜 모던한 것만을 추구하는 속물근성의 대표적인 인물로 보는 시각도 있다. 박인환 평전을 쓴 이동하도, 난 지나 롤로부리지다처럼 국가적인 명물이 되었다라는, 별 신통하달 것도 없는 장 콕토의 농담 한 마디에 그토록 흥분한 박인환에게서 속물근성을 엿본다. 겉멋 부리기, 모던한 것에의 편집증, 현상 유지에 집착하는 보수적인 기질 등은 도시 중산층 교양인을 자처한 그의 한계점을 좌표화한다. 그를 가장 속물로 파악한 이는 그의 친구인 김수영이다. 김수영은 글벗인 박인환을 가장 경멸하였다. 가장 잘 알아서였을까? 김수영은 박인환처럼, 재주 없고, 시인으로서의 소양이 부족하고, 경박하고, 값싼 유행의 숭배자가 없다고 단언한다. 그의 「밤의 미매장(未埋葬)」과 「센치멘털 저니」와 같은 시는 신문 기사보다 못한 것이라고 매도한다. 그의 대표작인 「목마와 숙녀」에서 목마도, 숙녀도 모두 낡은 시어라고 폄하한다. 김수영에 의하면, 이 시는 감상적인 취향과 겉멋에 심취한 결과일 따름이다.

TV드라마 〈명동백작〉에 나타난 우정의 갈등

교육방송에서 2004년에 〈명동백작〉이란 제목의 드라마를 제작해 시청자에게 보여준 바 있다. 나는 이 드라마의 앞부분은 보지 못했으나 뒷부분을 매우 흥미롭게 감상하였다. 이 드라마는 이봉구의 『명동백작』을 대체로 극화한 것이라고 볼 수 없다. 여러 가지 자료들이 종합되어 있다.

박인환과 김수영은 드라마 속에서 절친한 벗이었다가 서먹서먹한 사이로 변해 서로 간에 우정의 갈등을 일으키고 있으며, 이봉구는 관찰자의 입장에서 등장하면서 중재자의 역할을 담당하고 있다. 앞에서 보았듯이 김수영은 박인환을 속물로 보았거나, 달갑게 생각하지 않았다. 오죽 했으면 그의 장례식에도 가지 않았다고 말을 할 수 있었을까?

김수영은 다섯 살 아래인 박인환에게 하교했다. 박인환은 대여섯 살 연상의 문학청년들을 끌어 모아 일종의 전위문학 서클을 만들려고 했으며, 자기의 나이를 네댓 살 올려서 이야기하곤 했는데 아무도 이를 의심치 않았다고 한다. 이 사실도 김수영으로 하여금 불쾌하게 했을지도 모른다.

드라마에서는 두 사람 사이의 갈등이 생활관, 문학관에서 비롯된 것으로 초점화되어 있다. 실제의 상황인 것도 전혀 배제할 수 없지만 많은 부분에 걸쳐 허구적인 요인으로 전개되고 있는 게 사실이다. 두 사람의 갈등이 정점에 달하자 이를 중재하려는 이봉구가 양계업을 하는 김수영의 마포 집에 찾아가 화해를 요구하는 부분에 있어서의 대사 내용을 살펴보자.

이봉구 : (박인환에게) 오해를 풀어, 무슨 오해가 있는지 모르겠지만. 인환인 건강도 안 좋아. 해운공사 그만 둔 후로는 생활도 어려운가 봐.
김수영 : 그러면서도 온갖 폼은 다 잡고 다녀요? 술은 곧 양주여야 하고, 구두는 항상 반짝거려야 하고, 집에 쌀이 떨어져도 옷은 사 입어야 하고…….
이봉구 : 가난하고 힘든 것은 인환이만의 문제는 아니야. 인환이는 그런 궁색한 모습이 보이기 싫어서 그랬을 게야.
김수영 : 걸핏하면 박인환이 저에게 뭐라고 하는지 아십니까? 이 전쟁은 너 혼자 겪었느냐? 너 혼자 겪은 것처럼 온갖 폼을 다 잡느냐? 물

론 가난이 박인환 혼자만의 문제는 아니겠지요? 저 혼자만 겪은 전쟁이 아니듯이. 하지만 저는 그 전쟁에 대한 기억을 떨쳐버리려고 부단히 애를 쓰죠. 지금 제 몸에서는 인민군 포로의 냄새보다는 닭똥 냄새가 더 나지 않습니까? (팔을 쭉 내밀면서) 맡아보세요. 안 그래요? 하지만 인환인 뭡니까? 가난을 가리기 위해서 진한 향수를 뿌리고 다니는 것 아닙니까? 가난에서 벗어나려면, 땀 냄새를 풍기고 다녔어야죠.

이봉구 : 인환이는 작가야. 작가는 글이 노동이고 땀 냄새가 안 난다고 그렇게 말하면 안 되지.

김수영 : 창작의 고통이야 저도 알죠. 자신이 밟고 있는 현실은 부정하고 구름 같은 이상을 좇고 있는 인환이의 가치관이 문제라는 겁니다.

이봉구 : 난 그게 인환이의 장점이라 생각했는데. 구질구질한 현실을 있는 그대로 표현하는 것도 작자의 몫이지만, 현실의 고통을 잊을 수 있도록 이상향을 제시해주는 것도 작가의 큰 사회적 역할이 아닐까?

김수영 : 아니죠. 자기 몸에서 닭똥 냄새가 나면 작품에서도 닭똥 냄새가 나야 합니다. 자기 몸에서는 닭똥 냄새가 나는데 그 글에서는 향수 냄새가 나면 안 되는 거죠. 박인환과 나는 어차피 사는 방식도 가는 길도 달라요. (술잔을 힘차게 들이킨다.)

이 대사의 내용에는 박인환과 김수영 사이의 문학관이 첨예하게 차이가 드러나 있는 것을 말하고 있다. 실제로 두 사람 간에 생활관 및 문학관에 관한 논쟁이 있었는지는 잘 모르겠으나, 드라마의 대사처럼 김수영 쪽의 상대방에 대한 애증이 짙게 나타나 있었던 것은 엄연한 사실이다. 김수영은 「말리서사(茉莉書肆)」라는 산문에서, 종로에 자리한 박인환의 서점인 '말리서사'가 해방 후 온갖 모더니즘, 자유주의 시인들이 모여들어 마치 전위예술의 소굴처럼 활용했고, 또 그럼으로써 그것이 속화(俗化)의 제1보를 내딛게 되었다고 했다. 김수영 자신도 처음에는 이런 풍조 속에서 시 창작 및 문학운동을 시작했지만, 전쟁 이후에 현실주의 문학 쪽으로 차츰 눈을 돌리면서 떠가는 과정을 밟아간다.

세월이 가면 사랑도 가고 옛날이 남는 것

TV드라마 〈명동백작〉에서는 박인환이 작사했다는 노랫말 「세월이 가면」에 관한 얘기의 내력에 관해서도 이야기를 재미있게 꾸며가고 있었다. 이봉구에 의하면, 이 노래는 1956년 이른 봄에 만들었다고 한다. 한 빈대떡집에서 박인환이 작사하고 이진섭이 작곡한 그 노래는 마치 공식적인 발표회장에서 하는 것처럼 성악가 임만섭에 의해 초연되고 있었다. 이 날 박인환과 술집 여주인 사이에 오간 대화를 이봉구는 기록하고 있다.

> 박인환 : 술 좀 더 가져와!
> 여주인 : 또 외상이야!
> 박인환 : 갚으면 되잖아!
> 여주인 : 그때가 언젠고.
> 박인환 : 꽃 피기 전에 갚으면 되지.
> 여주인 : 꽃 피기 전에 죽으면 어떡하노?

이봉구는 소위 명동 샹송이라고 하는 〈세월이 가면〉이 계획적으로 만들어진 것이라고 말하고 있다. 처음 부른 사람도 테너 임만섭이라고 했다. 이 노래는 그에 의해 되풀이해 불리어졌고, 그 날에 이를 듣기 위해 명동 거리의 사람들이 많이 모여 들었다고 한다.

그런데 또 다른 증언도 있다. 박인환을 문단에 데뷔를 하게 하는 데 앞장을 선 송지영의 회상기에 의하면, 〈세월이 가면〉은 즉흥적인 순간에 의해 만들어졌으며 처음 부른 사람은 당시의 명가수인 나애심이라는 것이다. 아무 계획이 없이 우연한 술자리에서 박인환이 즉흥시를 쓰고, 전문

작곡자는 아니지만 예술계의 팔방미인이었던 이진섭이 즉석에서 작곡하여 동석했던 가수 나애심이 시험 삼아 불렀다는 것이다. TV드라마 〈명동백작〉은 송지영의 증언에 의한 즉흥설을 따르고 있다. 더 극적이기 때문일 게다.

어쨌든 대중가요 〈세월이 가면〉은 1970년대에까지도 명동의 전설이 되었다. 많은 가수들이 이 노래를 불렀다. 명동을 드나들던 여학생들도 오랫동안에 걸쳐 이 노래를 흥얼거리기도 했단다. 시가 대중가요로 최고의 성공을 거둔 것으로는 고은의 시에 노래를 붙인 「가을편지」도 있지만.

> 지금 그 사람 이름은 잊었지만
> 그의 눈동자 입술은
> 내 가슴에 있네
>
> 바람이 불고
> 비가 올 때도
> 나는 저 유리창 밖
> 가로등 그늘의 밤을 잊지 못하지
>
> 사랑은 가고
> 옛날은 남는 것
> 여름날의 호숫가 가을의 공원
> 그 벤치 위에
> 나뭇잎은 떨어지고
> 나뭇잎은 흙이 되고
> 나뭇잎에 덮여서
> 우리들 사랑이 사라진다 해도
>
> 내 서늘한
> 가슴에 있네

이 노래의 노랫말이 부른 사람마다 다르고 또 애초의 시 형태도 정확히 알 수 없기 때문에, 인용한 텍스트는 드라마 속의 노랫말을 전사(轉寫)했다. 드라마에선 나애심 역의 탤런트가 이 노래를 부른다. 이 노래 마칠 즈음에 내레이터(narrator)의 클로징 음성안내도 이채롭다. 오늘밤 박인환의 센티멘털리즘은 명동의 밤거리를 적시고 있습니다.

가슴이 답답하니 생명수를 다오

박인환의 「세월이 가면」은 그의 마지막 작품이었다. 1956년 3월 17일에 이상(李箱)의 추모 행사를 주도한 그는 그날부터 연일 폭음에 빠졌다. 3월 20일은 그의 마지막 하루였다. 오전부터 술을 마시던 그는 점심 때 자장면 한 그릇만 먹었을 뿐이었다. 오후 8시 30분에 귀가한 그는 아내에게 갑자기 가슴의 답답함을 호소하면서 당시의 약 이름인 생명수를 찾았다. 생명수는 라틴어로 '아쿠아 비테(aqua vitae)'로서 유럽에서 술의 어원에 해당하는 말이다. 그는 술로 인해 죽어가면서도, 매우 아이러니컬하게 술의 어원을 찾았던 것이다.

박인환이 죽었다는 입소문은 빠르게 확산되었다.

박인환이 꽃 피기 전에 외상값을 갚는다고 말할 때 꽃 피기 전에 죽으면 어떡하느냐고 농담한 빈대떡집 여주인은 말이 씨가 된 자신의 농담을 뉘우치며 눈물을 훌쩍거렸다. 장례식에서는 친구 조병화가 조시를 낭독했다. 조시 중에는 이런 내용이 있었다.

"너는 (……) 언제나 어린애와 같은 흥분 속에서 인생을 지내 왔다."

그에게는 어렵고 궁핍하고 비참한 시대 현실에 대한 견딤과 맞섬으로서의 방어 기제가 허약했다. 그에게 있어서의 방어 기제라고는, 시(詩),

술, 멋 내기, 감상주의, 어린이 같은 흥분의 변형인 낭만적인 천진성 등이었다. 이런 것들은 자신에게 주어진 현실의 벽을 넘어설 수 없었다. 박인환의 허약한 방어 기제는 수용소 생활을 하면서 생존의 법칙을 체득한 김수영이 훗날 우리 시문학사에서 가장 대표적인 현실주의 시인으로 우뚝 설 수 있었던 사실과 잘 대비된다고 말할 수 있을 것이다.

제2부
미시담론을 위한 에세이

말 한 마디의 힘

안녕하세요. 우리는 이 말 한 마디와 함께 하루를 시작한다. 안녕이란 말이 무얼까? 이 말은 평안과 강녕의 준말이다. 좀 더 쉽게 말하면 안전과 건강의 뜻이 합성된 말이다. 우리가 안녕하세요, 라고 말할 때 진심이 담겨 있는 게 보통이다. 유대인들이 인사할 때 히브리어로 '샬롬'이라고 하고 이는 또 아랍어로 '살람'에 해당된다고 하는데 이 말들을 두고, 누군가가 우리말로 '평강(平康)'이라고 했다. 히브리어와 아랍어의 인사말을 뜻하는 평강과 한국어의 인사말인 안녕은 결국 같은 말이다. 가로와 세로를 바꾸어서 읽으면 앞서 말한 바처럼 평안과 강녕이 된다.

우리나라에 이미 오래전에 번역, 소개된 레오 버스카클리아의 『살며 사랑하며 배우며(Living, Loving, and Learning)』에 이런 말이 있어서 썩 인상적이었다. 인사말이 주는 경건함은 국경을 초월한다는 것. 이 명제를 생각해볼 필요가 있어서 나는 다음과 같이 인용해본다.

나는 인도 사람들이 만날 때와 헤어질 때면 언제나 두 손을 모아서 앞으로 내밀면서 하는 인사말 '나마스테(Namaste)'라고 하는 목소리로써 끝을 맺고 싶습니다. 이 말에는 이런 뜻이 있습니다. "모든 우주를 품고 있는 당신을 존경합니다. 만일 당신이 당신 속에 있다면 나 역시 나 자신 속에 있습니다. 우리는 유일한 하나입니다." 자 그럼, 나는 다시 말해봅니다. ……나마스테!

나마스테 역시 안녕, 샬롬, 살람처럼 평화를 기원한다는 뜻을 머금고 있다. 나마스테는 국경만 초월하는 게 아니다. 서로의 종교마저도 초월한 다는 뜻을 담고 있다. 나의 신이 당신의 신께 인사를 드립니다, 라는 그런 절대적인 타협과 관용의 정신 말이다. 예수가 인류에게 샬롬, 즉 평화를 주기 위해 이 땅에 왔듯이, 나마스테라고 하는 말을 무시로 되풀이해 사용하는 인도, 네팔 등의 사람들은 인사말을 통해 진정한 의미의 평화 정신을 속 깊이 일깨우고 있는 것이다.

우리는 말 한 마디의 힘이 결코 약하지 않다고 생각한다. 지성이면 감천이라고 했듯이 피가 마르도록 간절하게 바라면 이루어진다. 이른바 '피그말리온 효과'라는 것도 피가 마르도록 간절하게 바라는 데서 비롯하는 것이다. 그리스신화에 등장하는 조각가 피그말리온은 아름다운 여인상을 조각하고, 그 여인상을 진심으로 사랑하게 된다. 그는 날이면 날마다 감정 없는 조각품을 바라보면서 '난, 널 사랑해' 하면서 중얼거렸을 터이다. 여신(女神) 아프로디테는 그의 사랑에 감동하여 여인상에게 마침내 생명을 불어넣어 주었다. 그에게는 자신의 사랑이 자기충족적인 예언에 의해 끝내 실현되었던 것이다.

말 한 마디는 천 냥 빚을 갚게 하고, 말 한 마디가 한 사람으로 하여금 평생 동안 한 분야에 몸을 담게 한다. 사람들은 말 한 마디의 힘을 무엇보다도 사랑의 고백에서 쉽사리 실감을 할 수 있지나 않을까. 사랑의 고백에 관한 언어철학적인 의미는 다음의 인용문에 잘 나타나 있다.

> 사랑을 고백하는 경우에도 한번 입에서 떨어진 말은 어떤 의미에서든지 하나의 사실을 굳혀버린다. 인생의 모든 일이 그러하지만, 사랑은 늘 애매하고 유동적이고 구름처럼 걷잡을 수 없어서 사람을 애태우게 한다. 그러나 고백의 말이 떨어지면 그 되돌릴 수 없는 말이 하나의 사실을 굳혀버린다. 우리는 많은 사랑의 고백이 빈말로 흘러가버리는 것을 경험하지만, 그 고백의 말이 애매하고 유동적인 상태에서 어떤 하나의 사실을 굳혔다는 것은 부인하지 못한다. (이규호의 『말의 힘』, 1968년, 초판본, 133쪽)

사랑의 감정만큼이나 유동적인 것은 없다. 어쩌면, '사랑합니다'라는 표현의 반대말이 '사랑하지 않습니다'라는 표현이 아니라 '사랑했어요'라는 표현이 될지도 모르겠다. 사랑한다는 것과 사랑하지 않는다는 것의 경계는 분명하지 않다. 이 안개처럼 모호한 국면에서, 누군가가 누군가에게 사랑을 고백한다면, 그 순간에 안개는 걷혀버리고 만다. 그도 그럴 것이, 사랑의 고백으로 말미암아 하나의 현실적인 구속력을 갖는 것은 분명하기 때문이다. 이것이야말로 말 한 마디의 힘인 거다.

그런데 말 한 마디의 힘은 현실 창조의 힘뿐만 아니라, 현실 파괴의 힘도 가지고 있다. 말 한 마디가 증오심과 적대감의 씨앗이 되고, 말 한 마디 때문에 견고한 사랑이나 오랜 우정이 깨어지고, 말 한 마디로 인해 어떤 이는 평생토록 마음의 상처를 안고 살아간다.

우리는 말 한 마디와 글 한 줄을 허투루 여길 수 없다. 철학자 하이데거는 언어를 가리켜 '존재의 집'이라고 비유한 바 있었듯이, 우리에게는 말 한 마디마다, 글 한 줄마다 존재의 자기 증명을 알게 모르게 실현해 나아가게 된다. 나의 존재감은 말 한 마디와 글 한 줄에 의해 증명될 수 있다는 거다.

최근에 젊은이들 사이에 '안녕들 하십니까'라고 하는 인사말이 유행하고 있다고 한다. 모 대학교의 대자보에서 시작된 이 인사말은 중고등학교 학생들에게로 파급되어가고 있고, 심지어는 북한의 매체에 의해 정치적으로 이용되고 있다. 말인즉, 온 남녘땅을 휩쓸며 세차게 타 번지고 있는 '안녕들 하십니까' 벽보 게시 열풍은 파쇼 독재 부활과 반(反)인민적 악정만을 일삼는 보수 집권 당국에 대한 분노한 민심의 대변이라나, 어쨌다나.

이른바 '안녕들 하십니까'란 인사말은 결코 안녕할 수 없다는 반어적인 비아냥거림의 투사이다. 속말과 겉말이 서로 다른 이 해괴한 인사말이 한 시대의 맞울림으로 확산된다면, 필경에는 서로 끌어안는 모습이 아니라, 서로 마주서는 자세로 나아가게 될 거다. 모든 게 부정적이면, 세상을 보는 눈도 부정적일 수밖에 없어서다.

나는 때로, 때때로, 우리 사회가 타자(성)에의 관용이 부족한 미성숙한 사회가 아닌가 하는 의혹을 품어보기도 한다. 걸핏하면, 개념이 있네, 없네, 의식이 있네, 없네, 양심이 있네, 없네, 라고 사람들은 일쑤 말한다. 내 양심이 소중한 만큼 남의 양심도 소중한 게 아닌가 하고 마음을 열어보려는 사람들이 그 얼마나 될 것인가. 이러한 생각이 미칠 때마다, 나에겐 다음과 같은 인사말이 절로 떠오른다.

> 내 안의 믿음이 당신 안의 믿음에게 인사합니다.
> 나와 당신 사이에 가로막힌 불신의 장막을 걷어냅시다.
> 나는 참으로 말 한 마디의 힘을 믿습니다.
> ……나마스테!

무엇이 인문주의이며, 왜 인문학인가

1

안녕하십니까? 송희복입니다.

지금 우리 주변에 불치병을 앓는 환자가 있다고 합시다. 이 환자에게 다량의 진통제를 투입하게 되면 그는 일시적인 고통에서 해방될 수가 있습니다. 하지만 결국에는 죽습니다. 환자에게 간헐적인 고통을 주더라도 시한부 생명을 연장시킬 것인가, 아니면 죽더라도 고통으로부터 온전히 해방시킬 것인가. 이 물음에 대한 종국적인 판단은 과학의 몫이 아니라 인간의 몫입니다. 효율성을 강조하는 과학 만능의 생각 너머에 인간만의 고유한 가치가 있습니다.

오늘 제가 제기하고 있는 화제는 다름이 아니라 인간의 가치를 추구하는 생각의 틀을 새삼스레 끄집어내고, 끄집어낸 생각의 틀에 의해 인문학의 위기를 극복하기 위한 또 다른 생각의 틀을 주형하기 위한 방안을 제

나름대로 밝힐까 해서 이 자리에 섰습니다.

2

인간과 정치가 대립할 때, 우리는 인간을 위한 정치를 주장하고, 인간과 종교가 대립할 때 인간을 위한 종교를 제기하는 일을 종종 볼 수가 있습니다. 정치를 위한 정치, 종교를 위한 종교만 따로 떼어놓으면, 이것들이 인간에게 무슨 소용이 있겠어요? 물론 인간을 위한다고 매사가 능사가 되는 건 아니겠지요.

20년 전에 인문주의적인 정치를 구현하겠다고 출범한 소위 '문민정부'는 끝내 5년 후 IMF라는 결과를 빚어내기에 이릅니다. 종교를 봅시다. 최근에, 미얀마에서 다수의 불교도가 소수의 무슬림을 공격했다는 보도가 있었습니다. 가장 평화적인 종교라고 할 수 있는 불교도 인간을 위한 종교가 아니라, 종교를 위한 종교로 색깔을 드러내고 있습니다. 종교를 위한 종교는 종교의 본질인 사랑을 구현하는 것이 아니라, 폭력의 성격을 띠게 됩니다. 종교에 관한 한, 이제 종교가 인간을 걱정하는 시대에서 인간이 종교를 걱정하는 시대로 바뀌어가고 있을까요.

요즘 인문학이 논란의 중심이 되어 있습니다. 인문학은 라틴어의 '스투디아 후마니타티스(studia humanitatis)'의 번역어입니다. (나는 인문학이란 용어보다 인간학이란 용어를 더 좋아합니다. 그러나 이 말을 사용하는 사람이 거의 없기 때문에 그리 따를 수밖에 없습니다.) 후마니타스(humanitas), 즉 인간성을 실현하는 학문이란 뜻이지요. 전통적으로 문사철(文史哲), 문학·역사·철학으로 크게 나누어지는 분야의 학문을 말합니다. 인간성을 실현하는 사상의 경향을 두고 흔히 인문주의라고 말해지는데, 인문학과 인문주의는 상당히 밀접한 관계가 있는 말입니다. 저는 이렇게 생각합니다. 인문학과 인문주의는 본원적인 것과 효율적인 것의 관계 속에서 인간을 위해 찾는 그 무엇이라고 생각해요.

예술의 경우를 살펴봅시다. 예술을 위한 예술이 본원적인 것이라면, 인간을 위한 예술은 효율적인 것입니다. 이 두 가지 중에서 어느 것이 나은가 하고 말하기 전에, 어떠한 조화의 접점을 찾아야 하는 것이 나는 무엇보다 중요하다고 생각합니다.

3

우리는 지나치게 효율성만을 강조합니다. 그러다 보니 인간성이 그보다 낮게 푸대접을 받는 것이 문제라는 겁니다. 일본의 고도 성장기에 이런 말이 있었습니다. 사회와 회사. 글자의 위치만 바꾸면, 한자로 같은 표기가 되죠. 사회가 요구하는 인간은 사회적 인간형이 되고, 회사가 요구하는 인간은 회사적 인간형이 되지요. 전자가 교양 있는 평균적 인간형을 말한다면, 후자는 효율적인 생산성을 제고할 수 있는 비범한 인간을 말합니다. 사회가 사회적인 인간형을 요구하지 않고, 가면 갈수록 회사적 인간형을 요구하다보니 사회에 문제가 생긴다는 거죠. 모든 사회 문제란 인간성을 제대로 실현하지 못한다는 데서 시작합니다.

인문주의는 다름 아니라 전환기의 사상이요, 위기의 사상입니다.

세상이 바뀌고 인간이 위기를 느낄 때 인문주의의 사상이 일어서고 인문학의 고귀함을 알게 됩니다. 요즈음 인문학에 관해 세간에서는 양극단의 현상이 빚어지고 있습니다. 제가 처음으로 신문을 보기 시작한 것은 1970년부터인데, 지금까지 43년 동안 신문에서 손을 뗀 적이 없을 정도로 신문 읽기는 제게 하나의 일상사가 되어 왔습니다. 그런데 신문에 '커버 스토리'가 1, 2, 3, 4면에 실린 것은 처음으로 보았습니다. 모 신문에서 최근에 특집으로 내보낸 '문사철의 쓴웃음'이 바로 그것입니다. 이 특집 기사는 네 면에 걸쳐 광범위하게 펼쳐 있습니다만, 요약하면 대체로 이런 얘기를 하고 있죠. 요즘 최고경영자를 위한 고급 인문학 강좌가 성행하고 있다는데 일각에선 인문학이 문화자본으로 변모하고 있다고 합니다. 지도층 인사들의 인문학적인 성찰은 인간에 대한 배려와 나눔을 위한 것을 지향한다는 점에서 일단 바람직하다고들 합니다. 불황의 출판가에서도 최근 들어 부쩍 인문학 서적은 웬만큼 팔린다고 해요. 인문학의 밝은 빛입니다. 그런데 어두운 그늘도 있습니다. 대학에서는 인문학과가 가면 갈수록 통폐합의 형태로 폐과화되어가고 있습니다. 지방 대학에서 더 심합니다. 대학은 유럽의 중세 때 본래 문사철(文史哲)로부터 제도화되어 갔는데 근대 이후의 시대에 이르러 대학에서 문학과 역사와 철학을 추방하는 쪽으로 가닥을 잡아가고 있는 느낌입니다.

철학은 예로부터 학문의 제왕이었습니다. 학문의 반열에서 궁극의 자리에 놓여 있었던 철학은 학문 중의 학문이었죠. 시대에 따라 애지(愛智), 신학의 시녀, 이성과 계몽의 빛 등으로 불리어왔을 터이죠. 그런데 지금 대학에서의 철학과는 폐과 대상 제1호의 학과처럼 인식되어가고 있습니다. 또 철학과 하면 철학관을 연상하는 사람도 있습니다. 철학은 이성의 빛을 밝히는 것이고, 철학관은 길흉화복을 점치는 곳인데도 말입니다.

요컨대 인문학의 위기를 말하면서도 인문학이 우리 사회문화의 논란이 되고 있는 것이 인문학을 둘러싼 저간의 현실이 아닌가 합니다. 애초에 인문학이 삶의 현장에 기여하거나 복지의 혜택을 기약하는 데 비효율적인 것이 어김없는 사실이었던 것 같습니다. 인문학의 위기는 대학에서부터 시작되고 있다고 해도 이를 회복할 수 있는 길은 개개인의 향유에서부터 비롯된다고 봅니다. 학생들의 인문학적인 소양은 스펙 쌓기의 수단에 있는 게 아니라 실제의 면에서 무엇인가를 할 수 있는 것이라기보다 관념적인 향유—라캉이 말한 '주이상스'와 비슷한 개념으로서의—에서부터 시작해야 된다고 봅니다.

4

그럼 지금부터 저는 문사철의 관계 속에서 문학을 먼저 말하겠습니다.

그 옛날 플라톤은 철학을 지나치게 강조했습니다. 대신에 그는 문학과 예술을 무가치하고 불필요한 것으로 간주했습니다. 문학과 예술이 주는 달콤한 즐거움은 어디까지나 철학의 몫이어야 하는 이성과 도덕성을 마비시킨다고 보았던 것입니다. 그리스를 가본 사람은 여기저기에 야외극장이 많이 있음을 보았을 것입니다. 야외극장에선 주로 연극을 많이 상연했는데 오늘날 말하는 막장 드라마도 많았습니다. 아버지를 죽이고 어머니와 결혼한 오이디푸스의 비극은 문학에선 불멸의 고전 중에서도 가장 위대한 고전이지만 철학의 입장에선 한낱 막장 드라마에 지나지 않았던 것이지요. 이러한 유의 타락을 두고 플라톤은 이데아의 공화국으로부터 시인(예술가)을 추방해야 한다고 주장합니다. 이것은 바로 문학과 예술의 추방을 뜻하는 겁니다.

그런데 플라톤의 이론은 그의 제자 아리스토텔레스에 의해 우회적으로 비판됩니다. 이 두 사람은 아카데미아 재산 상속을 두고 사이가 좋지 않았다고 하는 얘기도 있습니다. 아리스토텔레스는 문학과 예술에서 소위 '밀당'하는 정서적인 메커니즘을 발견합니다. 밀고 당기고 하는 데서, 이

성과 감성, 감춤과 드러냄, 억압과 해소가 있다는 걸 알게 된 거죠. 이것이 이른바 '카타르시스'입니다. 비극을 보며 연민과 공포의 감정을 느끼는 과정에서 묵은 감정을 배출한다는 것. 우리 식의 표현대로라면 굿이나 탈춤이나 오광대를 통해 해소하는 민중의 신명풀이와 같은 것. 그런데 말이죠. 요즘 문학에는 즐김의 개념이 별로 없어요. 진지한 것만을 챙기려고 하는 경향이 많아요.

우리 학교에서 최근에 스토리텔링에 관한 학술회가 있어 제가 토론자로 참가했습니다. 제가 토론자로 참여한 발표는 초등학교 국어교육에 나타난 옛이야기를 활용하여 초등학생들의 인성 계발을 위한 프로그램을 개발할 수 있다는 데 착안하여 학생들의 스토리텔링이 실제의 수업을 통해 검증할 수 있으리라는 예견이 주요한 동기 부여로 설정되어 있었습니다. 문학교육에서 인성 계발이란 바로 플라톤의 논리입니다. 문학교육이라고 하면 언제나 문학보다 교육에 방점이 찍혀져 있습니다. 이게 저에게는 불만이죠. 저는 문학교육을 논의할 때 왜 문학에 방점이 찍혀지지 않나 하고 생각합니다. 제 견해는 일종의 아리스토텔레스적인 견해라고 할 수 있겠습니다. 철학을 위해 문학(넓게는 예술)이 희생되어야 한다면 철학도 죽고 문학도 죽습니다.

제가 25년 전 즈음에 서울에서 고등학교 국어 교사를 한 적이 있었습니다. 교육과정은 많이 바뀌었지만, 그때나 지금이나 가르치고 배우는 방식은 별로 차이가 없는 것 같습니다. 지금 학생들도 국어 교과서에 줄을 긋고 국어교사 설명한 것을 받아 적는 것이 국어 공부라고 생각하는 학생들이 많습니다. 걸핏하면 줄을 긋고 '조국 광복의 염원'이라고 쓰니 무슨 재미있는 국어 공부라고 할 수 있겠습니까?

문학작품을 통해 언어의 독특한 아름다움을 통해 자기 존재감을 느끼

거나, 자신의 삶을 되돌아볼 수 있는 계기를 마련해보거나, 타인의 삶을
유연하게 경험해보거나 하는 것이 문학이라면, 문학은 하나의 이성, 지식
체계, 도덕인 교훈이기보다는 아름다운 것, 감동적인 것, 향유하는 것입
니다. 아이들, 청소년들로부터 문학과 예술 속에 존재하는 아름다운 것,
감동적인 것, 향유하는 것을 빼앗아 가려고 하기 때문에 아이들과 청소년
들이 거대한 배출구인 게임 속에 빠져들게 되는 것입니다.

5

아리스토텔레스는 문학과 역사도 구별 지었습니다. 역사에 관해 종사
하는 분들은 문학보다 역사를 우위에 놓으려고 하는 사람들이 많겠지요.
어떤 사람은 말합니다. 문학이 스토리라면, 역사는 '하이-스토리'라고
요. 하이-스토리는 격조 높은 이야기라는 뜻입니다. 이것이 바로 히스토
리(history)라는 게죠. 그런데 아리스토텔레스는 역사를 특수한 것, 문학을
보편적인 것이라고 대조하면서, 문학의 손을 들어주었습니다. 역사적인
사실과 문학적인 진실은 항상 서로 충돌해왔습니다.

예를 한번 들어볼까요?

우리나라의 오래된 고서 가운데 『삼국유사』라는 게 있지요. 문학과 역
사를 아우른 종합적인 성격의 책입니다. 여기에 있는 백제 무왕과 선화공
주 이야기. 이 이야기는 향가 「서동요」가 삽입되어 있어 한층 더 문학역사
적인 가치를 부여하고 있습니다. 지금까지 많은 사람들에게 이 이야기와
노래가 역사적인 사실로 인지되어 왔는데, 최근에 그게 아니란 사실이 밝
혀졌죠. 익산 미륵사탑이 10년 넘게 보수 공사를 하는 과정에 땅속에서 천
오백 년이 된 귀중한 금석문이 발굴되었는데, 여기에 보면 백제 무왕의 왕

비는 선화공주가 아니라 '사택적덕의 따님'이라고 되어 있습니다.

신라 진평왕 시대에 신라와 백제의 외교관계는 가장 적대적이었답니다. 이런 때일수록 정략결혼이 필요할 수도 있었으리라고 짐작되는데 이 예상마저도 빗나갔습니다. 나라와 나라 간의 전쟁을 원치 않는 쪽은 언제나 백성들입니다. 양국의 백성들은 평화를 원합니다. 평화를 원하는 백성들의 마음은 하나의 집단무의식으로 자리를 잡게 됩니다. 이야기 자체가 보유하는 기본 구조는 원형(原型)이라는 상징 형태를 지니면서 가상인물을 만들어냅니다. 선화공주는 그 허구적인 가상인물이 아닐까요? 세월이 흐르면서 역사의 사실은 해체되어가고 민중은 더 거짓말을 각색하면서 이야기 자체가 보유하는 기본 구조 위에 그 거짓말들을 축적해 나아갑니다. 이것이 『삼국유사』에 이르러 문자로 정착된 것입니다. 역사적인 사실에서 볼 때 그 이야기는 거짓말일지 몰라도 여기에는 평화를 원하는 백성들의 마음들이 담긴 심원한 문학적인 진실이 있다는 것이에요. 문학은 한마디로 말해 언어를 통한 삶의 진실을 드러내는 것입니다.

6

문학과 역사와 철학은 인간적인 것에서 비롯하여 또 인간성의 실현을 완성시킨다는 데서 공통점이 있습니다. 이 세 가지의 것은 인간에 대한 반성(反省)을 향하는 것입니다. 반성이라고 해서 골마루에 앉아 벌 서는 게 아닙니다. 문학은 낱낱의 사람이 저마다 다르게 반성하는 것입니다. 사람마다 얼굴이 다르고 살아온 인생이 다르듯이, 문학이란 개성이 강한 다채로운 자기반성인 셈이죠. 이에 비해 역사는 집단의 과거에 대한 투사, 투영인 것입니다. 거울로 비추는 행위. 이것이 역사서술의 행위입니다. 역사는 '거울'로 비유되곤 합니다. 자치통감이니, 동국통감이니 할 때 그 감(鑑)이 바로 거울입니다. 역사가 집단의 과거에 대한 반성이라면, 그러면 철학은 무엇일까요? 문학과 역사가 인간에 대한 반성의 소산이라고 말할 수 있는 것처럼, 철학은 인간의 본질에 대한 반성이라고 말할 수 있습니다. 요컨대, 철학은 '반성에 대한 반성'의 학문이라고 해도 과언이 아니죠. 좀 어려운 말로 얘기한다면 메타적인 반성의 학문이 철학입니다.

자, 정리해봅시다.

얘기를 되돌리면, 문사철로 대표하는 인문학은 인간에 대한 깊이 있는 반성 행위를 결집한 것이다, 라고 말할 수 있지 않을까요? 그러면, 이러한 유의 의문을 던지면서 제 말씀을 마칠까 합니다. 감사합니다.

자비의 표상에 감도는 시정신과 미의식

불상시(佛像詩)의 용어를 제안하며

잘 아는 바와 같이, 문학과 종교는 매우 밀접한 관계를 맺어왔습니다. 문학과 종교에 관해서 최근에 학제적(學制的) 연구 결과가 나왔기도 합니다만, 이 두 가지의 개념 사이에 놓여 있는 연결고리는 인간의 근원적인 물음에서 오는 것이라고 하겠습니다. 나는 최근에 우리나라의 대표적인 종교학자로 일컬어지고 있는 정진홍 씨의 글 「문학과 종교」를 읽었습니다. 문학과 종교의 상호관련성을 얘기한 글 중에서 이처럼 평이하고 본질적인 내용을 담은 것은 미처 본 일이 없었습니다.

그는 문학과 종교의 관계를 이렇게 말합니다.

인간에게는 상상력이 있다는 것. 상상력은 다름 아니라 막혀 있거나 닫혀 있는 현실을 넘어서는 인간의 능력이라는 것. 그것은 새로운 하나의 우주를 빚어내는 무한한 자유와 가능성의 또 다른 이름이라는 것. 문학이

상상력을 지닌 모든 인간의 인간다움의 표현이며 인간답기 위한 구제에의 가능성이라면 문학은 애초에 종교적일 수밖에 없다는 것입니다.

인간의 자기 구원이란 공통점에서 볼 때 문학은 종교적이며 종교는 문학적입니다. 노스럽 프라이가 문학을 두고 '세속적인 경전(The Secular Scripture)'이라고 비유한 바 있었듯이, 문학은 그것 자체로 구원론(Soteriology)이라고 말하고 있는 정진홍 씨의 경우는 종교야말로 '거룩한 문학(The Sacred Literature)'이 아닐 수 없을 것입니다.

우리나라의 경우를 볼 때 종교문학의 전통은 불교문학에 한정된 감이 없지 않습니다. 불교가 이미 오래전부터 이 땅에 들어와 민중들과 함께 호흡하면서 인간 구원의 자유와 가능성에 대한 물음을 끊임없이 던져왔습니다. 이 과정에서 불교와 문학은 친연성을 맺어왔습니다. 서양에서 기독교와 문학이 다소 배타적인 긴장관계 속에서 단테의 「신곡」과 같은 위대한 기독교문학을 탄생시켰다면, 불교와 문학은 서로가 서로를 기대는 의존적인 관계 속에서, 불교의 문학성, 문학의 불교성을 제각각 발전시켜 왔던 것이겠지요.

우리 문학사 속에는 작가가 이름 높은 승려인 경우가 많습니다. 이를테면 혜초 · 균여 · 일연 · 나옹 등으로, 일일이 이름을 헤아리기가 어려울 정도죠. 이와 달리 속가(俗家)의 입장에서 불교문학의 금자탑을 세운 경우도 적지 않습니다. 앞의 경우가 '세속적인 경전'을 통해 문학에 접근한 경우라면, 뒤의 경우는 '거룩한 문학'을 통해 종교에 접근한 경우라고 하겠습니다. 『삼국유사』는 승려에 의한 세속적인 경전으로 비유될 터이고, 「월인천강지곡」은 속세의 권력층이 가담해 이룩한 거룩한 문학으로 말해질 수 있을 것입니다.

우리 문학 속에 불교가 차지하는 비중이 적지 않는 것은 과거의 전통

문학뿐 아니라 주지하듯이 오늘날의 문학에도 해당됩니다. 현대 문명에 매몰된 현대인에게도 인간의 인간다운 구제의 가능성을 문학에 묻기도 하는 데서 그 까닭을 찾을 수 있을 것입니다. 이른바 근현대문학이라고 하는 것에 우리의 불교적 경험의 총량이 녹아져 있다면, 문학의 소재주의로서의 불교에 대한 관심도 결코 무의미하다고 볼 수 없겠죠. 이를테면 부처 · 사찰 · 범종 · 탑 · 선(禪) · 연꽃 등은 말할 것도 없고, 구도자적 캐릭터로서의 승려 등도 제재사적 전통과 의미를 갖고 있을 것입니다.

나는 이 글에서 또 하나의 불교적 소재의 한 유형을 말하려고 합니다. 그것은 다름 아닌 불상이죠. 불상은 부처 그 자체는 아닙니다. 부처를 대신 표현한 사물에 지나지 않지요. 불상은 다름 아니라 불성(佛性)의 내재적 인격을 대신한 하나의 표상인 것입니다. 불상에도 동아시아 여러 나라에 역사적으로나 예술적으로 의미가 있는 유명한 것들이 적지 않습니다. 사실상 불상을 소재로 한 문학작품들이 결코 적지 않은데 이에 대한 비평적 관심은 적었습니다.

나는 이 대목에서 불상시(佛像詩)의 용어를 제안하고자 합니다. 시인이 특정의 불상을 관조하면서 갖게 될 마음의 빈터 속에 인간 영혼의 심연에 놓여 있는 진리와, 실존의 의미와, 인간과 아름다움에 대한 궁극적인 물음들로 채운 시편들이 존재한다면, 이것들이야말로 이른바 불상시로 범주화될 수도 있을 것 같습니다. 나의 시 읽기 경험에 의하면 우리나라에 불상시라는 이름의 가설을 충족시켜줄 만한 시편들이 존재하고 있습니다.

따라서 나는 이를 통해 석굴암 본존불을 소재로 한 시편들을 읽어보려고 합니다. 무엇보다도 석굴암이 우리나라에 문화재로 현존하고 있는 불상 가운데 가장 대표적인 미감을 지니고 있는 예술품으로 정평이 나 있거니와, 이를 대상으로 삼았던 시들이 우리 문학의 불상시 가운데서도 질량

면에서 가장 대표적인 시적 정감을 불러일으키고 있다고 여겨지고 있기 때문입니다. 그리고 그것과 일본에서 가장 유명한 불(보살)상인 법륭사 백제관음을 소재로 한 시편들을 내친김에 비교해보려고 합니다. 즉, 이글은 석굴암 본존과 법륭사 백제관음에 관한 불상시를 대상으로 한일간(韓日間)의 시적 감수성과 미의식을 비교하기 위해 씌어진 에세이입니다.

석굴암 본존을 찬미한 한국의 시편들

잘 알려져 있는 것처럼 우리나라의 불상은 대체로 석불상입니다. 이 점은 목불상이 대부분인 일본의 경우와 분명한 차이를 드러내는 것이기도 하지요. 우리나라의 불상 조각사에서 가장 이름 높고 아름다운 것이라면 누구나 석굴암 본존불을 떠올릴 것입니다. 석굴암에는 많은 불상이 존재하고 있습니다. 넓은 의미의 불상이란, 석가여래상만을 가리키지 않고 석가여래의 권속인 보살상 · 명왕상(明王像) · 천상(天像) 등까지 포함시키기도 합니다. 따라서 석굴암의 불상은 본존상 · 십일면관세음보살상 · 문수보살상 · 보현보살상 · 십대제자상(10구) · 천부상(2구) · 사천왕상(4구) · 금강역사상(2구) · 팔부신장상(8구)으로 이루어져 있습니다. 그러나 석굴을 조성하는 가장 큰 목적이 본존상을 봉안하는 데 있는 것처럼 석굴암을 대표하는 불상은 본존상입니다. 본존상은 본존 석가여래좌상의 준말입니다. 이에 대한 아름다움은 이루 형용할 수 없을 것 같습니다. 다만 여기에서는 고미술사학자 황수영의 견해를 인용해볼까 합니다.

> 이 본존상은 머리 위에 육계가 표시되었고 나발을 새기고 있다. 상호는 온화하고 우미하며 지나치게 풍만하지도 않다. 반쯤 뜬 두 눈에 동공을 파고, 눈

석굴암 본존물의 장엄한 모습

썹은 높이 조각되어 청신한 조각선을 표현하고 있다. 이마의 중앙에는 수정과 황금으로 장식된 백호(白毫)가 있고, 융기한 코와 작은 입은 단정한 모습을 보인다. 목에는 삼도(三道)의 부드러운 조각선이 있고, 넓게 벌어진 두 어깨와 가슴의 알맞은 융기는 매우 당당한 장부의 자태이다. (……) 그 불상은 인공에 따르는 조형이긴 하나, 조금도 기교적이거나 생경한 흠이 없고 젊고 새로운 생명감이 용솟음치고 영원한 시간으로 이어지는 인상을 느끼게 한다.[1]

황수영이 석굴암 본존을 가리켜 '조금도 기교적이거나 생경한 흠이 없고 젊고 새로운 생명감이 용솟음치고' 있다고 한 견해는 사물의 핵심을 참으로 적실하게 꿰뚫어본 것의 결과가 아닌가 여겨집니다. 동국대학교 불교학과 교수이면서 시인이기도 한 고영섭은 석굴암에 관련된 시 36편을 모아 『새천년에 부르는 석굴암 관세음』(연기사, 1998)이란 제목의 시집을 편찬한 바 있었는데, 여기에는 석굴암 본존상에 관한 시와, 십일면 관세음보살상에 관한 시의 숫자 비율이 거의 반반 정도로 나타나고 있습니다. 박종화 · 유치환 · 이동주 · 김종길 등 시인들이 전자의 시를 썼고, 서정주 · 김상옥 신석초 · 한하운 · 송욱 등의 시인들이 후자의 시를 썼습

• • • • •
1) 황수영, 『석굴암』, 열화당, 1989, 75~76쪽.

니다. 그동안 석굴암 본존상에 관한 시 못지않게 십일면관세음보살상에 대한 시인들의 선호도가 뜻밖에도 높더군요. 내가 쓰고 있는 이 비평적 에세이는 전자에 관한 글이기 때문에 후자에 관해서는 다음의 기회로 유보할 수밖에 없습니다. 그러면 먼저 두 편의 시 일부를 봅시다.

> 꿈보다 황홀한
> 이른 아침 해돋이.
>
> 온누리는 짐짓
> 당신이 비어두신 여백
>
> 우러러 겪어온 저 푸른 천공(天空)은 연잎 하나로
> 받드신 당신의 하늘보다 비좁나니
>
> (……)
>
> 학이 오르다 쭉지를 꺾고 구름은 나직히 무릎 아래 유순한데
> 설찬 듯 넉넉한 당신의 그릇.
>
> ― 이동주의 「대불」 부분

> 당신에겐 천년도 한갓 꿈결인가? 아 변함없는 당신의 미소! 미소 짓는 당신의 얼굴의 언저리에서 유암(幽暗)이 소리 없이 엷어진다. 당신은 소리 없이 유암을 호흡한다.
>
> (……)
>
> 또렷한 눈자위와 입언저리가 무한히 젊어 보인다! 아 당신은 영원한 처녀! 나는 불현듯 연모(戀慕)를 느낀다.
>
> ― 김종길의 「연모」 부분

이 두 편의 시는 해돋이 무렵의 석굴암 본존상을 보고 쓴 것들입니다. 시 두 편 모두가 한국적인 미의식을 드러내고 있는 것은 두말할 나위가 없다고 할 것입니다.

이동주의 「대불」은 '설찬 듯 넉넉한 당신의 그릇'을 찬미하고 있듯이, "도(道)는 빈 것을 쓰되 꽉 채우지 않는다(道沖而用之或不盈)."라는 노자의 말에서 유래된 텅빔의 동양적 미학을 보여주고 있습니다. 서양의 예술이 인간과 자연의 끊임없는 긴장감 속에서 도전들을 이겨내려고 하는 이성적인 대응의 미학을 지향하는 데 있는 것이라면, "한국의 예술은 오히려 이 힘의 긴장을 해소시킴으로써 아름다움에 도달하는 '탈긴장의 미학'을 생명으로 삼아왔다."[2]라고 얘기될 수 있을 것입니다. 이동주 시인이 석굴암 본존을 관조하면서 언표하고 있는 저 '온누리의 여백'이야말로 꽉 채움으로써 아름다움을 질서화하는 서구적인 긴장의 미학을 벗어나는 것이라고 하겠습니다.

김종길의 「연모」는 석굴암 본존이 동해의 아침 햇살을 받으면서 유암 속에 모습을 드러내는 것을 두고 '영원한 처녀'로 표현하고 있습니다. 두루 아는 사실이거니와, 처녀성의 상징은 젊음의 영원성을 내포하고 있습니다. 시인의 연모는 석굴암 본존에 대한 것이라기보다는 햇살을 받을 때마다 새롭게 솟구치는 영원한 젊음에 대한 것입니다.

어떤 이는 한국의 미를 비(飛)의 미라고 한 바 있었습니다.[3] 인간의 욕망을 끊임없이 비어내는 탈긴장의 미학과도 무관치 아니한 비(飛)의 미학

• • • • •

2) 김영기, 『한국인의 기질과 성향을 통해 본 한국미의 이해』, 이화여자대학교 출판부, 2000, 164쪽.

3) 같은 책, 291쪽 참고.

적 성향은 순백의 달항아리, 한옥의 건축 양식, 한복에서의 너울거리는 비상적인 조형의 비례미 등에서 확인될 수 있는 것이기도 합니다. 황수영이 석굴암 본존상을 두고, 조금도 기교적이거나 생경한 흠이 없고 새로운 생명감이 용솟음치고 영원한 시간으로 이어지는 인상을 갖게 된다고 말한 바 있었거니와, 생명감의 용솟음침이야말로 비의 미학적 실체가 아닌가 합니다. 이런 점에서 볼 때 이동주와 김종길의 시는 석굴암 본존을 통해 한국적인 아름다움을 감지해내고 있다고 여겨집니다. 자, 그러면 석굴암 본존상에 관한 제재시 가운데 가장 대중적으로 잘 알려져 있고 또 가장 성취적인 수준에 도달한 것이라고 여겨지는 유치환의 「석굴암 대불」을 인용해보겠습니다.

목 놓아 터뜨리고 싶은 통곡을 견디고
내 여기 한 개 돌로 눈 감고 앉았노니
천년을 차가운 살결 아래 더욱
아련한 핏줄 흐르는 숨결을 보라.

목숨이란! 목숨이란—
억만년을 원(願) 두어도
다시는 못 갖는 것이기에
이대로는 못 버릴 것이기에.

먼 솔바람
부풀어오는 동해 연잎
소요로운 까막까치의 우짖음과
뜻 없이 지새는 흰 달로 이마에 느끼노니.

뉘가 알랴!
하마도 터지려는 통곡을 못내 견디고

내 여기 한 개 돌로

적적이 눈 감고 가부좌하였노니.

　　　　　　　　　　　　　　　── 유치환의 「석굴암 대불」 전문

　　차가운 살결 아래 아련한 핏줄 흐르는 숨결! 시인의 영감이란 참으로 오묘합니다. 이 시를 발표한 수년 후에 조지훈의 저 유명한 산문 「돌의 미학」이 발표되었습니다. 이 산문에서도 조지훈은 석굴암 본존상을 가리켜 '돌에도 피가 돈다.'고 하면서 숨결과 핏줄이 통하는 신라의 이상적 인간의 전형적인 모습으로 간주했습니다.[4]

　　유치환은 세칭 생명파 시인답게 석굴암 본존상을 소재로 삼아 시인 자신의 생명에의 외경과 의지를 드러내고 있습니다. 사실 석굴암 본존상이 위대한 예술품으로서 불멸의 정념으로 표상화되어 있기 이전까지는 하나의 돌덩이에 지나지 않았을 것입니다. 자연 상태로서의 돌과 예술품으로의 석불(石佛) 사이에는 세간살이의 복락이나 영속적인 삶의 성취를 위해 인간을 자연화하고자 하는 낙원의식의 한 충동으로서의 인간의 숱한 원망(願望)들이 가로놓여 있을 것입니다. 시인 이승훈이 과거에 『문학상징사전』이란 책을 공간한 바 있었는데, 여기에 '돌'에 관한 시적 상징의 의미가 이렇게 기술되어 있군요. "돌이 소유하는 견고성과 내구성은 언제나 인간들에게 강한 인상을 주었으며, 그것은 변화, 부패, 죽음의 법칙에 종속되는 생물들과 대립되는 세계를 암시한다."[5] 잘 알다시피, 유치환의 시 중에서 「바위」라는 제목의 명편이 있습니다. 애련에 물들지 않고 희로에 움직이지 않는 바위가 되고 싶어 했던 시인의 생명의지 말입니다. 석굴암

　　　• • • • •
4) 조지훈, 『시인의 눈』, 고려대학교 출판부, 1983, 19쪽.
5) 이승훈 편저, 『문학상징사전』, 고려원, 1995, 138~139쪽.

대불 앞에 선 시인 역시 이와 유사한 정서적 반응을 나타냅니다. 그 석불상은 인간의 분열된 삶을 통합하려는 생명의지의 표상으로서 굳건하게 존재하고 있는 것입니다. 또 하나의 석굴암 본존 제재시를 보겠습니다.

> 완성으로부터 언제나 저를 멀리해 주시오.
> 미완성의 기쁨을 저는 찾습니다.
>
> 점토(粘土)의 형태가 없던 덩어리는
> 존재의 수레바퀴 위에 올라
> 약간의 형태를 얻었습니다.
> 그러나 신이여
> 그것을 너무나 완벽하게 만들진 마십시오.
>
> 그러면 사랑하는 손길을 뻗쳐
> 당신이 찰싹 마무릴 기회가 없어지니까요.
>
> — 우마샨카르 조시의 「기도」 전문

이 시는 인도의 시인 우마샨카르 조시(Umashankar Joshi)가 썼습니다. 그는 1970년에 우리나라에서 개최한 세계작가대회에 참여하여 경주를 관람할 때 석굴암 대불을 보고 「기도」라는 제목의 즉흥시를 썼습니다. 그는 시성(詩聖) 타고르의 제자로서 당시 구자라티 대학교 부총장으로 재직하고 있었습니다.

이 시의 화자, 즉 기도의 주체는 시인 자신이 아니라 신라 시대에 석굴암과 그 속의 본존상을 조성한 석공이 아닐까 합니다. 화자는 부처를 신(神)으로 호명하면서 완벽한 형상으로 현현하지 않기를 희구하고 있습니다. 자신을 미완성의 존재로 여기고 있는 화자는 미완성의 기쁨 속에서 자아의 진정한 존재감을 받아들이고 있습니다. 이 미완성의 기쁨이란, 다

름 아니라 동양적인 여백의 미학이라고 해도 좋을 것 같습니다. 장백일은
「시적 소재로서의 '석굴암'고(考)」(『시문학』, 1973. 1~3)라는 제목의 논문
에서 위의 시 「기도」에서의 기도가 소승적(小乘的) 자리(自利)를 위한 기도
에 지나지 않는다고 밝힌 바 있었습니다만,[6] 나는 반드시 그런가 하는 의
심을 품습니다. 그 미완성의 기쁨이란, 다름 아니라 이타행(利他行)의 여
지가 아닐까요? 완성의 기쁨이야말로 각(覺)의 존재로서 만족하는 소승적
불성관이 아닐까요?

백제관음의 아름다움을 노래한 일본의 시가들

일본의 나라 법륭사에 있는 백제관음은 세계적으로 이름 높은 불상입
니다. 앙드레 말로와 니코스 카잔차키스와 같은 서양의 작가가 일찍이
1930년대부터 관심을 가져온 백제관음……. 표현 양식에 있어서는 전혀
다른 조형성을 지니고 있지만, 얼굴 표정에 있어서는 백제의 온화한 미소
를 머금고 있는 전형적인 백제의 불상으로 여겨지는 것. 앙드레 말로는
백제관음의 상호를 가리켜 대륙적(한국적) 요소가 전혀 개입되어 있지 않
는 일본인의 얼굴 그 자체라고 단언한 바 있었습니다. 그의 아마추어적인
감각에도 불구하고 백제관음과 서산 마애삼존불상의 표정의 유사성에 대
해 근래의 전문가들이 인정하고 있습니다.

문학비평가 김윤식은 미술품 감상에 관해서도 조예가 있는 것으로 정
평이 나 있습니다. 1979년에 간행한 『문학과 미술 사이』 이후에도 미술품
에 대한 감식안을 발휘한 바 있었습니다. 그가 백제관음을 보았던 때는

••••••
6) 장백일, 『한국현대문학론』, 관동출판사, 1978, 551쪽 참고.

1971년이었답니다. 먼저 그의 얘기부터 들어볼까요.

　이 백제관음을 필자는 1971년 어느 추운 날 오래도록 관찰해본 적이 있다. 그때 필자가 겪은 충격은 일종의 절망이었다. 이건 공포의 시초일 수 있지만 절망 그 자체일 수도 있다는 느낌을 체험할 수 있었다. 다만 필자에게 이 느낌과 더불어 분명한 사실은 다음 두 가지였다. 그 하나는 이 조각이 백제관음이란 이름으로 하여 어떤 민족적 흐름이 필자에게 작용한 부분이 지극히 적었다는 점이다. 미 앞에는 그 작가나 민족을 초월한다는 그러한 터무니없는 느낌이었던 것이다. 그것이 곧 절망의 의미다. 다른 하나는 이 조각이 필자에게는 유독 여인상으로 강하게 인상지어졌다는 것인데, 그것은 보살이 물론 서양의 천사처럼 중성(中性) 개념이지만, 그리고 불교에서는 자비의 보편화에 강음부(强音符)를 둔 여성적 요소를 띤 것으로 통념화되어 있지만, 필자가 느낀 것은 그러한 차원을 떠난 영원적 여성상으로 비쳤던 것이다. 다시 말해, 미란 본질적으로 여성적인 것이라는 생각이었다.[7]

　아름다움이 작가나 민족을 초월할 수 있다는 가설은 기실 터무니없는 것이 아닙니다. 인용문을 쓴 김윤식은 그 당시에 견고한 의미의 역사주의자였던 모양입니다. (참고로 한 마디 말하자면 1971년은 그가 『한국근대문예비평사연구』를 간행했으며 김현과 함께 『한국문학사』를 『문학과 지성』 지(誌)에 연재하고 있었으며 『한국근대작가론』의 원고를 쓰고 있는 시점이었습니다.) 그래서 백제관음을 보고 느낀 아름다움이 절망으로 연결되었던 것이겠지요. 그의 또 다른 소감은 미가 본질적으로 여성적이라는 것. 당시에 성숙한 남성의 형식미를 강조하는 루카치의 소설 이론에 경도되어 있었던 그로서는 이 발언이 사뭇 이례적이라고 할 수 있겠네요.
　주지하듯이 동북아시아에 있어서의 관음신앙은 보편적이고도 각별한

•••••
7) 김윤식, 『문학과 미술 사이』, 일지사, 1992, 108쪽.

백제관음상

신앙 문화를 형성하였으며 예술 분야에 미친 영향력도 다대한 것이었습니다. 그 신앙의 대상이 되는 관세음보살은 본디 성별이 없는 개념이었는데 역사적인 과정을 거치면서 민중의 신앙적인 염원에 따라 점차 여성화되어 갔습니다. 그래서 종교적인 입장에서 볼 때 그것은 구원(救援)의 모성성을 가지게 되었으며 예술적으로 볼 때에는 이른바 구원(久遠)의 여인상으로 각인되기에 이르렀던 것입니다.

이 경우는 마리아신앙이 뿌리를 내리게 되어가는 과정의 서양과 그 경우가 비슷하다고 볼 수 있습니다. 문학의 경우에 있어서 단테의 「신곡」은 미의 본질적인 여성성 내지 모성성을 잘 드러내주고 있습니다. 이 작품에는 무수한 인물이 등장하고 있습니다만, 이러한 인물 중에서 여성이 등장하는 비중은 낮지만 가장 비중을 크게 차지하고 있는 인물은 베아트리체입니다. 평생을 두고 단테가 연모했던 여인 베아트리체는 요절했습니다만 이 이후에도 평생토록 그의 마음속의 연인으로 자리를 잡았습니다. 정신적 사랑의 대상으로 구원의 여인상으로 각인된 그녀는 「신곡」과 「신생」에 있어서 단테 영혼의 결정적인 히로인으로 묘사되어 있습니다.

단테가 칠흑 같은 어두운 지옥의 숲에서 사나운 맹수들에게 둘러싸입니다. 이때 베아트리체는 '하늘에 계시는 성스러운 여인'께 도움을 청합니다. 그 여인은 베르길리우스를 보내 단테를 구해줍니다. 여인은 다름 아니라 자비의 상징 산타 마리아. 단테의 배후에 베아트리체가 있고, 또 베아트리체에게는 산타 마리아가 존재합니다. 베아트리체와 마리아는 등가(等價)의 지선지미한 구원의 여인으로 존재하고 있었던 것입니다.

내가 일본에 머물고 있었던 어느 봄날에 백제관음을 마침내 보았습니다. 내가 이 목불상을 보았던 재작년은 백제관음상 조성 1400주년 되던 해였습니다. 오랜 세월을 두고 보고 싶어했던 그 오래된 목불상 앞에 경건한 자세로 합장하면서 나는 목구멍까지 치밀어 오르는 것이 있어 울컥 울음이 쏟아질 것 같은 느낌을 가졌습니다. 내 옆에 아내만 없었더라면 아마 마음껏 소리 없이 눈물을 흘렸을지도 모를 일이었습니다. 이러한 감격은 나 말고도 많은 사람이 경험했을 터입니다. 그건 그렇고 백제관음의 여성적 아름다움을 묘사하고 있는 일본의 시 한 편을 먼저 볼까요.

정병(淨瓶)을 들고
서 계시는 관음의
가슴 봉긋 솟아 있는 것이여
난 떠나지 않으리

물고기 비늘처럼 오래된
모습을 따라서 바라보면
들고 계시는 정병(淨瓶)마저
옷에 비치네
— 미야 슈지의 「백제관음 2수」 전문

이 인용시는 일본 최고의 시인 기타하라 하쿠슈의 제자인 미야 슈지(宮修二)의 작품입니다. 시인이 백제관음상을 보고 자리를 떠날 때 남긴 시인 것 같습니다. 몸은 자리를 떠나도 마음만은 계속 여기에 남아 있겠다는 뜻이 곡진하게 드러나 있습니다. 백제관음의 여성적인 이미지를 잘 포착한 예의 작품으로 여겨집니다.

백제관음은 일본의 나라시 이카루가초(斑鳩町)에 소재한 법륭사에 있는 목불상입니다. 서기 607년에 완성되었다가 서기 670년에 재건된 이 목불상은 S자형으로 구부러진 육감적인 곡선의 아름다움이 더할 나위 없이 조형적인 미감을 이끌어내고 있습니다. 일본의 미학자 야나기 무네요시(柳宗悅)는 한국의 미를—앞서 얘기된 비(飛)의 미와도 무관하지 않는—곡선의 미로 보았던 적이 있습니다. 그는 도쿄의 언덕에 올라 시가지를 내려다보면 모두 직선의 지붕이지만 조선의 경성을 방문해 남산에 오르면 곡선의 물결로 움직인다, 라고 말한 바 있었습니다. 백제관음의 곡선미야말로 한국적인 것이 아니고 또 무엇이겠습니까?

1972년의 일이었습니다.

목재학 전문가 기하라지로(木原次郎)는 1972년에 NHK 방송국 〈문화전망〉 프로그램에 출연하여 백제관음이 비록 이름이 백제라고 하나 한국에서는 자생하지 않는 구노스키(樟木), 즉 녹나무로 만들어졌기 때문에 한국과 무관한 불상이라고 강조한 바 있었습니다. 이에 대해 고베에 살고 있다는 한 목재학 전문가—성이 야마모토(山本)로 알려져 있는—는 방송국에 항의를 했다고 합니다. 지금 한국에 녹나무가 자생하지 않더라도 1300여 년 전에 한국에 녹나무가 없었다는 적극적인 증거가 없는 한, 백제관음이 한국에서 만들어지지 않았다고 주장할 수 없다, 라고 말입니다. 이러한 항의에도 불구하고 많은 일본인들은 백제관음 한국 무관설의 기원인 기하라지로의 학설을 믿고 있습니다. 일본의 우익 단체로 잘 알려져 있는 '새 역사교과서를 만드는 모임'의 『신일본역사교과서』에서는 이렇게 기술되어 있다고 합니다.

"백제관음상은 아스카문화를 대표하는 불상으로 녹나무는 중국, 조선에서 자생하지 않는 것이기 때문에 일본에서 만들어졌다."

그런데 이 대목에서 일본인들은 자신들의 원망(願望)과 상관없이 기본적인 팩트를 놓치고 있다고 보입니다. 이와 관련하여 국민대학교 산림자원학과 전영우 교수의 말을 한번 들어볼까요?

"녹나무는 따뜻한 지방에서 자라는 상록수로 중국뿐 아니라 우리 제주도와 남해안에도 서식한다. 어느 수목도감을 봐도 나올 정도로 상식에 가까운 사실이다."

17세기 에도 시대의 한 문헌에 백제관음에 관한 기록이 전해지고 있다고 하는데요, '허공장(관세음)보살은 백제국으로부터 건너왔지만 인도 양식이다(虛空藏菩薩百濟國渡來但天竺像也).'라는 한 문서의 기록이 바로 그것이지요. 문헌의 기록을 결정적인 증거로 삼을 수 없듯이, 제 생각으로는 백제관음상이 일본의 목재질로 일본에서 만들었을 수도 있다고 생각합니다. 그러나 이렇게 백번 양보를 한다고 하더라도 그것이 백제 도래인의 손길로 공들여 이루어졌다는 객관적인 정황만은 결코 간과해선 안 된다는 것이지요. 이 대목에서 나는 미국의 동양미술사학자 존 카터 코벨의 『일본에 남은 한국미술』의 한 부분을 인용하지 않을 수 없습니다.

> 209.4센티미터 키의 이 불상은 너무나 특출해 보이며 코 생김새나 목걸이, 팔찌. 남실거리며 내려뜨려진 수식 달린 보관(寶冠) 등이 한국적인 기법과 양식을 제시하고 있어서 구다라관음이란 이름이 왜 붙어 있는지 이해가 된다. 이 불상은 온화한 자색과 함께 얼굴에는 슬픔이 어려 있는 듯한 표정이 있다. 전란에 시달리던 조국 백제를 떠나 일본으로 도피한 백제장인이 만들었다고 보는 게 논리적 타당성이 있다. (……) 이 예술품을 주의 깊게 연구해보면 아스카 시대를 주도한 백제의 영향과 장인의 존재를 극력 부인하려는 일부 일본 미술비평가들의 시도가 얼마나 허황된 것인지 명확히 드러난다.[8]

8) 존 카터 코벨, 김유경 편역, 『일본에 남은 한국미술』, 글을읽다, 2008, 82~84쪽.

제 2 부 미 시 담 론 을 위 한 에 세 이

재일교포 출신의 서양화가 송영옥의
백제관음상

백제관음이 한국과의 친연성을 가지고 있다고 해도 이것은 어디까지나 일본의 예술품입니다. 일본이 1400년간 이를 소유해왔다는 데 그 까닭이 있는 것만이 아닐 것입니다. 이것이 일본의 미감과 미의식을 형성하는 데도 적잖은 영향을 미쳤기 때문입니다. 이것을 바라보는 일본의 시인·가인(歌人)의 작품을 보면 일본 특유의 미감 내지 미의식이 담겨 있음을 볼 수가 있는 것입니다.

백제관음
날렵하게 서 있네
한낮의 햇빛 속에는
늘 고요함이 있네
벗겨져 떨어진 살갗도

— 마쓰이 지요리유의 단가 중에서

마쓰이 지요리유(松井如流)는 가인(단가작가)이면서 화가입니다. 화가로서 일본 예술원상을 받기도 했지요. 일본의 단가(短歌)와 하이쿠(俳句)는 제목이 따로 없습니다. 인용된 단가는 백제관음을 소재로 한 것입니다. 이 작품의 마지막 함축미가 썩 인상적이기도 하는데, 벗겨져 떨어진 살갗도 아랑곳 하지 않고, 백제관음이 늘 조용히 건재해 있다는 뜻이죠. 이 불교적인 색깔의 정적(靜寂)의 미의식은 일본에서 '사비(さび)'라고 불립니

다. 이것은 인간이 자신의 실존적 고독을 인식하는 가운데 체득하게 되는 무상감의 미의식이라고 할 수 있습니다.

> 마치 살아 있듯이
> 내뿜는 숨결이
> 와 닿을 만큼
> 백제불(百濟佛)에게 가까이
> 나는 다가섰네
>
> — 가고시마 지유조의 단가 중에서

가고시마 지유조(鹿兒島壽藏)는 단가 부문에서 인간국보의 경지에까지 올랐던 가인입니다. 가인으로선 최고의 영예를 얻었던 셈입니다. 나의 판단으로도 이 작품은 백제관음에 관한 제재시 가운데 가장 성취적인 수준에 놓이는 것 같습니다. 백제관음의 숨결은 아시다시피 비실제적인 경험에 지나지 않는 것입니다. 그것은 꿈결처럼 어렴풋한 것이지요. 그렇습니다. 백제관음은 꿈결 같은 분위기, 표묘(縹渺)한 아름다움, 아리송함의 묘미, 현실 속에 존재하지 않는 것에 대한 형언할 수 없는 그리움 등등의 개념과 관련을 맺지 않고서는 얘기할 수 없는 것이겠지요. 이러한 것들은 일본에서 말하는바 유겐(幽玄)의 미학과 다소 유사한 얘깃거리가 될 것 같습니다.

유(幽)에는 아득함, 희미함, 찾아 헤멤 등의 뜻이 포함되어 있고, 겐(玄)은 불교와 노장사상에서 사상의 본질이 미묘하거나 심원한 것을 의미하는 것이라고 합니다. 이 두 개의 개념이 하나가 되어 예술의 의미를 밝히는 것으로 운용하게 되는데, 일본에서는 이것이 미적 관점의 전통으로 자리를 잡았던 것입니다. 특히 일본의 와카(和歌)에선 이것의 의미를, 과문한 탓에 정확하게는 알 수 없으나

① 왠지 모르게 신비하고 심오한 아득함이 감돈다.

② 한적한 상태에서 여정(餘情)을 상징한다.

③ 환상적인 사랑의 그리움에 대한 깊은 정취를 드러낸다.

정도로 사용해온 듯합니다.[9] 백제관음에 관한 제재시를 쭉 살펴보면 대체로 이러한 느낌의 시, 단가, 하이쿠가 적지 않습니다. 그중에서 가장 전형적인 것의 하나가 앞서 인용한 미쓰이 지요리유의 단가가 되겠지요.

> 눈이 내리면
> 백제가 그리운
> 관세음
>
> — 노미야마 아스카의 하이쿠 중에서

> 백제관음
> 하룻밤에
> 가을은 깊어가네
>
> — 게세가와 소소의 하이쿠 중에서

일본의 하이쿠는 17자로 된 극단적인 단형의 서정시입니다. 축소 지향의 일본 문화는 여기에서도 볼 수 있습니다. 세계에서 이보다도 언어적 경제 원칙을 추구하는 시는 없습니다. 시가 짧아진다는 것은 무엇을 의미할까요? 간결한 언어 습관을 통한 감각의 추구, 기교에의 충실성에 의의를 두지는 않을까요? 이 대목에서 일본의 미의식과, 소위 탈기교(脫技巧)를 지향하는 우리의 시정신, 조형정신 사이에는 큰 차이가 존재합니다. 바로 전에 인용한 두 편의 하이쿠는 감상적인 향수, 순간적인 아름다움에

•••••
9) 문화이론연구소 편, 『일본인과 일본문화의 이해』, 보고사, 2001, 272쪽 참고.

대한 애상적인 미감을 드러내고 있는 작품입니다. 일본의 미의식 가운데 긴요한 것으로 얘기되고 있는 이른바 모노노아와레(物のあはれ)를 생각하게 합니다. 일본인들은 이처럼 객관적 대상의 사물을 주관적 감정의 슬픔으로 변용하는 데 탁월한 능력을 발휘하곤 합니다.

남는 말 : 신앙과 예술의 불안한 틈새에서

나는 이 글을 통해 석굴암 본존과 백제관음에 관계된 불상시에 관해 몇 마디 언급했습니다. 불교의 신앙에 관해서 온전한 불자도 아니고 예술에 관한 식견에 있어서도 반풍수에 지나지 않는 나로서는 불상시가 결코 손쉬운 논의거리라고 볼 수 없었습니다.

석굴암 본존불의 규모에 대한 수수께끼와 비밀은 미술사학자 강우방에 의해 풀려졌습니다. 중국의 구법승 현장이 남긴 『대당서역기』에 밝혀진 인도의 한 성도상(成道像)과 그것의 높이와 거리와 폭이 정확하게 일치한다는 사실 말입니다. 신라의 석공은 이 책을 참고하면서 불상을 조성했던 것입니다. 다름 아니라 석굴암은 석가가 깨달음을 얻었을 때의 모습을 신라 서라벌 토함산에 재현했던 것입니다. 떠오르는 태양과 깨달음의 공덕으로 장엄된 이 석가여래상은 석가의 무상정등각(無上正等覺)의 상태를 예술적으로 완벽하게 표현해낸 것입니다.[10]

나에게는 백제관음에 각별한 인연이 있다고 하겠습니다. 그도 그럴 것이 이에 관해 시 한 편을 쓴 적도 있고 산문 한 편 만들어본 경험이 있기 때문입니다. 백제관음에 관한 담론 가운데 가장 심정적으로 와 닿는 내용

•••••
10) 강우방, 『한국 불교 조각의 흐름』, 대원사, 1999, 310~311쪽, 참고.

이 있다면 미국의 동양미술사학자 존 카터 코벨의 글이 아닌가 합니다. 이 분은 여성답게 섬세하고 감성적으로 접근했습니다.

구다라관음(백제관음 – 인용자)이 내밀어 보이는 손바닥의 손가락들은 그 마디 관절이 만들어내는 유연한 곡선을 십분 살렸다. 불상의 손과 손가락은 서양미술사에서 13세기 비잔틴 성모상의 손을 연상시킨다. 그 손에서는 확고 하면서도 섬세하며 부드러운 힘을 전해주는 것처럼 마음에 사무쳐 온다 – 나무의 멜로디라고나 할까. 손짓하듯 내민 구다라관음의 오른손은 구도자에게 '고통의 짐을 내려놓아 주려 하니 이리 오라'고 부를 것 같다.[11]

존 카터 코벨이 말한 '나무의 멜로디'는 매우 적확한 표현인 것 같습니다. 그 손가락이 지닌 아름다운 곡선미를 이렇게 비유한 것은 여성의 감성이 아니고서는 불가능할 것 같습니다. 그녀의 표현처럼 백제관음은 누구에게도 이렇게 나직이, 표묘하게 말할지도 모릅니다. 고통의 짐을 내려주마, 이리 오너라, 라고 말입니다. 이 말 아닌 말은 우리가 귀를 열고 마음을 열면 우리에게 좀 더 또렷이 들려올 것입니다.

• • • • •
11) 존 카터 코벨, 앞의 책, 90쪽.

시인 이바라기 노리코의 한글 사랑

1

　일본의 여성 시인 중에서 이바라기 노리코(茨木のり子, 1926~2006)라
는 이름이 있다. 일본 문인 중에서 보기 드문 지한파로 잘 알려져 있는 이
름이다. 전후 일본의 시단에서 대표적인 여성 시인으로 유명한 이 시인의
대표작 「내가 가장 예뻤을 때」 역시 전후 일본 시단의 대표적인 명시로
알려져 있다. 8연 32행으로 된 이 시는 1945년 8월 15일 직전후의 일본의
시대적인 상황을 묘사한 것으로서 한 시대의 획기적인 의미가 부여된 역
사의 순간을 반어적으로 노래한, 말하자면 현실을 날카롭게 꿰뚫어본 참
신한 직관의 시선이 돋보이는 시라는 평가를 내릴 수 있겠다. 다음에 따
온 것은 그 일부분이다.

　　내가 가장 예뻤을 때
　　거리는 와르르 무너지고

뜻하지 않은 곳에서
푸른 하늘과 같은 것이 보이기도 했다

내가 가장 예뻤을 때
주변의 사람들이 많이 죽었다
공장에서 바다에서 이름도 없는 섬에서
내게는 멋을 낼 기회마저 없었다

(……)

내가 가장 예뻤을 때
나의 조국은 전쟁에서 패하였다
그런 어이없는 일이 있을까 생각하면서
블라우스 팔을 걷고 비굴의 거리를 쏘다녔다

내가 가장 예뻤을 때
라디오에서는 재즈가 넘쳐흘렀다
담배를 처음 피었을 때처럼 어질어질한 채
나는 낯선 나라의 달콤한 음악을 맘껏 즐겼다

이바라기 노리코의 시는 솔직하고 평명(平明)한 것으로 정평이 나 있다. 인용한 시 「내가 가장 예뻤을 때」는 그의 시집 『진혼가』(1965)에 실려 있다. 이 시는 일본뿐만이 아니라 세계적으로도 명성이 높은 시라고 한다. 반전(反戰)의 메타포가 배어 있는 그런 시 말이다.

이바라기 노리코가 가장 예뻤을 열아홉 살의 나이에 역사의 격변이 일어났다. 그 이전에 그의 열다섯 살 시절에 김소운의 『조선민요선』을 읽고 기지가 넘친 한국어 낱말를 경험한 바 있었다. 이를테면, 딸기코, 치맛바람, 바람둥이 등의 단어를 접하고는 한국어가 재미있는 언어라는 걸 느꼈다고 한다.

그가 시인으로 성장해갔을 때 사회적 약자에 대한 관심을 적잖이 가지고 있었다. 그는 일본에서도 가장 건전한 비평의식을 지닌 지식인의 한 사람으로서 존경을 받고 있다. 전후의 해방된 일본 여성, 식민주의에 희생된 조선, 일본 내의 소수민족 자이니치 등에 있어서 뿐만이 아니라, 1980년대 고도 성장기에 점차 우경화되어 가는 일본인들을 생각하며 시집 『기대지 말고』를 간행하기도 했다. 그는 쉰이 넘은 나이에, 윤동주와 한국시와 한일고대사를 공부하기 위해 한글을 배우기 시작했다고 한다. 아사히문화센터 한글강좌 상급반에서 NHK 국제부 아나운서 김유홍 씨에게 한국어 고급회화를 배웠다는 그. 끝내 그는 『한국현대시선』(1990)을 번역해 냄으로써 요미우리문학상을 수상하기에 이른다.

2

이바라기 노리코가 처음으로 한글을 본 것은 전쟁이 끝난 직후였다. 사이타마현에 있는 고마(高麗) 신사에 갔을 때 본 방명록에 마치 춤추고 있는 듯이 갈겨 쓴 재일 한국인들의 한글이 그가 본 최초의 한글이었다. 공개적으로 쓸 수 있게 된 시대의 기쁨이 어우러져 있었으리라. 고마 신사는 삼국 통일 후 반도에서 망명해온 고구려 유민들의 리더인 약광왕(若光王)을 모신 곳이라고 한다. 그 역시 이 신사를 소재로 한 시편 「고려촌」을 쓴 바가 있었다.

그가 한글을 배우기 시작한 때는 쉰을 넘은 나이였다. 쉰 살에 남편과 사별한 후 슬픔의 밑바닥에서부터 다시금 일어서기 위해 외국어를 공부하기를 작정했다. 독어와 한국어 중에서 망설이다가 결국 이웃나라의 말

시인 이바라기 노리코의 모습

한국어로 번역된 『한글로의 여행』

글인 한국어·한글을 배우기로 했다.

물론 일본인의 입장에서 볼 때 일자일음의 원칙을 가진 한국어의 발음이 편할 수도 있을 것이다. 날 생(生) 자를 두고 한국어로는 모두 '생'으로 발음되지만 일본어는 예컨대 생맥주, 생활, 금생(今生), 생애의 경우에 있어서 발음이 모두 다르게 실현된다. 그러나 한국어가 일본어보다 복잡한 모음체계를 갖고 있기 때문에 발음이 잘 안 되는 게 많다. 그렇지만 그는 발성 기관을 본뜬 한글이 매우 분석적이고 독창적인 것으로 체계화되어 있음을 깨닫는다. 그가 1980년대 중반에 아사히 신문에 연재한 칼럼이 책으로 간행되었고, 또 이것은 최근에 한국어로도 번역됐다. 책의 표제는 『이바라기 노리코의 한글로의 여행』(박선영 옮김, 뜨인돌, 2010)이다. 이를테면 한글의 독특함은 다음과 같은데서 찾을 수 있을 것이다.

한글은 마치 편물(뜨개질) 기호 같은 문자야. 같이 한글을 배우던 친구가 무심결에 중얼거린 말이다. 편물 기호라니, 재미있는 말을 한다. 그러고 보니 코늘림, 코줄임, 교차뜨기 같은 기호와 닮지 않은 것도 아니다.

멋이 있습니다, 맛이 있습니다.

님의 것, 남의 것.

모음에 달린 막대기가 하나인가 둘인가, 오른쪽을 보고 있는가 왼쪽으로 보고 있는가, 위로 튀어나왔나 아래로 튀어나왔나, 그 작은 차이 하나로 발음도 의미도 완전히 달라져 버린다. (53~54쪽)

이바라기 노리코의 한국어 능력이 상승해지면서 그는 방언, 고어, 속담 등에서 한일어의 미묘한 양상이나 미세한 어감의 차이를 느낀다. 먼저 방언의 경우를 보자. 한국어에 대응하는 쇼나이 지역의 방언을 괄호 속에 넣어보면 다음과 같다.

아가(아가), 아빠(아빠), 아내(아네), 가까이(카카이), 있다가(잇다가), 어부바(오부사케)…….

고대 한일어는 현재 사용하는 말보다 더 비슷해진다. 나라니 가마니 하는 말은 한일 간에 공통어로 사용되었다. 고대 한일어 가운데 유사하게 재구되는 것은 다음과 같다.

옷(오스히), 어머(오모), 고미(구마), 겯(고토), 동모(도모), 우리(와레), 모시(무시)…….

그가 한국어 중에서 가장 재미있어 하는 것은 속담이다. 그가 재미있는 속담들을 나열하고 있거니와, 한 대표적인 사례를 들자면 가령 '북두칠성이 앵 돌아졌다.'와 같은 것이다. 이를 가리켜 그는 "정연해야 할 북두칠성의 국자 부분이 돌아갔다. 즉 일이 성사되지 않고 모두 허사로 돌아갔다는 표현이 유머러스하기까지 하다"(110쪽)라고 말하고 있다.

어느 청명한 가을날, 서울을 방문하고 있던 그는 한글날에 덕수궁 안에 있는 세종대왕 동상을 참배하러 갔다. 가혹한 역사 속에서 자신들의 언어(문자)를 지켜낸 한국인들에게 심한 감동을 느끼면서 그는 이렇게 썼다. "서늘한 가을의 '언어 축제'라니, 얼마나 멋진가. 이 지구 어딘가에 '모국어의 날'을 만들어 기념하는 나라가 또 있을까."(123쪽)

3

입을 굳게 다문
윤동주 시인의 모습

이바라기 노리코는 윤동주의 시에서 각별한 향기를 맡는다. 그는 그의 시에서 젊음이나 순결을 그대로 동결시킨 것 같은 맑고 깨끗함이 후세의 독자까지 매료시켜 항상 수선화와 같은 좋은 향기가 풍겨 나온다고 했다. 그의 윤동주에 대한 추모의 정은 극히 사사롭고 여성적인 섬세함을 동반한다.

"대학생 같이 보이는 지적인 분위기, 그야말로 티끌 한 점 없는 것 같은 젊고 순수한 모습, 내가 어릴 적 우러러봤던 대학생 중에는 이런 사람들이 많았지, 하는 어떤 그리운 감정. 윤동주의 인상은 너무나 선명하고 강렬하다."(217쪽)

이바라기 노리코가 어릴 때 막연히 떠올려본 멋진 대학생의 이미지가 윤동주 같은 대학생이었는지도 모른다. 그가 초등학교에 다닐 때 시기적으로 볼 때 윤동주는 대학생이었니까 말이다.

윤동주와 이미지가 비슷한 시인이 일본에도 있다. 스물넷에 요절한 서정시인 다치하라 미치조. 윤동주는 유학 시절에 다치하라 미치조의 시를 읽었다. 이 두 시인은 한국과 일본에서 각각 어린 여학생의 사랑을 받으면서 시가 읽히고 있다. 두 사람에게 다만 차이점이 있다면 사진 속의 다치하라 미치조의 모습이 조금 입을 벌린 웃는 모습이라면 윤동주의 사진 속의 모든 모습은 언제나 한일자로 입을 굳게 다문 모습을 하고 있다. 이바라기 노리코는 다치하라 미치조의 시가 음악과 같아 의미의 무게를 두지 않는다면, 윤동주 시의 경우, 집약된 정신 속에 숨은 의미가 깊다고 평가하고 있다.

　다음에 인용한 시는 재일교포 시인 최화국의 「황천(荒天)」이다. 이바라기 노리코는 이 시를 어떻게 보았을까.

　　　키 높이의 갈대를 헤치고 해변에 내려선다
　　　수박 냄새를 머금은 황혼의 강바람은
　　　누나의 치마처럼 부드러웠다
　　　가쓰시카의 낮은 하늘도 부드러웠다
　　　썩은 나룻배에 드러누워 눈을 감는다
　　　바람이 실어오는
　　　엄마와 누나의 속삭임에 귀를 기울이자

　　　살아라
　　　살아라

　　　자라라
　　　잘 자라라

　　　싸워라
　　　싸워 싸워

　　　자라
　　　잘 자라

　이 시를 쓴 시인 최화국은 일본에서 오랫동안 사는 동안 조국의 어머니와 누나를 그리워하면서 어릴 때 속삭이는 모국어를 회상하고 있다. 시에서 인용된 모국어는 그에게 있어서 최상의 언어가 된다. 이바라기 노리코는 이 시를 두고 '라' 음을 기조로 한 아름다운 울림의 소리로서 마치 강이 흐르는 소리와 같다고 했다.

이어서 한 말도 주목된다.

"실제로 '잘 자라' 하고 노래하듯 억양을 붙여 손자에게 들려주는 할머니의 부드러운 목소리를 들은 적이 있는데, 아이가 아니라도 '자, 느긋하게 자볼까' 하고 생각하게 만드는 듯한 자애와 안심감을 주는 소리였다." (62쪽)

정작 우리가 놓쳐버리기 쉬운 우리 말글의 아름다움이 일본의 한 여성 시인의 귀와 호감을 통해 섬세하게 펼쳐지고 있다. 마침내 그는 단언한다. 한국어의 울림만큼이나 낭랑하고 아름답게 여겨지는 언어는 없다, 라고…….

이바라기 노리코 역시 한글을 배워서 한글시를 썼다. 얼마만큼 썼는지에 관해선 과문한 탓에 잘 모르겠으나, 오래된 어느 신문에 인용된 그의 한글 시 편모를 옮겨 적어볼까 한다.

> 숲의 깊이
> 가면 갈수록
> 나뭇가지 뒤얽힌 곳 깊숙이
> 외국어의 숲은 울창했다.
>
> (……)
>
> 뚜렷한 표음문자 맑은 울림의
> 햇빛
> 토끼
> 사랑
> ……
>
> ──「이웃나라 말의 숲」 부분

경관과 시심(詩心)

— 내 마음속의 여산폭포

나는 그리움과 설렘의 마음을 가지고 여산에 갔었다. 2008년의 그 여름이었다. 중국에는 그때 한여름의 찌는 듯한 무더위가 한풀 꺾인 듯하였지만 때마침 한창 달아오른 올림픽의 열기로 가득 차 있었다. 우리 일행은 8월 14일 심야에 무한국제공항에 도착했다. 그 다음날 제일장강대교를 지나 여산이 있는 강서성 구강시로 향했다. 도연명의 고향이기도 한 구강. 그가 저 불멸의 고전 「도화원기」를 집필했던 곳인 여산. 그가 열렬히도 꿈을 꾸었던 무릉도원의 모델이 됐던 그 여산을 향해 나는 지금 가고 있는 것이다. 마치 꿈을 아련히 꾸고 있는 것처럼 말이다.

> 여산은 참으로 높구나
> 몇 천 길이나 되는가.
> 멀리 휘둘린 바탕 위에
> 양자강 가까이 우뚝 솟아 있구나

廬山高哉
幾千仞兮
根盤幾百里
俄然屹立乎長江

—구양수(歐陽修)의 「여산고(廬山高)」

　여산(廬山)은 전설의 산이다. 은(殷)나라 시대에 살았던 일곱 형제가 전설의 주인공이다. 전설의 무대인 이 곳에, 그들이 오두막을 짓고 은거했는데 이들이 신선이 되어 승천하면서 남기고 간 오두막이 바로 여산이라고 입에서 입으로 전해지고 있다. 사마천이 『사기(史記)』에서 여산의 아름다움에 관해 말문을 연 이래로 도연명, 이백, 백거이, 왕안석, 소동파(소식), 곽말약에 이르기까지 약 1500여 명의 시인과 문사들이 이 곳을 찾아 매혹적인 경관에 취해 작품을 남겼다. 백거이의 말마따나 "여산의 기묘함과 빼어남은 천하의 으뜸이다(匡廬奇秀甲天下)." 이다. 이 정도의 얘깃거리는 무수히도 많다. 발길 닿는 곳마다 스토리가 없지 아니하고, 눈을 돌리는 데마다 히스토리가 불쑥 튀어나온다. 나는 그래서 여산을 두고 이렇게 말한다. 글자 그대로 이르되— '화'로 얽혀 있고 '사'로 설켜 있는—이를테면 사화(史話)의 명산이라고 말이다. 그런 가운데서도 특히 소동파가 남긴 저 유명한 경구 '여산진면목'이 뚜렷이 남아 있지 아니한가? 이 말은 지금의 중국인들 사이에서도 속담처럼 사람들의 입에 오르내리고 있다고 하지 않는가.

　　이리 보면 산줄기요, 저리 보면 봉우리네
　　멀고 가까움과 높낮이가 제 각각 다르니
　　정녕 헤아릴 수 없어라, 여산의 참모습이여
　　다만 이내 몸이 산속에 있을 따름이라

橫看成嶺側成峰
遠近高低各不同
不識廬山眞面目
只緣身在此山中

— 소동파의 「여산진면목」

여산(廬山)은 중국에서 가장 긴 강인 양자강과 중국에서 가장 넓은 호수인 파양호 사이의 너른 평원에 불쑥 솟아 있어 강과 호수와 산이 어울려 기막힌 조화의 경지를 빚어낸 천혜의 명산으로 손꼽힌다. 여산은 웅위롭고 교묘한 자태의 수많은 봉우리를 거느리고 있다. 끊어지고 갈라지면서 이루어진 태초의 암층 위에, 하늘을 떠받치듯이 솟아오른 탑 같은 봉우리하며, 철옹의 성벽을 휘두른 듯이 펼쳐져 있는 암벽하며, 허공에 매달려 곡예라도 하는 듯한 나무들……. 게다가 번화로운 구름바다가 시시각각으로 연출해내는 이름 모를 형상의 언어들……. 무어라 형언할 수 없는 기묘함과 다채로움이 장구한 세월에 걸쳐 수없이 되풀이해오고 있었을 터이다. 오죽했으면 정철이 금강산을 가리켜 "여산진면목이 헌사토 헌사할사"라고 목청을 높이면서 읊조렸을까. 여산의 참모습과 어깨를 겨루는 금강산의 기묘한 아름다움이 야단스럽다고 말했을까. 그런데 이 어찌된 일인가? 정철이 여산을 보지 않고도 본 것처럼 천연덕스럽게 말했으며, 도리어 소동파는 여산을 보고도 여산의 참모습을 모른다고 했으니 말이다.

나는 여산을 보았다!

우리의 옛 선인들이 볼 수 없었던 그 여산을. 산 아래로부터 물밀 듯이 차오르며 밀려오는 그 헌걸찬 구름안개가 끊어지고 갈라진 암층에 새새틈틈 스며드는 그 여산의 장관을.

내가 산으로 갔는지, 산이 나를 끌고 갔는지 알 수 없었다. 천지는 온통

구름안개였다. 처음엔 안개구름인가 했더니 알고 보니 구름안개였다. 내 옆에 있는 조선족 안내인은 여기에 다섯 번째 왔지만 오늘처럼 아름답기는 처음이라고 했다. 나의 안복(眼福)을 확인해준 순간이었다. 말할 것도 없이 온 산을 감싸고 있는 구름안개 때문이었다.

소동파의 저 '불식여산진면목'이란 표현은 시대를 초월하여 아직까지도 미묘한 울림으로 남아 있는 촌철살인의 경세구(警世句)이리라. 그것은 시인과 자연 간의 완벽한 합일의 몰아경을 가리키거나, 이로 말미암은 시인의 시적 체험으로서의 망아(忘我) 상태를 의미한다. 주지하듯이, 서정시는 인간과 자연, 자아와 세계의 일원론적인 동일화를 지향하는 것이다. 서정시인들은 예로부터 화조월석을 찬미하고, 또 태평성대를 구가했다. 세상으로부터 등을 질 때에도 그들은 소요음영하면서 음풍영월을 일삼았다. 특히 중국에서는 시를 두고 천지지심(天地之心)이라고 하지 않았던가? 우주 생명의 조화로운 질서와 화음이 빚어진 것이 바로 서정시인 것. 독일의 문예학자들도 이에 마치 동의라도 하듯이 '순간적으로 타오르는 내면의 불꽃'(T. 핏셔)이니 '영혼의 내면적인 이미지에 의한 활성화'(T. 스퇴리)니 하는 표현을 사용하기에 주저하지 않았다. 소동파라고 하는 이름의 서정적 자아는 여산으로 지칭되는 물적(物的) 대상에 대해 혼연일체의 감정을 전이시켰던 것이다. 내가 산이고 산이 바로 나인데 어찌 산의 참모습을 알 리 있겠느냐고, 그는 잔잔히 속삭이는 것 같다.

지금으로부터 2천여 년 전 중국의 첫 기전체 역사책의 편자인 사마천이 여산에 올랐으며 여산을 『사기』에 기록한 이래, 기원전 1세기부터 지금까지 수많은 화인묵객들이 여산을 찾아 들어, 여산을 중국 전원시와 산수시의 탄생지로, 중국 풍경화와 산수화의 발상지로 만들었다. 시 속에 그림이 있고, 그림 속에 시가 있다. 중국인들의 예술적 이상이 이 모호

중국 여산의 아름다운 풍경

한-화해로움의 지복(至福)이기도 한-경계에 놓여 있다면, 시와 그림은
이미 둘이 아니다. 미국의 중국미술전문가로 한때 명성이 자자했던 마이
클 설리번(Michael Sullivan) 등의 글을 엮은 번역책 『중국 예술의 세계』(백
승길 편역, 열화당, 1977)에 이렇게 적혀 있다. "높이 솟아오른 산봉우리
들의 묘사와 인상적인 한 폭의 그림이 분명히 그러하듯이 시인 자신의 정
체를 자연의 우주적인 정신 속에 상실했음을 의미할 수도 있다." 우주의
전일적인 하모니 속에 시인인 자아의 정체성을 잃어버렸다고 보는 것이
야말로 서정시의 장르적 본질인 셈이다. 시로 묘파된 그 풍경화 속에 철
학적인 암시와 은유적인 서정이 깃들어 있음은 두말할 나위가 없다고 하
겠다.

　소동파의 그 시는 서정시로서는 완벽하다.

　나는 여산에 관한 또 한 편의 완벽한 서정시를 말하고 싶다. 소동파 훨
씬 이전의 시인인 이백(李白)! 하늘이 내린 시인인 그가 내뿜은 아름다운

광기는 천고에 남을 만큼 유명하다. 그의 서정시가 드러낸 감응과 친화력은 이와 같이 완미한 세계를 보여주고 있다.

> 향로봉에 햇빛이 드니 보랏빛 운무가 일고,
> 저 멀리 보이는 폭포 긴 시내처럼 걸려 있네.
> 나는 듯이 곧추 떨어지는 물길 삼천 자는
> 하늘에서 은하수가 쏟아져 내리는 것 같네.

> 日照香爐生紫煙
> 遙看瀑布掛長川
> 飛流直下三千尺
> 疑是銀河落九天

> ― 이백(李白)의 「여산의 폭포를 바라보며」

이 시는 전당시(全唐詩) 4만 8천9백여 수 중 최고 명시의 하나로 꼽힌다. 이백의 호방한 대가풍의 품격이 잘 드러나는 시이다. 우리나라의 시인 정현종이 이게 무슨 중국시 주옥의 명편이냐고 의문을 가졌다. 그래서 그는 중국시를 전공하는 중국인 교수에게 물었다. 현대의 중국어로 발음을 해도 각별한 울림이 있는 시라고 한다. 시의 미묘한 반향이나 음영(陰影)이 존재한다. 이것은 번역이 완강하게 거부하는 세계이다. 김소월의 시편 「진달래꽃」에 나오는 표현 "가시는 걸음걸음 놓인 그 꽃을 사뿐히 즈려밟고 가시옵소서."를 외국어로 번역했다고 하자. 아무리 훌륭한 번역이라고 해도 본디 맛과 느낌은 생생히 살아나지 않을 것이다.

우리나라의 경우에도 폭포수에 관한 시들이 많다. 시의 소재가 된 폭포로 가장 유명한 것은 개성에 있는 박연폭포이다. 그 작품의 총량은 예상

보다 훨씬 많은 것으로 알려져 있다. 이 중에서 황진이의 한시에는 박연폭포를 여산폭포에 비교해도 손색이 없다고 하는 내용의 시가 있다. 황진이가 지닌 이름값으로 인해 이 시는 매력이 한결 물씬 묻어나는 것 같다. 그녀 스스로 박연폭포와 더불어 송도삼절이라고 칭한 바 있었거니와 여산과 천마산, 여산폭포와 박연폭포의 대비를 통해 그녀 자신의 미모와 재주 역시 중국 고금의 여인과 비교해도 결코 떨어지지 않음을 은근히 말하고 있지 않는가. 그녀 스스로 자연과 동일시함으로써 우회적으로 자신에게 유혹되기를 바라고 있지 아니한가. 자신과 더불어 자연을 완상할 수 있고, 시와 예술과 인생을 얘기할 수 있는 멋있는 남정네를 유인(遊人)이라고 그녀는 표현했다. 물론 나그네로 풀이되기도 하겠지만―그녀의 자유로운 기질로 보아 한 남자에게 얽매일 수 없기 때문에 어디까지나 나그네일 따름인, 자신을 겪은 '호모 루덴스' 중에는 이벽계수와 소세양 등과 같은 이들이 있었다.

> 나그네여, 여산의 빼어남을 말하지 말라
> 천마산이 우리나라 절경의 으뜸인 것을

遊人莫道廬山勝
須識天磨冠海東

퇴계 이황과 더불어 조선 유림의 쌍벽으로 평가되기도 하는 남명 조식 역시 여산폭포에 기대어 우리나라 폭포의 아름다움을 노래하기도 했다. 매달아놓은 듯한 물줄기 은하수처럼 쏟아지니……. 합천에 있는 황계폭포를 두고 쓴 그의 시는 이와 같이 첫머리에 이백의 「여산폭포를 바라보며」에서 착상을 빌어 왔다. 조선 시대의 선인들은 여산폭포에 가지 못했어도 상상으로나마 매료되었던 것이다. 조선 후기의 화가 겸재 정선도

조선 후기의 화가인 정선이 그린 〈여산폭포도〉.
실경산수가 아닌 상상도이다.

'동국(우리나라) 진경'의 산수화의 대가로 잘 알려져 있지만 〈여산초당도〉와 〈여산폭포도〉를 그린 걸 보아 여산에의 유혹, 그 그리움의 충동을 떨치지 못했나 보다. 내가 여산에 가서 여산폭포를 보니 정선이 그린 여산폭포와 닮아서 내심 깜짝 놀랐다. 어쨌거나 얘기가 이쯤 되다 보니 내친 김에 여산에 관한 옛시조 한 편 소개하려고 한다.

赤城에 丹霞起하니
天台는 어디메오
香爐에 紫烟起하니
廬山이 여기로다
이 중에 無限仙境이
내 분인가 하노라

이 시조는 조선 후기의 가객으로 짐작되는 안서우(安瑞羽)가 지은 것이다. 누군지는 잘 모르겠으나 작품의 내용으로 보아 벼슬하는 사람은 아니다. 여산과 같은 경승지에서 자연의 아름다움을 느끼며 사는 것이 자신의 분수라는 것. 향로에 보랏빛 연기가 인다는 것은 여산 향로봉에 떠오르는 해의 빛을 받아 불콰한 운무가 모여든다는 것. 이백의 작품에서 시상을 가져오되 뜻겹침의 묘미를 한껏 잘 살리고 있다.

금강산에 있는 구룡폭포는 박연폭포에 비해 접근성이 떨어져 사람들의 발길이 그다지 닿지 않는 곳이었다. 그러나 최치원과 김립(김삿갓)과 조운이 이에 관해 시를 썼다는 사실이 더 의미 있게 다가온다. 나는 구룡폭포를 두 번 보았다. 물론 여산폭포에 비해 큰 감흥을 느낄 수는 없었다. 규모도 규모려니와 스토리와 히스토리도 그것에 비해 양적으로 부족했다. 다음에 인용된 최치원의 시는 문헌에 기록된 것이 아니라 돌에 새겨져 있다고 하는데, 과문한 탓에 내 생각은 텍스트 비판의 엄밀함에까지는 미치지 않고 있다.

　　천 길 하얀 비단 드리운 듯하고
　　만 섬 진주알을 뿌린 듯하네

　　千丈白練
　　萬斛眞珠

구룡폭포에 관한 시로는 시조시인 조운의 사설시조 「구룡폭포」가 압권이다. 이 현대의 작품 하나로 구룡폭포의 아름다움이 문학적으로 완성된 느낌이 있다. 자유시의 풍격에 가까운 사설시조의 미학의 한 진경과 정점을 보여주고 있다고 할 것이다.

사람이 몇 생이나 닦아야 물이 되며 몇 겁이나 전화(轉化)해야 금강에 물이 되나! 금강에 물이 되나!

샘도 강도 바다도 말고 옥류 수렴 진주담과 만폭동 다고만 두고 구름 비 눈과 서리 비로봉 새벽안개 풀끝에 이슬 되어 구슬구슬 맺혔다가 연주팔담 함께 흘러

구룡연 천척절애(千尺絶崖)에 한번 굴러 보느냐.

하나의 평판에 의하면 '자유시에 백석이 있다면, 시조에는 조운이 있다'고 말할 정도로 언어 사용의 노련함과 감각적인 표현 기법, 그리고 마음을 비워 자연을 관조하고 자연과의 교감을 성취시킴으로써 시조를 한 차원 높은 예술의 경지로 끌어 올렸다는 평판을 듣고 있는 조운(1900~?). 그러나 월북 문인이라는 이유로 정당한 평가가 한동안 유보되어 왔다. 이 시의 의장이 갖는 특장은 열거와 반복적 율격, 점층의 기법으로 어기찬 흐름과 역동적인 용틀임을 느끼게 하는 것. 이 시는 〈그리운 금강산〉의 작곡자 최영섭이 작곡하기도 했다. 내가 인터넷을 통해 몇 차례 이 노래를 들어 보았는데 폭포 쏟아지는 듯한 효과음 반주에 인상적인 파동의 멜로디는 고열의 정서를 고무시켜 주었다.

나는 화경공원 근처의 백거이 초당에서 『여산풍광시사(廬山風光詩詞)』라는 책을 구입했다. 여산에 관한 고금의 시 작품을 모아놓은 책이다. 나의 눈길을 사로잡은 것은 물론 「개선폭포(開先瀑布)」라는 표제의, 전통적인 사(詞) 형식의 시. 개선폭포는 여산폭포의 또 다른 이름이다. 하위방(賀偉方)이란 이름의 현대시인이 쓴 시다. 나는 오역을 각오하면서까지 이 시를 옮겨본다. 중국어 간자체는 한문 번자체로 바꾸었다.

고개 내밀어 이름 높은 개선폭포여. 원류야 하나지만 두 줄기로 흐르네. 서쪽 줄기는 황암(黃岩)이라 하고 또 폭수(瀑水)라고도 하느니, 천길로 매달려 흐르는구나. 동쪽 줄기는 말꼬리의 형상인데 여러 갈래로 하늘을 가르며 가지런함 떨쳐 흩어지는 데서 말미암은 것이었네. 솟구쳐 흐르는 것이 쇠붙이 창과 굳센 말과 같고, 늠름한 기세는 호랑이가 머금고 토하는 것과 같아라.

두 줄기로 나누어진 폭포수가 본디 하나에서 비롯해 하나로 돌아가누나. 또한 푸른 구슬로 이름된 협곡으로 휘갑쳐 흐른다. 흐름의 원천인 한양(漢陽) 높은 물은 땅바닥에다 샘 무늬를 지었네. 낭떠러지는 여러 겹 끊긴 듯 갈라지고 천길 벼랑에 물방울은 어지러이 점으로 찍히는구나. 하나가 급박해 오그라들면 흐름은 둘로 나누어지고, 흐르는 샘은 교묘하고 그럴싸하게, 골짜기에서 흘러가선 마침내 하나로 휘감아 돌아오네.

推首名高, 開先雄瀑, 源一流二. 西瀑黃岩, 又稱瀑水, 布瀉懸千丈 ; 東稱馬尾, 凌空百縷, 和抖散因形號. 涌流如金戈鐵馬, 氣雄似虎呑吐.

離奇二瀑, 一源歸一, 又匯流靑玉峽. 之所成因, 漢陽高水, 地質泉文構, 崖層斷裂, 崖懸亂點, 迫一源分流二 ; 巧而逼泉流發堅, 最終匯一.

우리의 옛 선인들은 얼마나 여산을 그리워했을까? 가고 싶어도 갈 수 없었던 여산은 꿈으로 수(繡) 놓이고 빚어진 산수화였으리. 꿈꾸는 자의 황홀경이었으리. 내가 그 여산을 직접 목도할 수 있었다는 데 나는 무척 행복한 마음을 가질 수 있었다. 이것은 그리하여 내 마음속에 영원한 낙토(樂土)의 이미지로 오래토록 각인되어 있을 것이다.

김윤식의 문학비평과,
황홀경에로의 길 찾기

끝없는 도정의 인간문화재

양주동은 자칭 국보라고 했다. 대부분의 세인들도 이 사실을 인정했다. 자칭이라기보다 세칭이라고 하는 것이 옳을 것이다. 양주동이 국보급 학자라면, 한 정신과의 의사가 말한 바 있었거니와, 김윤식은 인간문화재급 학자이다.

학자도 인간이라면 누구나 속물이 될 수 있다. 바람을 피우며 노름도 적당히 즐기며 부동산에 때로 투기하고 총장 자리를 기웃거릴 줄 아는 그런 속물 말이다. 옛말에 소인한거부작선(小人閑居不作善)이라고 했듯이, 정치가가 타락하면 정상배가 되고, 의사가 돈맛을 알면 인술을 모르고, 교수가 세속의 '짓거리(부작선)'에 빠지면 공부를 포기하지 않았던가? 이런 점에서 볼 때, 김윤식은 현실에 한가로이 안주하지 않았던 희귀한 딸깍발이임에 틀림이 없다. 시인 고은의 표현을 빌자면, 그의 의식 속에는 온통

박물관 지하실 명제들이 줄 서 있었다. 주지하듯이 학문의 도정은 끝이 없다. 그는 자아의 영혼을 입증하기 위한 행려를 쉬지 않고 실천하였다. 그가 인간문화재로 비유되는 까닭이 여기에 있다.

절망에서 환각의 체험으로

방대한 내용과 정치한 체재(體裁)의 실증주의적인 비평사 연구 외에 김윤식의 비평적 심미관을 다소간에 드러내고 있는 일련의 작업도 결코 간과될 수 없다. 그의 비평적 미의식은 『문학과 미술 사이』(일지사, 1979)에 거슬러 오른다. 그는 해외 여행을 하면서 미술관과 박물관을 돌아다녔다. 로댕의 발자크상, 백제관음, 계산행려도 등의, 시대를 초월한 명품을 감상하면서 그가 인생과 예술에 관한 깊은 상념에 빠진 것은 문학동네에 잘 알려진 사실이다. 그리고 그의 근면성은 글쓰기로 드러난다. 『문학과 미술 사이』가 간(間)텍스트성에의 비평적 인식으로는 우리나라의 비평사에서 초유의 것이 아닌가 여겨진다.

그는 1971년 어느 추운 날에 앙드레 말로가 극찬해 마지않았던 백제관음 앞에 서 있었다. 그때의 그가 겪은 것은 일종의 절망이었다. 이 절망은 미의 세계 앞에서는 민족의 개념도 초월한다는 것과, 그 자신에게 관음의 이미지가 세속의 여인상으로부터 결코 넘어설 수 없다는 사실에 기인하였다. 그 절망은 다시 말해 근대성이란 거대한 관념 덩어리가 지니고 있는 인식틀과 발상의 전환을 필생토록 넘어설 수 없다는 것에 대한, 또한 자신의 문학이 종교의 초월적인 세계로 도약할 수 없다는 것에 대한 불안한 예감에서 비롯되는 것일 수도 있었으리라. 특별한 근거도 없이 백제관음의 한반도 전래설을 부인한 앙드레 말로의 경솔한 단정에 비할 때, 그

〈몽유도원도〉에 반영된 황홀경의 사상

의 절망은 겸허하면서 진지하다고나 할까?

　김윤식의 절망은 10여 년 후에 이르면 환각의 체험으로 일쑤 변용된다. 이 역시 그에게 있어서 독특한 예술 체험이다. 그의 비평적 심미안의 한 정점에 도달한 저서 『황홀경의 사상』(홍성사, 1984)에서 보여준 환각의 체험. 그가 여기에서 "「도화원기」가 소국과민(小國寡民)의 이데올로기를 선명히 드러내었음에 비해 〈몽유도원도〉는 지극히 비정치적인 신선사상에 지나지 않았다."라고 했을 때 나에게는 그의 자신감, 확신에 압도되고 말았던 기억이 있다. 노자는 위정자가 무위(無爲)에 이르고 백성이 무지 · 무욕의 경지에 안주한다면 평화로운 세상이 된다고 했다. 이 세상이 바로 도연명이 꿈을 꾸던 소국과민의 공동체가 아니었을까? 이에 비하면 〈몽유도원도〉는 개꿈이요 백일몽에 지나지 않았던 것일까? 꿈이 인간을 때로는 영혼의 끝 모를 심연으로 내몰기도 한다면, 예술은 공포에서부터 비롯되는 것이며, 인간은 예술을 통해 공포에 대한 참을성을 키우고는 한다. 릴케가 이와 비슷한 내용의 시를 썼고, 이것이 젊은 시절에 『파리 시절의 릴케』를 번역한 바 있던 김윤식에게는 비평적 심미관을 형성하게 하는 데 적지 않은 영향을 미쳤다고 여겨진다.

『황홀경의 사상』 제1부에서는 김윤식 비평의 예술적인 특징이 유감없이 발휘되었다. 비평의 한 진경을 보여주었다고 할까? 그가 비평가로서 니체, 도스토옙스키, 루카치 등을 통해 황홀경의 사상을 발견했다기보다, 이 사상은 어느덧 자신의 몫이 되어갔던 것이다. 그 스스로도 황홀경의 사상가가 되었던 것이다.

회상의 형식과 창조적 기억

김윤식 비평의 심미관은 요컨대 환각의 체험이요, 황홀경의 사상이다. 해외여행이 극히 제한되어 있었던 시대부터 미술의 명품을 집요하게 찾아 다녔던 그의 감상벽은 자기 사상의 틀을 조성하고 확장시키는 데 큰 영향을 끼쳤다. 그는 윤후명의 소설세계를 비평하는 자리에서 이렇게 밝힌 바 있었다.

> 그 자체가 비단길의 환각이었다. 비단길의 환각, 막고굴 속의 호선무 추는 천녀와 부처님들은 그 자체가 이승의 것이 아니었다. 환각 자체였던 것. 그 때문에 비할 수 없이 아름다운 것이었다. 형언할 수 없는 이 아름다움을 두고 그는 돈 환의 또는 누란의 '사랑'이라 불렀다. 그러니까 환각 자체를 그는 사랑이라 착각해버렸던 것. 그만큼 그 환각은 절대적이자 실체의 일종이었다.(『작가와의 대화』, 문학동네, 1996, 214쪽)

주지하듯이 김윤식은 평전적 작가 연구의 대가이다. 이광수에서 김동리에 이르는 방대한 성과는 이루 말할 나위가 없다. 그러면서도 그가 도상의 작가를 대상으로 단편적인 작가론을 끊임없이 써온 것도 열정 못지않게 비평적 현장 감각 없이 불가능한 것이다. 그의 작가론을 지배하는 배후의 거대한 힘은 루카치의 미학사상이다.

그에게 있어서의 루카치는 압도적인 존재였다. 그 얄팍한 두께의 명저 『소설의 이론』은 그가 생애를 두고 실천적으로 검증해야 할 일종의 화두가 아니었을까? 우리가 갈 수 있고 또 가야만 할 앞길이 창공의 별이 지도가 되어주었던 시대는 그 얼마나 행복했던가. 하나의 내밀한 잠언으로부터 시작되는 그 명저는 김윤식의 글쓰기 도처에 흔적을 뚜렷이 남기고 있다. 인류사에서 근대의 등장은 신이 지상을 떠났고 또 지상이 낯설고 황폐화됨으로써 비롯하였다. 이런 점에서 볼 때 소설은 근대 이래 이루어진 황폐한 땅의 서사문학이다.

> 오정희 소설의 참주제는 회상이다. 루카치의 용어로는 창조적 기억이며 벤야민에 의하면 회상이 된다. 「중국인 거리」는 기억이 만들어낸 환상이었고, 「유년의 뜰」도 창조적 기억의 힘에 의존했다. 훼손된 세계에서 참된 가치를 찾는 일이 불가능하기 때문에 창조적 기억 즉 회상의 형식이 의미를 갖는다. 비평가들이 오해하거나 당황하기 쉬운 「별사」의 세계도 예외가 아니다.

인용문은 내가 김윤식의 『운명과 형식』(솔, 1992)에 있는 오정희론을 요약한 것이다. 그의 소설 미학의 수준을 기본적으로 루카치의 눈높이에 맞추고 있음이 자명해진다. 그의 '창조적 기억'은 오정희의 경우뿐만 아니라 박완서 등을 다룬 여러 작가론에서도 두루 적용된다. 김윤식의 작가론 가운데 비평의 심미안을 한껏 고양시켰다고 할 수 있는 저서 『작가와의 대화』(문학동네, 1996)는 그의 대표적인 현장비평집이라고 할 수 있다. 그에 의하면 기억에 의존한 글쓰기는 소설가의 특권으로 간주된다. 유년기의 체험과 작가의 기억에 의존한 「태백산맥」을 두고 '작가의 승리'라고 다소 과대평가한 것도 이에 연유하고 있다. 또한, 그는 서정인의 소설 「달궁」을 가리켜 시적 주박(呪縛)에서 온전히 해방되지 못한 '선험적 고향 상실'의 문학이라고 했다. 「달궁」의 판소리적인 특징은 한국판 호메로스의 서사시로 비유된다. 이 대목에서 한정하자면, 소설이란, 다름이 아니라 허구적인 기억의 소산인 동시에, 기억의 묘사력이 빚어낸 환각의 다채로운 빛이리라.

김윤식은 말했다, 미란, 인간의 혼자 있음과 불완전함이라는 의식 속에서 이를 넘어서고자 하는 환각인 것이라고(『작가와의 대화』, 129쪽 참고). 이처럼 그의 미의식의 기원은 고전주의를 훌쩍 지나서 그리스적인 조형예술에 있었다. 『문학과 미술 사이에서』 이래 지금껏 변한 바 없는 신념이었다. 그리스로 파악된 마르크스주의에 심취된 루카치의 경우도 마찬가지이다. 그러나 사회경제적 토대를 이데올로기로 환원하는 소위 '토대환원주의'의 강도는 루카치를 능가하기도 한다. 예술의 애매성을 일소시키는 논리의 명쾌함 때문이다. 이는 김윤식 비평의 도저한 일관성이자 결정적인 한계이기도 한 것이다.

김윤식 비평의 아득한 저편

김윤식은 미문(美文)을 우습게 보거나, 논리적인 글을 가볍게 여겼다. 기성의 틀 속에 자신을 가두는 것이라는 강박증 때문이었을까? 끊임없이 이어져가는 사색의 궤적만이 비평문이라는, 결코 바람직하다고 볼 수 없는 전통을 후학들에게 남긴 것은 아닐까? 비평은 때로 자유로운 만필(漫

筆)이나, 가벼운 소품의 읽을거리인 칼럼이나, 논리적으로 엄정한 학술적인 에세이 등이 될 수도 있다는 점에서 매우 불안한 형식의 글에 지나지 않는다. 나는 비평문도 완결된 글쓰기의 결과여야 한다고 생각한다. 그래야만 비평의 불안이 해소되기 때문이다.

그는 산문집에서조차 자기를 드러내는 글쓰기의 관습을 극도로 자제했다. 비평적 글쓰기에서의 자아의 소거(消去)는 명백하게도 모더니즘적이다. 글쓰기의 실제에조차 거대담론, 혹은 근대성의 틀을 벗어나지 못한 그였다. 타인과의 소통을 위해 자기 노출(self−disclosure)이 요구되는 시대에 스스로의 개방을 거부하는 것이 타인(독자)을 배려하지 않는 남근주의적인 글쓰기의 관례는 아닐는지……. 물론 그가 최근에 와서야 자전 에세이의 양식을 통해 자신을 드러내기도 하거니와, 독자와의 화해나 대화 등을 통한 자기 응시 내지 관조는 한편으로 스스로의 변화에 대한 허용 및 관용이 된다는 사실에 큰 관심을 갖지 않았던 것 같다.

비평이든 학문이든 간에, 계량적인 의미에서의 그의 업적은 실로 다대하다. 등신대(等身大)를 훨씬 넘긴 저작물을 미루어본다면, 김윤식 이전에 김윤식이 없었고, 김윤식 이후에도 김윤식은 없을 성싶다. 이런 점에서 볼 때, 그는 우리 비평계의 언덕길에 우뚝 서 있는 큰 기념비가 아닐 수 없다. 이 그늘 아래 많은 후학들이 안주하고 있는지 모를 일이다. 하지만 그 언덕 너머 아득한 곳의 지평 끝간데에, 탈이념의 미시(微視)세계관, 문화연구적인 모험과 개척정신, 계량의 가치보다는 '질적 연구'의 의미를 긴요하게 여기는 새로운 비평관 탐색의 길이 놓여 있을지도 모를 일이다.

꿈속을 헤매는 자와 무의식의 심연

— 김소월의 「열락」에 대하여

1

잘 알다시피 김소월은 난해시인이 결코 아니다. 난해시라고 하면 20세기 모더니즘 시 중에서도 실험적인 전위적인 성격의 과격한 시를 가리키는 것이 보통이다. 그의 시 중에서 드문드문 나타나는 난해한 낱말 및 어구는 그런 성격의 것이 아니라 시간적이고 공간적인 언어의 이질감, 단절감에 말미암고 있다. 그의 시는 지금으로부터 한 백 년 전에 사용된 변방의 언어인 서북(평안도) 방언을 중심으로 엮어져 있다. 그럼에도 불구하고 그의 작품 속에는 표준적인 서울말이 적잖이 스며들어 있다. 이 때문에 그의 고향 후배인 백석의 시보다 언어적인 이질감, 단절감이 적다.

김소월의 개별적인 작품 중에서, 언어의 측면에서가 아니라 내용적인 면에서 가장 난해한 것이 있다면, 나는 「열락(悅樂)」을 들지 않을 수 없다. 이 시는 한 마디로 말해 김소월 시 중에서 가장 이색적인 성격의 시편이며,

가장 난해하여 내용이 뭐가 뭔지 알 수 없는 불가해한 작품이다. 우선, 현대어 표기에 알맞은 비평본이 있다면 대체로 다음과 같은 언어 형태가 되지 않을까 한다. 비평본이란 흔히 정본(定本)을 가리키는 것으로, 지금 동시대의 독자를 만족시킬 수 있는 언어 형태로 재구성된 텍스트를 말한다.

> 어둡게 깊게 목 메인 하늘.
> 꿈의 품속으로서 굴러 나오는
> 애달피 잠 안 오는 유령(幽靈)의 눈결.
> 그림자 검은 개버드나무에
> 쏟아져 내리는 비의 줄기는
> 흐느껴 비끼는 주문(呪文)의 소리.
>
> 시커먼 머리채 풀어 헤치고
> 아우성하면서 가시는 따님.
> 헐벗은 벌레들은 꿈틀일 제,
> 흑혈(黑血)의 바다. 고목(枯木)의 동굴(洞窟).
> 탁목조(啄木鳥)의
> 쪼아리는소리, 쪼아리는소리.

이 작품 「열락」은 『개벽』 1922년 6월호에 처음으로 발표되었다. 그리고 별다른 수정 없이 김소월 시집 『진달래꽃』(매문사, 1925)에 실리게 됨으로써 확정된 텍스트로 전해졌다. 초고 상태인 원간(原刊)과 확정된 텍스트 사이의 차이가 있다면, '꿈을 풀며'와 '꿈트릴 제' 정도이다. 원간의 '꿈을 풀며'는 편집자의 오류인 오자인 것으로 추정된다. '꿈트릴 제'에서의 '꿈트리다'의 어형은 현대 표준어인 '꿈틀거리다'와 '꿈틀대다'에 해당된다고 보는 것이 맞다. 내가 정본으로 표기한 '꿈틀일(기본형 : 꿈틀이다)'은 사전에 존재하지 않는 말이다. 시인의 본디 의도에 맞게 어쩔 수 없이 선택한 시적인 어형이다. '흐느껴 비끼는'도 문제점을 내포한 어형이다. 김소월은 '흘늣겨빗기는'이란 표기를 사용했다. 여기에서 '흘늣기다(흐느끼다)'는 평북 사전에도 없는 낱말이다. 따라서 이 낱말은 지역 방언이라기보다는 김소월 자신의 개인 방언일 가능성이 매우 높다. 요컨대 이 시어의 정확한 뜻은 '흐느낌의 소리가 비스듬히 들려오는'이라고 잘라서 말할 수 있겠다.

2

이 두 가지의 난해한 어형 부분을 해소했다고 해도 내용의 파악은 오리무중일 것이다. 이 시를 자신 있게 해독할 사람이 과연 있을 것인가? 나는 김소월의 시를 연구함으로써 석사 학위를 받았다. 논문을 제출하기까지 이 시의 내용상의 실체를 파악하지 못했다. 그로부터 10년 후, 내가 칼 융의 심리학을 연구하는 이부영의 『분석심리학』(일조각, 1988)을 우연히 읽으면서 무슨 영감 같은 게 스쳐 지나갔다. 이 책에 이런 표현이 있다. "버드나무는 유령과 관계하는 동시에 귀신을 쫓는 마력을 가지고 있다고 믿어지는 나무이다."(188쪽) 이 견해는 우리나라의 민간 신앙과 관련을 맺고 있다. 그것은 버드나무와 유령이 서로 성관계를 맺으면서 때로 원수지간처럼 천적의 관계를 맺고 있다고 사람들이 믿어왔다는 것. 빗줄기 소리는 흐느껴 비끼는 주문(呪文)의 소리다.

제1연과 제2연은 구조적으로 볼 때 반복적인 병치의 관계를 맺고 있다. 제2연은 제1연의 부연에 지나지 않는다. 즉, 같은 말을 되풀이하고 있다고 보아도 크게 어긋나는 것은 아니다. 제2연에서 '따님'은 일반적인 의미의 아가씨를, '헐벗은' 벌레는 허물 벗은 벌레를, '탁목조'는 딱따구리

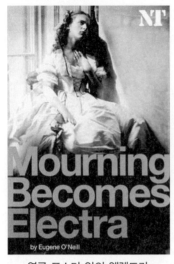
연극 포스터 안의 엘렉트라

를 각각 뜻하고 있다.

이 시는 김소월의 의도와 상관없이 정신분석학적이다. 꿈과 환상과 신화의 그림자가 깃들어 있는 시. 하지만, 그가 어찌 정신분석학을 알았을 것인가? 잘 알다시피, 정신분석학적인 문학비평은 크게 두 가지로 나누어진다. 하나는 콤플렉스와 개인무의식을 중시하는 프로이디안 계열의 심리주의 문학비평이며, 다른 하나는 원형(archtype)과 집단무의식을 강조하는 융기안 계열의 신화·원형(原型) 문학비평이다. 김소월의 「열락」은 전자보다 후자에 가깝다.

이 작품에는 꿈과 환상과 신화와 무관치 않은 시인의 공포의식이 잘 투영되어 있다. 이것은 죽음에의 원초적인 두려움에 대한 강박관념이기도 하다. 이부영의 책에서 영감을 얻은 나는, 이 시에서 검은 머리칼 풀어헤친 채 울고 아우성하면서 가는 따님이란 대목에 이르러, 옛 그리스 비극인 이른바 '상복(喪服)이 어울리는 엘렉트라'를 연상할 수 있었다. 그리스의 비극에는 주지하듯이 신화의 흔적이 짙게 배어 있다. 신화란 무엇인가? 이것은 열망·불안·공포 따위가 반영된 욕망의 변형이 아니겠는가? 이런 점에서 김소월의 「열락」은 칼 융의 집단무의식 및 원형의 이론과 맞닿아 있다는 느낌을 갖게 하기에 충분하다. 양자의 텍스트 상호관계는 밀접하고도 친근하다.

3

김소월의 「열락」과 관련해서 또 하나 놓칠 수 없는 게 있다. 이 시의 전반에 범람하고 있는 성적(性的)인 분위기 말이다. 시의 화자는 빗줄기 소리를 두고 흐느껴 비끼는 주문(呪文)의 소리로 비유한다. 이 시에서의 '그림자 검은 (개)버드나무'는 여성적인 특징의 이미지를 지니고 있다. (현덕의 「남생이」에서 소년의 나무 오르는 행위는 성행위의 은유이며 성장의식의 발로이다.) 그 주문의 소리는 남녀가 성교할 때 내는 여성의 신음소리다.

버드나무는 빗줄기를 잠결에 걸어두고 유령과 성관계를 맺는다.

어디 말이 될 법한 얘기인가? 윌리엄 제임스가 처음으로 이름을 붙인 소위 '의식의 흐름'처럼 논리적인 인과관계를 해체한 일종의 몽유현상(somnambulism)이다. 이 시의 제목이 왜 '열락'인가? 열락이란, 다름이 아니라 성적인 오르가즘인 것. 에로스적인 죽음의 충동과 타나토스적인 죽음의 충동이 결합된 개념인 것. 그리하여 빗줄기 소리는 주문의 소리이면서, 또 딱따구리가 쪼는 소리이다. 이것은 다름 아니라 '흑혈의 바다'니 '고목 동굴'이니 하는 상징적인 의미의 여성기를 삽입하는 소리이기도 하다. 시의 화자에게 있어서의 몽유 현상은 성몽(性夢)의 체험에서 비롯하고 있다.

「열락」과 비슷한 시기의 또 다른 성몽 체험은 이상화의 「나의 침실로」에서도 발견된다. 이 시의 화자의 침실은 정사(情死)의 장소, 도착적이거나 불륜의 섹스로 도피하는 비밀스런 공간이다. 꿈속을 헤매면서 섹스에의 열락을 탐닉하는 것은 모든 인간의, 개인적이거나, 집단적인 무의식이다. 시인들은 자신의 무의식에 주의를 집중하면서, 그 모든 잠재적인 것에 귀를 기울이게 되고, 마침내 예술적인 표현을 부여하는, 무당과 같은 언어의 주술사가 아닐까?

낙화로부터 생명을 노래하는 것에 대하여

K선생님

선생님께서 지금 D신문에 연재하고 계시는 '그림읽기'를 내처 잘 읽고 있습니다. 소설가이신 선생님께서 쓰고 계신 그림에세이가 과거에 문인들이 즐겨 발표 지면으로 이용했던 사보유(社報類)와 같은 가벼운 읽을거리가 아닌 독자가 많은 신문에 연재하고 계신다는 게 무척 이례적이라고 생각했습니다. 하지만 평소에 그림에 대한 관심의 폭이 넓고 또 이에 관한 저서도 내시기도 하셨으니, 딜레탕트와 전문가의 중간 위치에 서 있는 게 아닌가 하고 생각할 수도 있겠습니다만, 선생님의 이 정도 글쓰기야말로, 선생님의 정당한 몫이 아닌가 하고 여겨지고 있습니다. 저의 솔직한 심정으로는 선생님이 연재하시는 글이 토요일만 되면 이제 은근히 기다려지고 있습니다. 그런데 제가 최근에 읽은 선생님의 글 「생명의 노래」는 각별히 감명이 깊은 것으로 내 마음의 끝에 문득 다가와서 붓을 들었습니다. 이 글은 사신(私信)의 형식으로 쓴 글이지만 어디까지나 저의 비평문의 하나라고 생각하시고 다소 드라이하고 지루하시겠지만 일독해주시기를 바라 마지않습니다.

K선생님

　선생님의 짧막한 글을 읽었을 때 전해온 느낌은요, 벚꽃이 질 녘에, 벚꽃으로 유명한 경주에서 고도(古都)의 봄이 너무 찬연하여 그만 며칠 주저앉아 버렸다는, 또 보문 호수 위로 바람에 벚꽃 잎이 하얀 눈발처럼 날릴 때 모자가 날아간 것도 잊은 채 잠시 숨을 멈추어버렸다는, 또 그 꽃잎들이 호수 위로 점점이 낙화하는 모습이 눈물 나게 아름다워 왠지 모를 처연함을 느꼈다는 K선생님의 놀랍도록 낭만적인 감성이 참 부러웠습니다. 저도 2년 전에 보문 호수 근처에 있는 호텔에서 하루 묵은 적이 있었지요. 제 경우는 벚꽃이 질 무렵이 아니라 만개하고 있었죠. 그렇지만 저는 며칠 더 머물 수 있는 마음의 여유가 없었습니다. 선생님의 낭만적인 감성은 작가 이전에 선생님의 사람됨이 잘 드러난 것이어서 가슴 뭉클했습니다.

　그런데 더 가슴이 뭉클한 것은 하루 간격으로 잇달아 일어난 아이들의 투신 소식에 관한 비감한 얘깃거리가 아닌가 합니다. 친구의 끝없는 괴롭힘을 견디다 못해 투신한 소년. 학업 스트레스의 중압감 때문에 유서를 써놓고 뛰어내렸다는 소녀. 선생님의 트라우마로 오래 지워지지 않는 가족사 얘기와, 투신한 소년과 소녀의 소식을 접하고 느꼈다는 '자식 낳아 기른 어미의 심정'이란 대목에 이르러선 가슴이 미어지기도 했습니다. 더욱이 무척이나 늦게 부부의 인연을 맺었던 것으로 인해, 아이 없이 살아가고 있는 저희 부부의 입장에서는요.

낙화는 우리들 인간에게 죽음을 미화하는 관습적인 메타포로 자리하고 있는지도 모릅니다. 그 대표적인 사례가 일본의 벚꽃이 아닌가 합니다. 사람은 사무라이요, 꽃은 벚꽃이요, 라는 말이 있듯이 일본인들의 벚꽃 사랑은 유별납니다. 사무라이와 벚꽃이 결합된 이미지가 가미가제로 이름된 자살 특공대 얘기가 아니겠습니까. 일본들은 벚꽃이 지는 것을 두고 일쑤 허무의 빛깔을 내곤 하지요.

일본 역사에서 가장 진취적인 시대인 명치유신을 전후로 하는 시대였습니다. 명치유신 직후에 한 소녀가 벚꽃이 질 때 자살을 했습니다. 아름다운 기모노를 입고 폭포에서 스스로 낙화를 한 것이죠. 그 아이가 남긴 유서에 의하면, 무슨 염세적인 인생관이 있어서가 아니라, 벚꽃이 지는 아름다운 시절, 그저 가장 아름다운 나이에 아름답게 죽고 싶다는 이유였답니다. 우리의 생각으로는 정말 어처구니없는 이야기지만 그 당시 일본인들은 진취적인 시대임에도 불구하고 이 소녀의 죽음을 부정하는 분위기는 없었습니다. 그 아이는 한 시대에 아름다운 죽음의 아이콘이 된 거죠. 이 이야기는 1980년대 말에 만들어진 대만의 영화 〈비정성시(非情城市)〉의 주인공 대화 속에 나오기도 했습니다.

일본인들은 전통적으로 불륜의 사랑을 나누다가 남녀가 함께 죽는 사례도 많았습니다. 이를 신쥬(心中)라고 하지요. 이 신쥬라는 이름을 두고 정사(情死)로 비유하는 경향이 있습니다. 벚꽃처럼 화사하게 적멸하는 죽음의 미학, 우리와 사뭇 다른 일본의 문화이겠지요.

K선생님

선생님께서는 벚꽃이 지는 것을 두고, 경주의 아름다움에서 상경 후 아이들의 비극적인 죽음을 전하는 뉴스로 화제로 옮기고, 필경 김병종 화백의 그림 〈생명의 노래〉에 관한 코멘트로 나아갔습니다. 선생님의 변증법적인 논리의 정합성(整合性)이 절로 고개를 주억거리게 합니다. 생명 있는 것들이 저마다의 목소

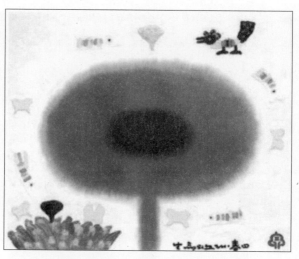

김병종의 옴니버스 〈생명의 노래〉 하나의 그림.

리로 노래하는 계절인 봄에 낙화 역시 생명 현상일 터입니다. 선생님께서 제시한 김병종의 한 그림은 그 무수한 〈생명의 노래〉 옴니버스 중의 하나입니다만 자세히 보니 '생명의 노래'가 아니라 '생조(生鳥)의 노래'라고 이름되어 있군요, 제목은 너무 작은 글씨여서 자세히는 알 수 없으나 춘일(春日)이 아닌가 합니다. 생명감으로 충만한 봄날에 새가 노래하고 있고 낙화의 이미지가 꽃 주변에 담겨 있군요. 선생님께서도 이 낙화의 이미지에 착목하여 벚꽃의 낙화와 생명의 노래를 교감하셨던 게 아닌가 여겨집니다.

저는 김병종이 '생명의 노래'라는 표제로 1990년에 처음 기획전을 연 이래 아홉 번째의 동명의 기획전(가나아트센터, 2004) 화보집을 갖고 있습니다만, 여기에서 볼 수 있었던 것은 그가 그의 생명의 이미지는 한 마디로 춤이 아닌가 생각을 해보았습니다. 붓의 역동적인 움직임에 따라 물과 물고기와 벌거벗은 아이가 혼연일체 속에서 춤을 추고 있는 모습이야말로 우주 생명의 가장 원초적인 느낌이 아닌가 하고 생각해보았습니다.

큰 물고기의 등 위에 소년이 물구나무를 선 채 물결따라 자연스레 흘러가는 이미지는 그의 그림 중에서 가장 강렬한 인상을 주고 있었습니다. 그의 그림은 그래서 신화적인 동시에 동화적인 것이 아닌가 하고 생각을 해보았습니다. 그렇다면 낙화도 춤의 이미지를 빚을 터이죠. 우주 생명의 율동과도 같은 그런 이미지 말입니다. 이 이미지는 개인적인 무의식 속에서 세세하게 분리되는 이미지가 아니라 원형 상징성을 나타내주고 있는 그런 이미지가 아닌가 합니다.

K선생님

선생님은 탐미적인 소설로 비평가인 저의 눈을 사로잡고 있습니다. 선생님의 소설적인 글쓰기가 시사적인 화제나 비판적인 관점을 초월한 듯한, 어딘지 모르게 인간의 존재론적이고 마성적인 내면풍경을 섬세한 필치에 담으려고 하는 경향이 강하여, 나는 선생님이 우리 시대에 독특한 자기 세계를 이룩하고 있는 희유한 작가분이 아닌가 하고 생각하고 있습니다. 선생님의 그림읽기는 소설의 여백과 이삭줍기의 글쓰기인 감이 있습니다만 선생님의 이름을 건 좋은 글로 장식될 수 있기를 바랍니다. 끝으로, 낙화의 시심 가운데 또 하나 좋아하는 두보(杜甫)의 시 부분을 인용하면서 붓을 내려놓을까 합니다. 늘 건강하시기를 빕니다.

> 한 조각 나부끼는 꽃잎에도
> 봄은 소릇이 가느니,
> 바람에 흩날리는 만점 꽃잎에
> 내 마음 참 수수롭구나.
>
> 一片花飛滅却春
> 風飄萬點正愁人

수필은 나에게 무엇인가

1

나에게 있어서 수필은 '가까이 하기엔 너무 먼 당신'이다. 나는 올해로써 글쓰기를 필생의 업으로 삼은 지 햇수론 15년째 되는 해를 맞이했다. 그동안 잡문을 쓴 것도 단행본 한 권 분량이 되는 것 같은데 좋은 수필을 부탁합니다, 라는 청탁을 여태껏 받아본 적이 없다. 내게도 불후의 산문집 한 권 남기고 싶다는 헛된 꿈이 있다. 한 마디로 말해, 나는 수필이란 장르, 수필적인 글쓰기의 양식에 각별한 매혹을 느끼고 있다. 그것이 비록 구구한 넋두리, 졸가리 없는 객설일망정이어도 말이다.

2

요즈음 수필을 바라보는 신세대의 반응도 종잡을 수 없다. 수필가에 의해 씌어진 전통적 의미의 수필집을 사보는 젊은이들은 그닥 많지 않은 듯하다. 대신에, 연륜이 깊은 명사의 화제성 높은 경험담과 넋두리, 출세기, 정신과 의사 등의 전문직 종사자가 쓴 산문집이 불티나게 잘 팔린다. 그런가 하면, 신세대들은 수필가의 상징적 기호라고 할 수 있는 피천득 선생의 복간물을 흘러간 옛노래 쯤으로 생각하지 않고 매우 단단한 반응을 보이고 있다든가, 아직도 법정스님의 산문이 시대의 변화와 상관없이 읽힐 수 있는 향기 높고 격조 있는 에세이로 받아들인다든가 한다.

3

수필만큼이나 자신을 잘 드러내는 장르는 있을 리 없다. 옛말에 문자인 야(文者人也)라 했듯이 글은 그 사람의 인품을 그대로 반영한다. 글쓰기를 통한 자기성찰로써 자신의 생활감정을 솔직히 드러내는 것이 수필이라면 이것이야말로 잡담의 시각적 재현도 명문에의 허망한 유혹도 거부하고 극복하는 자기절제의 중용, 때로는 냉정하리만치 엄격한 자기검증의 미덕이 깃들인 것이라고 하여도 좋을 터이다.

겨울바람이 꽤나 차갑다.

자기를 벗는다는 것. 이를 두고 인내와 용기라고 표현해도 좋을 것이다. 우리 사회에 솔직하지 못한 사람들이 너무나 많다. 용기가 없기 때문이다. 용기가 없기 때문에, 인내할 줄을 모르기 때문에 지식인들은 곧잘 허위의식에 빠지곤 한다.

4

어떤 이들은 수필을 두고 생활 주변의 얘깃거리를 늘어놓은 쓰잘 데 없는 잡담을 기록한 것이라고 하고, 또 어떤 이는 이를 가리켜 인생의 깊은 울림과 은은한 반향을 느끼게 하는 진지한 지적 담론이라고도 말한다. 누구도 거들떠보지 않는 잗달은 잡문이 될 수 있기도 하고 한 시대를 대표하는 세련된 격조의 명문이 될 수 있기도 한 수필이다. 허와 실, 명과 암의 경계를 종잡을 수 없이 왔다 갔다 하는 것이 수필이다.

(1997. 1)

제3부
1977년 스무 살의 습작품

문학의 언어철학적 접근

머리말

현대 사회의 구조적 복잡성에 의해 모든 문화 영역이 확대 내지 심화되고, 그에 따른 인간의 삶을 인식하려는 새로운 감수성이 실제화되고 있다. 특히 20세기 말은 고도의 소비 성향과 과학적 지식의 팽창, 이데올로기 비판과 재(再)이데올로기화, 그리고 종말론적 위기의식 등 논의되는 바와 같이 대전환의 시대, 혹은 파국의 시대다. 현대의 많은 철학사조들이 철학적 이론과 현실적 생활의 실천을 일치화시키는 데 노력을 해왔고, 또 그 한계를 인식하고 새로운 가능성을 찾는 데 노력하고 있다.

뿐만 아니라 예술 분야에서도 전위예술이니 해프닝예술이니 하여 첨단의 길을 걷고 있다. 특히 문학에서는 더욱 말할 나위가 없다. 우리가 문학에 그 문제를 집중시켜 분석해볼 때, 문학의 고유한 표현 매체인 언어 그 자체에 기인한다는 사실을 발견하고는 놀라지 않을 수 없다.

표현 대상과 사물은 현대로 발전함에 따라 그 매체에 한계를 느끼고 기호나 숫자를 배열하는 데 열중하는 다다이즘과 초현실주의의 논리와, 언어가 포회한 역사성과 사회성 때문에, 문학 그 자체는 불순하다. 그러므로 인식 대상으로서의 문학을 투시한다는 역사비평가의 논리와, 역사비평이 사상(捨象)하기 쉬운 요소를 간파하고 과학적으로 분석하여 심미주의를 가미한 뉴크리티스트의 논리 등 언어에 귀결된다고 해도 과언이 아니다. 그리고 데소아르(M. Dessoir)는 감각상을 개입하지 않는 언어야말로 문예 본래의 표현 수단이며, 상상과 직관적 형상에 그 본질적 징표가 된다 하여 문예를 '상상예술'이라고 규정했지만, 언어라는 그 표현 수단으로 본령을 삼는 언어예술이란 점에서 문학은 언어의 한계, 역사사회성으로 인해 세미 아트, 혹은 비(非)예술적이라고 할 수 있겠다.

본고에서는 언어라는 특수한 조건 때문에 생겨난 현대문학의 문제성을 언어철학과 관련시켜 그 가능성을 검토해 보겠다.

언어철학이란 무엇인가

그러면 언어철학이란 무엇인가, 라는 근본적인 질문에 부딪칠 경우 철학으로 분화된 다른 학문—법철학, 사회철학, 종교철학 따위—보다 명백히 통일된 원리를 갖추기 힘들고, 잘 정의하기 힘든 것이 언어철학이다. 철학자들에 의해 유형적으로 취급된 언어에 관한 문제는 이론적 정립이 미숙한 집적물(集積物)로 구성되어 있다. 왜냐하면 문법학자, 심리학자, 인류학자들에 의해 취급된 언어와 관련된 문제로부터 그것을 분리하는 명백한 기준을 발견하기 힘들기 때문이다.

그러므로 언어철학자 윌리엄 알스톤은 언어철학에 포함된 많은 요점을 조사함으로써 본질적 의미를 얻을 수 있다고 주장했다. 언어철학은 어떤 특정된 철학적 주류에 따라 형성된 것도 아니고, 20세기에 이르러 비로소 시작된 바, 그 성격과 연구방법이 다르다. 비엔나 학파의 논리적 구조의 언어 분석에서부터 우호로프의 언어학적 상대성 원리에 이르기까지 현대 철학의 중심 과제가 되면서 많은 관심을 집중시켰다.

이것은 종래의 전통 철학이 대체로 공유하고 있었던 언어적대관계에 대한 혁명적인 전환이라고 말할 수 있겠다. 종래의 철학자들은 언어에 구애됨이 없이 보편적인 사유를 하는 것을 이상으로 삼았으므로, 사실은 언어에 대해 적대적인 태도를 취해왔다. 그 대표적인 예로서 베이컨은 4대 우상 중의 '시장의 우상'에서 쓸데없는 언어의 공론(空論)을 경계했다. 그리고 종교가들도 실상이언(實相離言)이니 불립문자(不立文字)니 하여 언어 이전의 근본적인 진리나 형이상학적인 면을 강조해왔다. 교육자인 페스탈로치도 사실과 직관에 의한 실천 교육을 요구하였으며, 언어를 통한 교육은 한낱 말놀음에 불과하다고 했다. 과학자와 수학자들도 일상 언어를 사용함에 있어서 과학적으로 사유하기는 매우 애매하며 다의적이며 부정확하다고 하여 언어 사용을 거부하고 명확히 정의된 상징 기호로 엄격한 논리적 사유를 추구하였다. 이처럼 종래의 언어격하론과 언어적대관계는 다음과 같은 몇 가지 이유에 근거한다.

첫째, 언어의 의미가 늘 불확정적이며 또한 분명하지 못하다는 것이다.

둘째로는 인간의 사유가 언어에 의해 잘못 지배된다는 것이다.

그리고 세 번째로는 추상적인 생각을 표현하는 낱말들도 언어로서 일반화하면 주체적인 깊이를 잃어버리는 형이상학적인 이유에서이다.

우리가 논하는 현대 언어철학은 물론 마우트너(Mauthner)와 같이 언어적대관계에 입각한 언어 비판도 있으나, 적극적이고 긍정적인 관점에서의 철학운동을 말한다. 그러면 현대 철학이 감당한 언어 문제를 별견(瞥見)하여 보겠다. 원래 철학은 과학과 그 연원을 같이해왔으나 현대 물리학이 분화되어 그 후 심리학, 사회과학, 심지어 교육학까지 분화되었다. 이처럼 철학이 가져야 할 영역이 좁아지자 철학으로부터 분과된 학문의 언어를 분석하기 시작하였다. 분과된 학문을 '퍼스트 오더' 학문이라고 명명한다. 즉 언어에 대한 언어, 메타언어(mata-language)로 분과 학문의 논리적 구조의 의미를 파악하고자 했다. 이것은 전통적 형이상학의 붕괴와 자연과학의 압도적 업적의 인상 속에서 세계 자체를 탐구하는 학문을 논리적 언어적 체계를 다루는 데 일선에 섰으며, 이는 비엔나 학파의 논리실증주의에서 시작된 논리적 언어분석이다. 그리고 비트겐슈타인을 대표하는 일상 언어의 철학적 언어분석과 과학적 언어분석 등이 있다.

그러나 언어의 문제에서 처음으로 참다운 철학적 의미를 발견한 사람은 함만(Hamman), 헤르더(Herder), 훔볼트(Humbolt)이다. 이들은 언어의 창조적 기능을 발견하고 언어는 인간 사유의 표현이 아니라 기관(organ)이어서 사유는 언어에 철저히 의존한다고 주장했다. 그 후 캇시러(Cassirer)는 상징적 형식들이 인식에 있어서의 창조적 역할을 담당한다고 했고, 그것들 중에 언어가 가장 기본적인 것이라고 설명했다. 한스 립스(H. Lipps)는 말이 삶을 창조하는 힘을 깨달아 이것을 현실을 형성하는 '말의 힘(Potenz des Wortes)'이라고 표현했다. 이러한 이론을 종합해보면 언어 그 자체가 현실을 창조한다는 것과, 언어는 단순히 전달을 위한 수단이 아니고 사유를 형성하는 중요한 요소라는 결론을 읽을 수 있다. 그로 인해 재창조된 현실을 훔볼트는 중간세계라고 표현하였고, 캇시러는 상징적 세계라고 하였다. 일단 언어에 의해 창조된 현실은 다양한 상황 속에서 구속력을 가지기도 한다.

언어에 의해 인간의 생각이나 행동 양식 혹은 의식은 규제된다. 즉 언어가 가져온 선입관념 혹은 전(前)이해 때문인 것이다. 예를 들면 우리나라 사람은 자아적 주체의식이 약하다고 한다. 그래서 물에 빠졌을 때나 어떤 극한 상황에 처해졌을 때 우리나라 사람은 '사람 살려!'라고 외치지만, 영어 화자들은 'help me!'라고 말한다. 이는 구원을 요청하는 자가 타인의 요청을 간절히 바라는 절망 속의 희망을 표현한 언어다. 그렇지만 영어 화자들은 그 상황 속에서도 나를 내세우지만 한국인은 일반 대명사 '사람'이라고 외쳐댄다. 뿐만 아니라 서양인은 자기의 힘이 부족하니 타인의 여력(餘力)을 요구하지만, 한국인은 영(零)의 상태에서 마구 살려달라고 한다. 그리고 우리나라 사람은 대화 중에도 주어 생략하기를 잘한다. '내가…' '나는…'이라는 문장으로 말을 할 때면 오히려 위화감을 주고 이질적인 역어체 문장을 낭독하는 느낌이 든다. 그리고 운명공동체의 연대의식이 강해서 그런지 '나의'라는 말을 '우리'라는 말로 곧잘 대체해서 잘 쓴다. '우리 어머니'니, '우리 아들'이니, '우리 선생님' 등 따위가 그것이다. 이처럼 우리말 구조에서 볼 때도 우리나라 사람은 확실히 자아의식이 약한 것임에 틀림없다. 이것은 오히려 언어 자체에 기인한다고 해도 크게 모순이 아니다.

언어는 앞에서 말했듯이 현실인식의 기능과 현실 창조의 기능의 양면적인 성질을 가지고 있다. 우리의 의식을 반영한 언어로서의 양식을 계속 사용함에 따라 우리의 사고와 행동양식을 규제하고, 모델화한다는 것이다. 다시 말해 '사람 살려!'와 '우리의 누구' 또는 주어를 생략한 대화체 문장 등의 사례가 우리의 자아의식을 망각하게 한 근본적인 이유라는 것이다. 만약 역사적 와중 속에서 우리의 말과 글을 갈고 닦아 개조시켰더라면, 우리의 행동과 사고가 달라졌을지도 모른다는 것이 언어철학의 논리이다.

제 3 부 1977년 스무 살의 습작품

245

또 한 가지 예는 우리의 윤리적 복합성은 그 역시 우리말 구조의 복합성에 기인한다. 2인칭 대명사에 있어서 극존칭, 존칭, 비칭, 극비칭으로 나누어져서 '당신'이란 말을 쓸 때는 '습니다' '십시오'로 호응관계를 맺어야 하고, 비칭과 극비칭에는 '자네…하게' '너…하라'로 해야 한다. 그러나 영어에는 유(you)라는 2인칭 대명사로만 사용한다. 그렇기 때문에 서양인들은 우리보다 윤리적인 의식이 복잡하지 않다. 말의 구조가 덜 복잡하기 때문이다.

각 민족의 언어는 특수한 의미 관련의 구조와 특이한 뉘앙스를 가지고 있다. 이 특이한 빛을 현실에 던져서 그 현실을 특이하게 밝힌다. 그래서 모든 언어에는 한 겨레의 문화적인 전통 속에 자라난 얼이 담겨 있다.

가령 정신이란 말을 볼 때도 각 민족의 특수한 문화 상황과 결부되어 있다. 독어의 '가이스트'와 불어의 '에스프리'와 영어의 '스피리트'는 우리말의 얼, 넋과 미세한 차이가 없을 수 없다. 그리고 '도이체 가이스트'라면 나치의 군국주의적 정복욕이, '야마토 다마시(大和魂)'라는 단어가 가져주는 어감은 사무라이적 무사정신이, 아메리칸 스피리트가 불러일으키는 정서는 진보적 리버럴리즘과 개척정신이 떠오른다. 그리고 우리나라의 얼이 가져다주는 느낌은 은근과 끈기로서 주체성을 지켜온 우리 민족의 특수 상황과 결부된 정신적 세계를 상징한다.

그런 우리말 가운데 한(恨)이라는 말을 예로 들어보면, 그것은 한자음이지만 한국인 의식 구조에 풍화작용을 일으켜 한국인이 아니면 실감이 나지 않는 마음속에 깊이 간직한 페이소스를 느끼게 한다. 독일말의 '젠주흐트(Sehnsucht)' 역시 독일의 음산한 기후 풍토나, 전란에 시달려온 긴장에서 밝은 평화의 세계를 그리는 그리움의 정서다. 이것은 영어의 '롱잉(longing)'으로 번역하면 의미가 너무 약하다. 이와 같이 모국어(Mutter

2년 송희복

문학청년 시절의 송희복이 발표한 논문이 실려 있는 『진주교대학보』(1977. 9. 26)의 한 부분. 이는 그가 쓴 최초의 논문이다.

sprache)와 언어공동체(Sprach – gemeinschaft)는 상호의존적 관계로 맺어 있다.

모국어는 언어공동체의 역사적 현실 속에서 그것을 반영할 뿐만 아니라 제2의 현실을 창조하기도 한다. 몇 천 년에 걸쳐 성장한 한 민족 언어는 정신적인 한 세계 전체의 조직이며, 그것을 에워싸면서 신비적 유대를 맺고 있는 것이다. 이렇게 언어와 관련된 문제의 관심이 높아갈수록 문학가가 가지는 역할의 범위가 넓어진다.

그러면 언어철학에서 논의되는 언어의 중요성을 문학이 어떻게 거리를 좁히고 인식하느냐 하는 것은 방법적 회의에 빠지지 않을 수 없다. 그러기 위해서는 문학적 언어의 본질을 이해하는 것이 기초적 작업이 되고, 문학 자체가 범하기 쉬운 오류를 명확히 의식할 수 있을 것이다.

문학적 언어의 본질

문학이 사용하는 언어는 어느 대상을 지시하는 것이 아니라, 주관적이며, 함축적이며, 내포적(內包的)이다. 예를 들어 달을 보고 문학의 언어는 다양하게 정서를 환기시킨다. 초서는 꽃 피는 이미지로, 바이런에겐 황금의 그릇으로, 엘리엇에겐 잔인한 달로, 보들레르에게는 모욕당한 달로, 이백에겐 항아(姮娥)가 외로운 선궁(仙宮)으로 표현되었고, 정철(鄭澈)에겐 연군(戀君)의 표상이기도 했다.

그러면 문학적 언어의 본질은 무엇인가?

기능 면에서 언어를 볼 때 인식언어와 비인식언어로 편의상 구분해보자. 인식언어는 객관적인 상태와 성격을 지향하는 언어이다. 인식언어는 또 서술언어와 비서술언어로 나눈다. 서술언어는 언어 외의 어떤 사실 또는 사실의 연관성에 관한 언어이며, 객관적인 사실을 인포메이션하는 데 목적이 있다. 결국 이것은 과학의 언어다. 비서술언어는 이미 존재하는 언어를 그 대상으로 한다. 서술언어 자체를 분석, 비판한 것이다. 다시 말해 서술언어의 명확성과 논리성을 따질 때 쓰는 언어다. 즉 철학의 언어인 것이다.

반면에 비인식언어는 어떤 대상 앞에서 언어사용자의 주관적 태도나 느낌을 말하는 것이다. 복순이 얼굴이/은 둥글다, 라고 하면 인식언어에 속할 것이고, 복순이 얼굴은 예쁘다, 라고 하면 비인식언어에 속할 것이다. 요컨대 이것은 언어를 쓰는 사람의 감정이나 태도를 완전히 객관적 사실로부터 독립시킨 것이다. 비인식언어는 시간 공간적 제약을 받는 그러한 산물인 것이다. 이것은 또 객관적 기준이 원칙적으로 서지 못하고 판단 대상체에 대한 한 개인의 느낌, 태도 등을 나타내는 평가언어와, 온갖 판단과는 관계없이 일종의 행위나 행동을 나타내는 행위언어로 구분한다.

문학적 언어의 표현은 비인식언어 중에서 평가언어에 의거한다. 물론 인식언어로 사용된 문학작품도 있을 수 있다. 사르트르의 「자유에의 길」이나 「구토」 등과, 도스토옙스키의 소설 등이 예에 속한다. 그리고 행위언어를 사용한 민족저항시나 행동문학, 고대소설 중 윤리를 주제로 한 것들은 일단 문학의 본질적 언어관에서 벗어난 것임에 틀림없다.

그러나 그러한 한계를 알고 예술적 목적을 접근시킨 위대한 작품이 있는 반면, 그런 한계를 의도적 혹은 무의도적으로 넘어버린 사이비 문학도 발견할 수 있다. 요컨대 문학적 언어의 본질은 평가언어에 있으며 그것에서 벗어난 문학작품은 본질적 요소가 아님이 명백하다. 물론 사르트르의 참여문학론이 필연적으로 좌경화한다는 성급한 김붕구 씨의 주장도 그러한 비본질적 요소를 찌른 것이다.

평가언어만이 위대한 문학작품을 만들 수 있다는 전(前)이해를 사상(捨象)하고, 평가언어의 중요성을 우리는 충분히 인식해야 할 것이다.

삶의 현실 속에 살아있는 언어를 창조하고 풍부하게 하는 것이 바로 그 방법론적 접근의 일익을 담당한다. 그에 대한 좀 더 구체적인 접근이 졸고(拙稿)의 핵심적인 논점이 될 것인데, 필자의 미숙한 지식과 지면 사정으로 다음 기회로 보류하겠다.

어떻든 문학의 언어가 창조하는 현실적 공간은 삶의 진실인 것이다. 철학의 그것인 추상의 세계도 될 수 없으며, 종교의 그것인 환상의 세계도 될 수 없다. 언어의 힘과 창조 기능을 잘 살려 민족어를 발전시키는 것이 결론에 도달하는 유일한 길인 것이다.

가능성을 향한 제언

앞서 지적했듯이 언어에는 현실인식과 현실창조의 기능이 있다. 우리의 문학인들은 그동안 우리말에 대해 깊은 성찰과 연구가 미흡했다. 이사실을 받아들일 수밖에 없다면 문제는 더욱 복잡해지고 심각성이 더욱 깊어간다. 이제까지 우리 문단에서는 무분별하고 무책임한 현대시가 많이 산출되었다. 모더니즘 문학이 난해시라는 추상어의 남발과 현대 감각에의 매력에 매몰된 한 측면에서의 본보기가 될 것이다. 많은 문인들의 그러한 고정관념을 깨고 최초로 가능성의 지평을 열어준 사람이 김수영이다. 김수영 역시 모더니즘의 세례를 받지 않은 것은 아니지만 4·19 이후 좀 더 현실을 직관적으로 받아들였다. 일상 속의 속어와 비어를 과감하게 접촉하면서 현실와의 심각한 투쟁의 언어를 계속 전개시켰다.

그리고 그 자체의 불완전한 공간은 후배들에 의해 메꾸어져 가고, 한국문학의 요구에 부응하는 공감대를 튼튼하게 다져갔다. 그 후 신동엽, 신경림, 이성부, 조태일, 김지하 등의 시인과, 김정한, 이문구, 황석영, 한수산 등의 작가들이 무절제한 현대적 감각주의를 지양하고 민족과 민중 현실에 알맞은 모국어 발전에 기여해왔다. 특히 신경림은 『농무』에서 우리의 경험과 현실에서 우러나오는 밀도 있는 토속어를 구사하여 언어와 사실 사이의 절실한 문제성을 제기하였고, 황석영은 노동자와 소외된 소시민의 경험과 밀착된 살아있는 언어의 진실성으로 1970년대 초기 소설집 『객지』를 내놓았으며, 「장길산」과 같은 스케일이 큰 역사소설로 민중언어와 토속어를 갈고 닦는 데 노력하고 있다. 이것은 서정주 유(類)의 특수

계층에만 어필하고 복고적인 색채가 짙은 그런 조작적인 토속어와 근본적으로 다르다.

그런데 한국문학은 아직 모국어의 계발로 생기는 제2의 현실을 소홀히 하는 것 같다. 즉 현실인식의 기능에만 집착해왔으며 언어의 현실 창조의 기능에 대해서는 구체성이 희박한 것 같다. 시기상조인지 모르나, 현실인식의 철저한 발전을 꾀한 뒤, 창조적 측면에서 다음 단계로 발전해야 할 것 같다.

한국문학사에서 이때까지 끊임없이 민족문학론이 거론되었다. 이광수 류(流)의 국민문학파를 중심으로 한 민족주의 문학은 감상적 색채가 다분하고 계몽주의와 도덕율로 일관되었으며, 해방 후 우익 계열에서는 순수 문학을 지향하는 민족문학을 내세웠다. 그래서 김동리는 김동석을 중심으로 한 좌익문학을 독조(毒爪, 독한 발톱)의 문학이라 비유하였다. 그 후 1970년대에 와서는 '창비(創批)'파에서 민족문학을 집중적으로 거론하고 있는데, 백낙청 씨의 실질적이고 정열적인 업적이 요즘 대단히 관심을 끈다. 그 방법론에 있어서는 민중 현실의 리얼리즘적 투시로 종래의 민족문학론을 비판하고 발전시켰다.

이제 우리는 좀 더 문학적 언어의 본질을 이해하고 민족언어를 계발하여 새로운 가능성을 향해 민족문학을 수립하고자 하는 것이 본고(本攷)의 결론이다. 그래서 생소한 언어철학 이론을 도입한 것이다.

현대 철학에 관한 언어 문제로 문학을 이해하는 향수(享受) 능력을 계발시키고 인생을 보다 진지하고 심각하게 관조하는 체험을, 우리는 길러야 하겠다. 끝으로 이때까지 서술한 이론은 하나의 시론(試論)에 불과했음을 밝혀둔다.

(진주교대학보, 1977. 9. 26.)

인식적 측면에서의 이상론(李箱論) 서설

— 그 절망과 패배의 에스키스

1

문학을 논의하는 데 있어서 근본적인 문제에 부딪힐 경우, 우리는 타(他)예술 분야와 달리 양면 구조를 인정하지 않으면 안 된다.

첫째는 인간 내부적 지향을 모색하는 가운데 산출된 상상력과 체험의 구조를 다양하게 파악할 수 있는 향수(享受) 능력으로, 예술 그 자체로서 일체의 외부 조건과는 유리된 독립 형태로 존재하는 문학의 본질적 측면에서 본 문학정신을 말하는 것이다. 고전적인 정의로서는 아리스토텔레스의 쾌락설에까지 연원한다. 그는 시(문학)에는 모방에 의한 기쁨이 생긴다고 하였으며, 칸트는 예술론적 유희를 주장했으며, 엘리엇은 문학을 '고급한 오락'으로 규정하였다. 이러한 것들은 '타(他)로부터 독립된 완벽한 자율성(自律性)'[1]이라 표현하기도 하고, 사회 현실에 완전 귀속하려는 리얼리즘에서조차 절대적인 미적(美的) 목적을 망각하지 않으려는 신념을 보여주기도 했다. 문학예술에 있어서 이런 일차적 기능을 몰각한 마르크시즘 문학관도 있었지만 미적 감각을 문학의 가장 가치로운 영역이 되어야 한다는 입

이상의 〈날개〉

장을 고수하는 이론이다.

그리고 두 번째로는 음악이나 미술과는 다른 차원에서 운위되는 것으로, 이것이 감당할 수 없는 인식적 측면에서 요구하는 대(對)사회적인 연속성과 문학적 가치 기준을 내적 경험과 심리 현실보다는 작품의 밖에 두고 미리 주어진 의미가 없이 선험적인 절대 가치를 부정하고 문제 해결을 위하여 상황에 대결할 때는 자기를 스스로 구속해야 한다는 대척적인 문학적 기능이다. 이는 인생을 위한 예술이라고 요약될 수 있는데, 그것의 이론적 근거는 플라톤의 시인추방설과 호라티우스의 '선전 효과(agitation)'와 루크레티누스의 문학당의(糖衣)설 등에 있고, 동양에서는 전통적인 문예관인 유교적 여기(餘技)사상이 고전적 명제로서 전해지고 있다. 현대에 있어서는 톨스토이의 인도적 계몽주의에 따른 작품 활동과 G. 루카치, A. 하우저, L. 골드만 등의 많은 이론가의 업적이 배출되었다.

• • • • •
1) A. C. 브래들리의 『시에 관한 옥스퍼드 강의록』에 있는 내용이다. 김윤식의 『한국 문학의 논리』에서 재인했다.

이와 같이 문학에 있어서 상치되는 두 가지 이론이 문학을 하는 많은 사람들을 오해하게 하고 당혹하게 만들지 모른다.

2

1930년대 외적 정세의 변화, 즉 세계적인 추세인 대공황에 따른 자본주의의 한계, 신흥 일본의 호전적(好戰的) 에스컬레이션 앞에 우리 국토의 병참기지화와 인적으로는 노동 자원과 병역 징발 등 표면상 노골적으로 식민 정책을 가속화했다. 한국 현실은 수탈과 핍박이 극한에 달한 비참 일변도였다.

이때 처절한 육성의 탄식 속에 지성의 찬가를 불러준 식민지 시대의 그랑 인텔리 이상(李箱)이라는 희귀한 귀재(鬼才)를 만난다. 상(箱)은 후세의 문학사가들에게 화사하게 채색된 현대인의 우상이요, 백사(白沙)의 신기루처럼 미몽의 궁전으로 인도하는 영원한 아웃 사이더였다. 그는 기독교 절대 이념의 붕괴와 합리적 세계관에 대한 좌절 등과 같은 역사적 필연성에 의한 서구적 발상법과는 달리, 다만 서구 문화를 이식(移植)하는 데 과오를 범하고 말았다. 이것은 상이 민족 현실을 외면하였고 거의 일방적으로 심리 현실에만 고집했다는 객관적 사실과 대응이 된다.

상은 인간이 지닌 생활 태도와 성윤리의식에 있어 새로운 문제를 던져 준다. 계약된 섹스와 아내의 간음에 대한 회의, 그러면서도 끝끝내 관용이라는 희극적 행위, 부부생활까지도 금전적 가치가 인정되는 윤리적 도착화로, 상은 현실을 초연하였으므로 거북살스러운 무위(無爲)와 부재(不在)의 인간상―박제가 되어버린 천재―이기를 희망하였다. 행복이니 불행이니 하는 것을 세속적 계산으로 규정해버릴 만큼 정신적 카오스 상태에 빠졌고, 타인과 교섭이 단절된 어두운 다락방이라는 폐쇄적 영역을 차지하고는 날개가 돋기를 절규할 만큼 재생의 쾌락에 탐닉하려는 자기기만에 빠졌다.

상의 대사회적인 관점에서 본 인간관은 방법적이고 의도적인 소외가 아니라 철저히 병든 사회로부터 소외당한 존재의 전형을 만들었다. 여기에서 주의해야 할 점은 소외 현상의 외발성이 문제된다. 그것은 근대라는 시간적 충격으로, 혹은 서구라는 공간적 충

스무 살 학창 시절의 송희복

격으로 보아야 하느냐 하는 문제에 봉착된다. 전자의 개념에서의 소외 현상은 윤리의식이 첨예하게 대두되는 과정에서 논의의 가능성이 성립된다. 유교문화권인 한국 사회의 유교적 보편 질서와, 근대적 리버럴리즘의 이념이 상충될, 전(前)세기와 금세기의 급(急)전환점에서 고민하는 진보 지식층의 좌절 행위가 타락 과정으로 선명하게 노출된다. 그것의 직접적 동기는 후자의 현상에 해당하며, 도덕적 규범을 규제할 수 없는 기능이 상실될 때 그것은 나타난다. 즉 인간관계 속에 파고든 물질숭배사상에 따른 감정적 공동사회의 해체 과정이다. 서구적 자본주의의 횡포에 따른 테크놀로지의 무장이 주체의식을 약화 내지 무화한다는 H. 마르쿠제―프랑크푸르트학파의 사회철학자―의 비인간화 현상으로 요약될 수 있다.

결국 상의 소외 현상은 도덕성과 경제성이 동시에 문제되어진다. 상은

어떤 의미에서 비교적 철저히 현실을 인식했다고 볼 수 있으나 근시안적 역사 통찰 때문에 우상파괴의 표적이 되고 말았다.[2]

상은 사생활에서 투영된 작가세계만이 상황에 절망하기를 그치지 않고, 시인의식에 있어서도 이상(異狀) 형태로 문학의 패배를 자초했다. 서구 양식인 모더니즘 문학을 일본이라는 중간 루트를 통해, 그는 비판을 거치지 않은 일방통행으로 무차별 수입을 감행하였다. 그 누벨바그(신사조) 앞에 의도적인(기획적인) 문학의 고뇌가 그의 시에 바로 언어를 거부하는 양태로 나타난다. 숫자의 남발과 기하학적 구조, 그리고 고도의 관념어가 흐르는 난해(難解)의 강물이 그 당시 문단의 새로운 경이와 충격의 홍수가 되었다.

사회창조적 기능을 가진 고유한 미디엄인 언어를 사용함에 있어서 문학은 하나의 '사회제도(social institution)'이다.[3] 언어는 과학적으로 정확히 사유하기에는 불확정적이고 애매하고 다의적이기는 하지만 언어는 단순한 기호 이상의 것[4]이라고 생각되어지는 논리적 기반은,[5] 의미의 본질과 사실과 경험이 결정되는 그러한 의식의 세계에 있다.

인간 내면의 저류에 흐르는 불안, 절망, 니힐, 배덕(背德), 모랄의 붕괴, 권태와 자조(自嘲), 의식의 흐름 등과, 온갖 현대적 요소인 역설, 반어, 풍자 등의 지적 수사(修辭)로써, 상은 독자를 매료의 분위기로 유인했다. 그런 지성의 미덕(?)이 전후 작가 손창섭과 1960년대의 김승옥에게 암암리

• • • • •

2) 이상의 문학을 비판한 비평가들의 비평문으로 대표적인 사례가 되는 것은 송욱의 「창부와 사회의식」, 정명황의 「부정과 생성」, 염무웅의 「내면의 수기」 등이다.

3) 르네 웰렉과 오스틴 웨렌의 『문학의 이론』(런던판, 1970) 57쪽을 참고함.

4) 이규호의 『말의 힘』(제일출판사, 1974) 57쪽을 참고함.

5) 칼 야스퍼스의 견해를 이규호의 『말의 힘』을 통해 참고함.

계승되었고, 또 문단의 수많은 에피고넨(亞流)을 양산했다.

　결국 이상의 문학사적 의의는 한국의 앙드레 브로통이 아니라 최초의 피해자라는 불행한 에피세트가 주어져야 할 것이다. 상은 감로를 맞고 피어난 서양의 꽃이 아닌 닮아지기를 그리워하는 이 땅의 조화(造花)다. 그 조화가 남긴 영향은 자극성이 강한 독소가 있고, 시니컬한 마조히즘이 있고, 그 조화에 넋을 잃는 무지한 문학적 감상안이 남았을 뿐이다.

3

　결론을 내리면 그가 도입한 모더니즘의 불필요성과, 언어 거부의 실패 과정과, 민족 현실에 알맞은 정당한 문제의식을 던져주지 못했다는 점을 지적할 수 있겠다. 오늘은 흑야 속에 침묵한 님—신(神) 혹은 빛이라 표현하면 광복(光復)은 빛의 회복이다, 빛을 되찾는 일체의 행위가 민족문화라고 한다—을 찾기 위해 혼(魂)을 달랜 광야에 목 놓아 노래를 부르던 초인(超人)을 기억하는 시대다. 식민지 압제하에 음성적 반응이라는 한계가 있다 하더라도 그의 스타일의 독창성이라든가, 무의미한 곳에서의 의미를 향한 집념이라든가, 차압된 청춘 속에서 기존 질서에 대한 끝없는 저항은 일단 인정해야 한다. 그러나 그는 자아를 발견하기에 너무 사회로부터 소외되었고, 지나친 서구 콤플렉스에 심취하는 나머지, 파산된 자아와 단절된 사회의 관계를 잉태시켰던 것이다.

(『야정(野井)』 제18호, 진주 동명인쇄사, 1977. 5. 8.)

바다에게 바치는 마음

우리가 쉽게 접할 수 있는 자연 대상 중에서 나의 개인적 취향이 허용된다면, 그중 바다를 특히 좋아한다. 계속 때리고 부서지는 가운데 바닷물이 멍들어 시퍼렇게 되었을지 모른다던 어린 시절의 발상과 함께, 글라스에 떨어지는 와인처럼 시원스런 속삭임과, 소금기가 알맞게 배합된 축축한 향기가 나의 성장의 북을 두드려 주었다. 나는 헤엄을 칠 줄 모른다. 그렇기 때문에 바다가 아주 신비하고 아름답게 여겨지며, 바다를 좋아하는 소이도 거기에 있을 것이다.

바다는 신이다. 나는 바다라는 제단 앞에 꿇어 앉아 영혼을 고백하는 범신론 신자다. 그 무구한 눌변의 독백을, 나약한 인간 '나'가 쌓아놓은 죄악을, 번민을, 미사곡인 양 은은한 파도소릴 들으며 신(바다)에게 고백한다.

바다는 영원히 풀 수 없는 문제를 안은 열쇠다. 인간은 그 열쇠만 가지고 안타까워하다가 새벽별과 함께 지는 운명의 존재다. 그러나 바다는 영원히 살아 있다. 바다가 던져준 그림자가 내 마음에 비칠 때 항시 바다는 내 이름을 부르는 듯하다. 신비하고도 꿈같은 환상의 궁전, 끝없이 절규하는 절망의 언어들……. 그것은 세속에 파묻힌 속물(인간)들을 유혹하는 요정의 눈짓과 같다. 어쩌면 품속에 죽어가는 아기의 모습을 보고 애타게 괴로워하는 엄마의 성스러운 비극과 같다.

무변한 대해가 끝없이 파도처럼 일정한 간격으로 귓전에 밀물처럼 면면히 스며들 때, 은빛 찬란한 황홀감에 만취되어 내 시야에서 춤출 때, 그리고 안개처럼 미지의 베일에 싸여 그 근원에의 향수가 깃발처럼 펄럭일 때, 바다는 속된 인간과 같이, 지순한 아기와 같이, 우리를 슬프게 하고 우리를 기쁘게 만든다. 그래서 시인 A. C. 스윈번은 노래했을 것이다.

　　나 돌아가리, 위대한 어머니이며 상냥스런 연인인 바다로.

내가 받은 몇 개의 이미지는 관념의 편린에 불과하다. 상상력이 확장된 아이디얼한 것으로서의 바다의 미학은 무한하게 연상된다. 그리운 아내와 자식이 기다리는 고향 아티카로 돌아가려고 숱한 유혹과 신의 횡포를 거부한 오디세이아의 집념의 바다. 폭풍우가 노호하고, 격렬한 파도가 이리저리 광란하는 가운데 오랜 시간 끝에 돌아왔건만 개가한 아내의 행복을 빌며 숨을 거둔 이노크 아덴의 그 열정의 바다. 소금기가 섞인 지중해변의 열기 속에서 알제리인을 난사한 뫼르소의, 허무와 부조리가 범람하는 카뮈의 실존의 바다. 바다는 잔잔하고 아름다우나 잔인해질 수도 있다는 헤밍웨이의 투혼의 바다…….

해벽을 향해 무섭게 몸을 던져 분신하는 수포가 또 다시 좌절하지 않고

도전하는 것처럼, 인류의 역사는 수없이 바다에 도전하여 이야기의 대어를 낚는다. 그 대어를 생채로 먹기도 하고, 굽기도 하고, 국으로 끓이기도 하여 인생의 맛과 멋을 다양하게 만든다. 그리고 나에게 더없이 잊을 수 없는 것은 밀물 때 개펄에서 일하고 있는 아낙네의 뒷모습과, 해녀들의 이야기와, 물질 문명의 침투 아래 폐수가 된 블루 컬러의 도시 부산 자갈치 앞바다와, 무덤이 될지 모르는 바다로 향해 뛰어드는 어부들의 슬픈 생활상과 같은 현실의 바다도 있다.

어쩌다 멀리 수평선 너머 푸른 하늘을 완상하며 순수와 무한 이상을 추구하는 여유가 있을 때면, 나는 힘차게 바다의 아름다운 형용을 끌어안으련다. 이슬처럼 감미로움을, 포말처럼 허무함을, 영원히 말 못할 불타는 그리움을, 너는 아는가, 바다여.

(진주교대학보, 1977. 4)

습작시 : 상 실

가슴속에

그 누구도 미치지 못할

천길 해저와 같이 아득한

가슴속에

때로는 태양과 같이

그 열렬함도 한줌의 재로 흩날릴

내 가슴속에

무엇이 진다

꽃보라 속으로 여인은

가고……

어두움이 그리움처럼

찾아오는 날의

명멸되어 가는 별빛의

날카로웠던 반짝임
점점 멀어져 가는 안타까움처럼

낙화되어 가는 망울의
영원히 가지고 싶었던 것들
다시금 반짝이고 향기로울 수
없는 것들
덧없이 가치로운 것들

밤은 항시 찾아오지만
무엇이 진다
언제까지나, 언제까지나
은빛 아쉬움을 남기고
무엇이 진다

(『야정(野井)』 제19호, 진주 삼화프린트사, 1977. 12. 5)

스무 살 문학청년의 푸른 영혼

— 송희복의 1977년 습작품 네 편을 대상으로

이승하

스무 살 문학청년의 푸른 영혼

— 송희복의 1977년 습작품 네 편을 대상으로

이 승 하

(시인 · 중앙대 교수)

들어서는 말

우리 문단에서 '성실성'을 두고 말할 때 일단은 문학평론가 김윤식 씨를 첫손에 꼽게 되지만 그는 여러 장르를 넘나들며 활동을 해오지는 않았다. 진주교대 국어교육과 송희복 교수는 1983년 『경향신문』 신춘문예 문학평론 부문에 '신화적 상상력, 그 초월과 내재'라는 제목으로 당선작 없는 가작으로 입선한 이래 올해로 30년이 되었다. 그에겐 올해는 등단 30주년의 의미 있는 해가 된다.

사실상 그에게는 '문학평론가'라는 명칭이 온당치 않다. 신춘문예 당선만 갖고 따지면 1990년 『조선일보』 신춘문예 문학평론 당선, 1995년 『스포츠서울』 신춘문예 영화평론 당선, 2001년 『불교신문』 신춘문예 단편소설 당선으로 세칭 '3관왕'을 했다. 신춘문예 4선 작가에다 세 부분에 걸쳐 등단한 보기 드문 작가인 것이다.

그뿐이 아니다. 2007년에 첫 시집 『기모노 여인과 캔커피』를, 2012년에 두 번째 시집 『저물녘에 기우는 먼빛』을 냈다. 문학평론가나 시인이 아닌 에세이스트로서 2001년에 산문집 『나는 너에게 바람이고 싶다』를, 2008년에 두 번째 산문집 『꽃을 보면서 재채기라도 하고 싶다』를 냈다. 영화평론집의 경우 저서가 5권, 교재용 일반론까지 합치면 10권에 달한다. 문학평론집과 문학연구서가 20권에 달하는데 여기에 시인과 소설가까지 겸하고 있으니 그에게는 일제강점기 때나 썼을 '문필가'나 '문학인'이라는 포괄적인 명칭이 붙여져야 한다. 대학교수, 문학평론가, 국문학자, 영화평론가, 시인, 소설가, 수필가 등 도합 일곱 개의 명칭을 붙여주어야 할 사람은 우리나라에 송희복 한 사람이 있을 뿐이다.

송희복 교수는 1978년에 진주교대(당시 2년제)를 나와 동국대학교 국문학과 2학년 학생으로 편입하여 들어갔다. 훗날 동국대 국어국문전공 교수가 되는 장영우, 한만수 교수와, 또 시인 윤제림(서울예대 광고학과 교수)을 동기생으로 만난다. 그 후 그는 경남 울주군 어느 갯마을에서 초등학교 교사로 근무하게 된다. 하사관 출신으로 실역 복무를 대신하는 5년간의 교사생활은 나라로부터의 혜택이며 동시에 나라에 대한 의무였다. 1983년 2학기가 시작되면서, 그는 교사직을 그만두고 복학을 했다.

그런데 그의 진주교대 시절, 그러니까 스무 살 문학청년 시절에 쓴 글이 최근에 발견되었다. 1957년생인 송 교수가 1977년 진주교대 학보와 교지 등에 발표한 네 편의 글은 에세이 한 편, 문학평론 한 편, 학술논문 한 편, 시 한 편이다. 이들 작품은 기간(旣刊) 어느 문학평론집에도, 시집과 산문집에도 게재된 적이 없다. 활판으로 인쇄를 하던 시절, 이 네 편의 글은 맞춤법과 띄어쓰기가 엉망인 채로 누렇게 빛이 바랜 낡은 학보와 교지에 실려 있었다. 아마도 36년이란 세월이 흐르면서 거의 모든 사람의 기억 속에서도 이 글들은 사라지고 말았을 것이다.

작자 자신의 노력으로 찾아낸 이 네 편의 글은 풋풋한 문학청년 송희복의 젊은 날의 초상이다. 여러 가지 면에서 미숙하고 미흡한 글이긴 하지만 '송희복 문학'의 시발점에 위치하고 있으므로 살펴볼 필요가 있다고 여겨진다. 특히 '통섭'과 '융합'의 시대인 오늘날, 어느 한 장르에 그치지 않고 전방위적으로 활동하고 있는 문필가 송희복의 문학적 싹(혹은 싹수)이 이미 이때 트고 있었으므로 네 편의 작품은 찬찬히 살펴볼 필요가 있다고 생각한다. 물론 그의 등단 30주년을 기념하면서 말이다.

수필 「바다에게 바치는 마음」에 나타난 심미적인 필치

외가인 밀양에서 태어나 일주일 만에 본가 부산으로 귀향한 송희복은 쭉 부산에서 성장한다. 초, 중, 고교는 부산에서 다니고, 진주에서 교육대학을 다니게 되면서 바다를 떠나게 된다. 사흘도리로 바다를 보며 살아갔을 텐데 몇 달이 지나도 바다를 못 보게 되었으니 바다를 향한 그리움이 거의 향수병에 이르지 않았을까. 바다를 좋아하게 된 이유는 고향이 항구도시여서 그런 것만은 아니다. 어린 날, 파도가 계속 치는 바다를 보고 '멍이 들어 저렇게 파랗게 되었나 보다'라고 생각했으니 송희복은 머리가 일찍 깬 소년이었다. 『진주교대학보』 1977년 4월호에 발표한 그의 에세이 「바다에게 바치는 마음」은 후반으로 가면 갈수록 문장이 더욱 세련되고 유려한 상태를 보여준다.

무변한 대해가 끝없이 파도처럼 일정한 간격으로 귓전에 밀물처럼 면면히 스며들 때, 은빛 찬란한 황홀감에 만취되어 내 시야에서 춤출 때, 그리고 안개처럼 미지의 베일에 싸여 그 근원에의 향수가 깃발처럼 펄럭일 때, 바다는 속된 인간과 같이, 지순한 아기와 같이, 우리를 슬프게 하고 우리를 기쁘게 만든다.

해벽을 향해 무섭게 몸을 던져 분신하는 수포가 또다시 좌절하지 않고 도전하는 것처럼, 인류의 역사는 수없이 바다에 도전하여 이야기의 대어를 낚는다.

어쩌다 멀리 수평선 너머 푸른 하늘을 완상하며 순수와 무한 이상을 추구하는 여유가 있을 때면, 나는 힘차게 바다의 아름다운 형용을 끌어안으련다. 이슬처럼 감미로움을, 포말처럼 허무함을, 영원히 말 못할 불타는 그리움을, 너는 아는가, 바다여.

자연 묘사가 기성시인 수준이다. 수준 높은 산문시를 방불케 한다. 문장의 바다, 문체의 힘찬 파도다. 게다가 고등학교를 졸업한 지 얼마 되지 않는 시점인 송희복 학생의 독서 체험은 그리스 신화, 스윈번의 「바다」, 테니슨의 장시 「이노크 아덴」, 카뮈의 「이방인」, 헤밍웨이의 「노인과 바다」를 넘나들 만큼 풍성하다.

이 작품은 송희복 문체의 출발점으로 간주할 수 있을 만하다. 대부분의 문학평론, 특히 학술논문은 건조한 논리의 세계를 지향한다. 그러나 송희복은 이 땅의 문학평론가들과 달리 독자의 정서를 환기하는 심미 지향적인 문체를 보여주고 있다. 바로 송희복 문체의 단서로 삼을 수 있는 글이 이 감성적인 에세이 「바다에게 바치는 마음」이다. 지금부터 36년 전 어느 날, 교육대학 2학년 학생으로서 이 글을 쓸 무렵만 하더라도 자신이 문학평론가가, 시인이, 게다가 에세이스트가 될 줄이야 꿈에

라도 생각했을까? 송희복의 문학 평론은 방대한 지식을 배경으로 하고 있는 경우가 많고 신비평 (new criticism) 그룹처럼 논리적인 글쓰기를 시도하지만 뜻밖에도 감각적인 문체를 특징으로 하고 있는 경우가 많다. 국내 다른 문학평론가들과 이 점에서 변별된다. 그의 에세이가 보여주는 시적인 문체는 문장가 송희복의 고고지성 같은 것이었다.

1977년 스무 살 나이의 송희복.

습작 문학평론 「이상론(李箱論) 서설」이 보여준 비평의식의 눈뜸

이상은 한국문학사 전개에 있어 '천재'라는 호칭이 가능한 거의 유일한 존재이리라. 그가 지상에 머문 기간은 26년 7개월밖에 되지 않지만 남겨놓은 작품은 양도 만만치 않고 어느 한 작품 예외가 없이 최첨단의 실험이 행해진 문제작이었다. 시인 이상과 소설가 이상에 대한 석·박사 논문이 다른 어떤 문인에 대한 논문보다 많은 터에 요즈음에는 이상의 「권태」나 「산촌여정」 같은 에세이에 대한 석사논문까지 나오고 있다.

시, 소설, 수필 세 장르를 망라하여 문제적 작가임에 틀림없는 이상을 1977년, 만 스무 살의 송희복은 비판적인 시각에서 보고 있다. 그에 앞서 그에게 있어서 이상관은 다음과 같이 그려지고 있다. 화려한 말치레의 비평적인 수사가 동원되고 있는 것이 사뭇 인상적이다.

> 육성의 탄식 속에 지성의 찬가를 불러준 식민지 시대의 그랑 인텔리 이상(李箱)이라는 희귀한 귀재(鬼才)를 만난다. 상(箱)은 후세의 문학사가들에게 화사하게 채색된 현대인의 우상이요, 백사(白沙)의 신기루처럼 미몽의 궁전으로 인도하는 영원한 아웃사이더이다. (『야정(野井)』 제18호, 진주 동명인쇄사, 1977. 5. 8)

서슬 푸른 유신 시대, 문학에게 사회적 응전력을 요구하던 당시의 문단 분위기는 대학생들에게 『창작과 비평』 같은 잡지를 열독케 했는데, 아마도 그런 계간지의 영향 때문이 아니었을까? 그가 지면에 발표한 최초의 문학 평론인 「인식적 측면에서의 이상론(李箱論) 서설」에는 이런 대목이 나온다.

> 그는 기독교 절대 이념의 붕괴와 합리적 세계관에 대한 좌절 등과 같은 역사적 필연성에 의한 서구적 발상법과는 달리, 다만 서구문화를 이식(移植)하는 데 과오를 범하고 말았다. 이것은 상이 민족 현실을 외면하였고 거의 일방적으로 심리 현실에만 고집했다는 객관적 사실과 대응이 된다.
> 상은 인간이 지닌 생활 태도와 성윤리의식에 있어 새로운 문제를 던져준다. 계약된 섹스와 아내의 간음에 대한 회의, 그러면서도 끝끝내 관용이라는 희극적 행위, 부부생활까지도 금전적 가치가 인정되는 윤리적 도착화로, 상은 현실을 초연하였으므로 거북살스러운 무위(無爲)와 부재(不在)의 인간상—박제가 되어버린 천재—이기를 희망하였다. 행복이니 불행이니 하는 것을 세속적 계산으로 규정해버릴 만큼 정신적 카오스 상태에 빠졌고, 타인과 교섭이 단절된 어두운 다락방이라는 폐쇄적 영역을 차지하고는 날개가 돋기를 절규할 만큼 재생의 쾌락에 탐닉하려는 자기기만에 빠졌다. (『야정(野井)』, 제18호, 진주 동명인쇄사, 1977. 5. 8)

송희복은 이상이 서구문화의 이식에 급급한 모더니스트였다는 점, 식민지 시대라는 당시의 민족 현실을 외면했다는 점, "거의 일방적으로" 내면세계에만 파고든 점을 들며 이상의 문학 전반을 비판하고 있다. 위의 글을 요약하면 이상은 서구 모더니즘의 이식자이며 쾌락 탐닉과 자폐의 기만에 빠진 비정상적인 지식인이었다는 것이다.

송희복의 주장은 이렇게 이어진다. 문학이란 모름지기 '사회제도'의 기능을 해야 하는데 이상은 전혀 그렇게 하지 못했고, 특히 "자극성이 강한 독소", "시니컬한 마조히즘", "무지한 문학적 감상안" 등으로 후대에 악영향을 남겼다고 보았다. 이상의 문학은 사회적 존재로서의 자아를 제대로 인식하지 못하였고 소시민적 자아에 머물었다고 본 송희복은 이상의 이러한 문학적 태도를 단호히 거부하고 싶었던 것이리라. 아무튼 청년 송희복은 유신의 굴레를 쓰고 힘겹게 살아가는 지금 이 시대나 나라를 일본에 송두리째 빼앗긴 일제강점기 때나 억압의 정도가 크게 다를 바 없는데 이상 같은 서구 취향의 문학, 댄디즘의 문학, 유아독존적 문학은 적어도 우리 시대에는 용납할 수 없다고 본 듯하다.

그다지 길지 않은 글에 외래어가 제법 많이 나온다. 이상의 서구문화이식 습벽을 비판하면서 자기 자신은 외래어를 이렇게 많이 동원하고 있으니 이를 어떻게 이해해야 될까. 스스로 밝히고 있듯이, 외래어 남용은 "그 당시 비평문의 관례"이기도 했고, "일종의 문청 취향"이어서 그랬다고 한다. 공연한 멋 부리기? 외래어를 많이 구사함으로써 지식의 축적을 자랑하고 싶은 대학 2학년생의 현시욕이 낳은 결과일 것이다.

논문 「문학의 언어철학적 접근」에 엿보이는 문학적인 가치의 언어관

교육대학생 송희복은 소논문을 써보는 의욕을 보인다. 정식 논문이라기보다는 중수필에 가까운 글이라고 보면 되겠다. 즉, 미셀러니가 아니라 에세이인 것이다. 2백자 원고지로 환산하면 47매가 되는 신문 판형의 소논문이다. 이것은 어떻게 해서 쓰게 된 것일까? 송희복 자신, 대학 2학년 당시의 생활을 이렇게 술회한 바 있다.

"대학 입학 후 독서삼매경에 빠져 있다 보니 학교 공부에 흥미를 잃게 되었다. 하숙방에서 당시에 열심히 읽은 책은 이어령 에세이집, 김수영 시선집, 세네갈의 대통령이면서 시인인 레오폴드 세다르 셍고르의 번역 시(특히 김화영이 번역한 것), 그리고 백낙청의 「시민문학론」 등을 비롯한 현실주의문학의 비평문과, 김윤식·김현·김주연 사이에 벌어진 문학사 논쟁문, 이규호의 『말의 힘』 등과 같은 언어철학과 관련된 문헌 자료들이었다."

입시 지옥에서 해방되어 미팅이니 여행이니 하는 데 정신을 팔 법도 한데 송희복은 특히 언어철학과 관련이 있는 이규호 등의 책 몇 권을 독파한 뒤 자기 나름대로 생각하는 언어철학의 모형을 정립해보고자 이 글을 쓴다. 그러니까 「문학의 언어철학적 접근」은 '모국어로 하는 문학'에 대한 송희복의 인식 점검이라고 간주해도 좋을 듯하다. 이 글은 제법 풍성하게 외국의 문학론자와 언어학자들의 이론을 살펴본 뒤에 마침내, 우리 말을 갈고 닦아 선양한 문학이 진정한 우리 문학이라는 자기주장에 다다른다.

우리말 가운데 한(恨)이라는 말을 예로 들어보면, 그것은 한자음이지만 한국인 의식구조에 풍화작용을 일으켜 한국인이 아니면 실감이 나지 않는 마음속에 깊이 간직한 페이소스를 느끼게 한다. 독일말의 '젠주흐트(Sehnsucht)' 역시 독일의 음산한 기후 풍토나 전란에 시달려온 긴장에서 밝은 평화의 세계를 그리는 그리움의 정서다. 이것은 영어의 '롱잉(longing)'으로 번역하면

의미가 너무 약하다. 이와 같이 모국어(Mutter sprache)와 언어공동체(Sprach-gemeinschaft)는 상호의존적 관계로 맺어 있다.

　모국어는 언어공동체의 역사적 현실 속에서 그것을 반영할 뿐만 아니라 제2의 현실을 창조하기도 한다. 몇 천 년에 걸쳐 성장한 한 민족 언어는 정신적인 한 세계 전체의 조직이며, 그것을 에워싸면서 신비적 유대를 맺고 있는 것이다. 이렇게 언어와 관련된 문제의 관심이 높아갈수록 문학가가 가지는 역할의 범위가 넓어진다. (『진주교대학보』, 1977. 9. 26)

　자신의 최종적인 의견에 도달하기까지의 송희복의 언어관은 이렇다. 언어는 인식언어와 비인식언어로 나눠지는데, 인식언어는 서술언어와 비서술언어로 대별된다. 서술언어는 과학의 언어요 비서술언어는 철학의 언어다. 그럼 문학의 언어는 어디에 속하는가. 비인식언어는 다시 평가언어와 행위언어로 나눠지는데 행위언어란 구호, 표어, 호소문, 격문 같은 것이다. 좋은 시인, 소설가는 '문학의 언어'를 잘 다루지만 하급의 시인, 소설가는 언어 구사 능력이 젬병이다. 언어를 넘어선 곳에 있는 언어, 다의성과 애매성을 지향하는 함축적 언어인 문학의 언어는 딱딱한 사전 속의 뜻만을 지니지 않는다. 사투리와 의성어와 의태어라는 보물창고를 갖고 있는 우리말은 한자 문화권이라 한자어도 많지만 순우리말을 정말 풍성하게 지니고 있다. 이런 우리말을 잘 가꾸고 키워나가야 할 자가 바로 시인이요 소설가인 것이다. 우리말에 대한 자각과 성찰, 그리고 재인식을 대학교 2학년 학생이 하고 있다는 것이 놀랍다. 그리고, 동서고금의 명저들을 송희복 교수가 그 젊은 나이에 두루 섭렵하고 있었다는 것이 놀랍다. 그는 이런 이야기를 들려준다.

　"그리움이란 모국어를 알 때 우리는 비로소 그리움을 안다. 그리움이란 모국어가 없는 민족은 그리움을 누리지 못한다. 우리말 그리움은 향가

「보현십원가」에도 있듯이 마음의 붓으로 그림을 그리는 것이다. 우리말 그리움이 있기 때문에 우리 겨레는 누대에 걸쳐 그리움의 정서를 누릴 수 있었다. 우리말의 파수꾼은 누가 뭐래도 이 땅의 문학인들이다. 나도 만약 문학을 할 수 있다면, 그들 중 한 사람이 되고 싶었다."

이와 같은 언어관을 가지고 있었던 송희복이 그 당시에 자신이 가지고 있던 동시대 한국문학에의 관점은 이렇게 정리되고 있다.

우리 문학인들은 그동안 우리말에 대해 깊은 성찰과 연구가 미흡했다. 이 사실을 받아들일 수밖에 없다면 문제는 더욱 복잡해지고 심각성은 더욱 깊어 간다. 이제까지 우리 문단에서는 무분별하고 무책임한 현대시가 많이 산출되었다. 모더니즘의 세례를 받은 이후 추상어를 남발하고 현대적 언어 감각에 매몰된 난해시의 등장은 나쁜 본보기가 될 것이다. 많은 문인들의 그러한 고정관념을 깨고 최초로 가능성의 지평을 열어준 사람이 김수영이다. 김수영 역시 모더니즘의 세례를 받지 않은 것은 아니지만 4·19 이후 현실을 좀 더 직관적으로 받아들였다. 일상 속의 속어와 비어를 과감하게 접촉하면서 현실과의 심각한 투쟁의 언어를 계속 전개시켰다.

그리고 그 자체의 불완전한 공간은 후배들에 의해 메꾸어져 가고, 한국문학의 요구에 부응하는 공감대를 튼튼하게 다져 갔다. 그 후 신동엽, 신경림, 이성부, 조태일, 김지하 등의 시인과, 김정한, 이문구, 황석영, 한수산 등의 작가들이 무절제한 현대적 감각주의를 지양하고 민족과 민중 현실에 알맞은 모국어 발전에 기여해왔다. 특히 신경림은 『농무』에서 우리의 경험과 현실에서 우러나오는 밀도 있는 토속어를 구사하여 언어와 사실 사이의 절실한 문제성을 제기하였고, 황석영은 노동자와 소외된 소시민의 경험과 밀착된 살아있는 언어의 진실성으로 1970년대 초기 소설집 『객지』를 내놓았으며, 「장길산」과 같은 스케일이 큰 역사소설로 민중언어와 토속어를 갈고 닦는 데 노력하고 있다. 이것은 서정주 유(類)의 특수 계층에만 어필하고 복고적인 색채가 짙은 그런 조작적인 토속어와 근본적으로 다르다. (『진주교대학보』, 1977. 9. 26)

이상의 인용문을 살펴본다면, 현대문학의 불완전한 공간은 김정한을 제외한 김수영의 후배들에 의해 1970년대에 메워져 가게 되었다는 것이 그 당시 송희복이 본 동시대 문학의 언어관이었다. 그는 예컨대 신동엽·신경림·이성부·조태일·김지하 같은 시인과 김정한·이문구·황석영·한수산 같은 소설가들의 작품을 읽어가면서 현대적 감각주의를 지양하고 민족과 민중 현실에 알맞은 모국어를 발전시키는 일에 나름대로 매진하고 있던 문인들에게 경의를 표한다. 특히 신경림은 『농무』에서 우리의 경험과 현실에서 우러나오는 밀도 있는 토속어를 구사하여 언어와 사실 사이의 절실한 문제성을 제기하였다. 황석영은 노동자와 소외된 소시민의 경험과 밀착된 살아있는 언어의 진실성으로 1970년대 초기 소설집 『객지』를 내놓았으며, 「장길산」과 같은 스케일이 큰 역사소설로 민중언어와 토속어를 갈고 닦는 데 노력하였다. 이것은 특수계층에만 어필하고 복고적인 색채가 짙은 서정주 유(類)의 그런 조작적인 토속어와는 근본적으로 다르다는 것을, 그는 알게 되었다.

1970년대에 송희복은 이런 문인들과 작품을 통해 만나면서 사회성을 키우고 역사의식을 견지하게 된다. 우리 민족이 처한 현실도 직시하게 된다. 언어, 특히 우리말에 대한 자각과 인식, 재발견과 재인식을 이렇게 투철하게 하게 된다.

청춘의 번민 : 습작시편 「상실」을 둘러싼 뒷이야기

송희복이 시를 본격적으로 쓰게 되는 것은 20년의 세월이 흐르고 나서이지만 시의 씨앗은 이미 그의 영혼에 뿌려져 있었다. 그가 학창 시절에 발표한 습작시는 시인 송희복 탄생을 위한 하나의 신호탄 같은 것이었다. 송희복에게는 이미 시 창작의 경험이었다. 언젠가 대화 중에 그는 소·청년 시절에 노트 한 권 분량의 습작시가 있었다고 했다. 물론 전해오지 않지만 말이다. 자신의 학창 시절에 발표한 송희복의 습작 시편 「상실」은 『야정(野井)』 제19호(진주 삼화프린트사, 1977년 12월 5일 발행, 12쪽)에 실려 있다. 그 전문을 옮기면 다음과 같다.

가슴속에
그 누구도 미치지 못할
천길 해저와 같이 아득한
가슴속에
때로는 태양과 같이
그 열렬함도 한줌의 재로 흩날릴
내 가슴속에
무엇이 진다

꽃보라 속으로 여인은
가고······
어두움이 그리움처럼
찾아오는 날의
명멸되어 가는 별빛의
날카로웠던 반짝임
점점 멀어져 가는 안타까움처럼

낙화되어 가는 망울의
영원히 가지고 싶었던 것들
다시금 반짝이고 향기로울 수
없는 것들
덧없이 가치로운 것들

밤은 항시 찾아오지만
무엇이 진다

언제까지나, 언제까지나
은빛 아쉬움을 남기고
무엇이 진다

무엇을 잃어버렸다는 것일까. 제2연의 서두 부분에 나오는 "꽃보라 속으로 여인은/가고……"가 힌트라고 여겨졌다. 아래는 인터뷰 내용.

―상실의 아픔 내지는 슬픔을 노래한 시라고 생각됩니다. 무엇을 잃어버린 것일까요? 혹시 이루어지지 못한 첫사랑에 대한 안타까운 기억?

"동기 여학생 중에 은사님의 딸에 대해 연정을 품고 괴로워한 적이 있었습니다. 그 시절 진주교대는 교복을 입었는데 그녀가 하계 교복을 입은 모습이 정말 예뻤습니다. 흰 블라우스 상의에 무릎을 덮은 검정색 치마……"

―하하, 짝사랑을 하셨군요. 미인이었나 봅니다.

"눈이 크고 키가 큰 서구적인 마스크의 미인이었죠."

―송 선생님은 어떤 신호도 보내지 않았습니까?

"1년 동안 문학에 대해 열병을 앓았고, 그 이상으로 그 여학생에 대한 생각으로 열병을 앓았습니다. 화학 수업 때 조별로 실험을 했는데 같은 조가 되어 서로 얼굴을 마주하게 되었지만 눈길만 수십 번 맞추는 동안에도 말 한 마디 제대로 붙여보지 못했습니다. 지금 서울에서 행복하게 잘 살고 있다는데."

―아, 안타깝네요. 말 한 마디 못 해본 채 졸업을 했나요?

"네, 졸업을 몇 개월 앞두고 제가 단단히 결심을 했지요. 모든 일이 그렇듯이, 인력으로는 어떻게 안 되는 일은 운명으로 돌릴 수밖에 없잖아요, 잊는 수밖에 없다고 판단하고 제가 단념을 했지요."

─그래서 탄생한 시가 바로 「상실」이라는 거지요?

"네, 그 무렵 저는 팝송 '어느 소녀에게 바친 사랑'(조니 허튼)이나 '스토니'(로보)를 흥얼거리며 그녀 생각을 하곤 했습니다. 가요 '잊어질까'(장계현)와 '잊게 해주오'(장계현)라는 노래를 들으면 바로 그녀가 생각나 괴로웠지요.

─완전 순정파시네요.

"정신적인 성장을 해나가는 과정에서 값진 경험을 했다고 생각합니다."

─그런 과정이 없었더라면 탄생할 수 없었던 시로군요.

"네, 그렇습니다."

이 시는 "무엇이 진다"는 반복 구문이 의미심장하다. '무엇'이 도대체 무엇인지는 알 수 없지만 낙엽이나 꽃잎은 아닌 것 같다. 시간이 지고 추억이 지고 사람이 지고 사랑이 진다. 져버린 것이므로 복구나 회복이 불가능하다. 그로 말미암은 상실감으로 가슴 아파하는 송희복 대학생은 이미 시인이 되어 있다.

앞서 말했듯이, 시를 본격적으로 쓰게 되는 것은 20년의 세월이 흐르고 나서이지만 시의 씨앗은 이미 그의 영혼에 뿌려져 있었다. 비록 짝사랑은 이루어지지 못했지만 그녀를 떠나보내야만 하는 마음이 잉태한 이런 시가 있었기에 그는 20여 년 후에 두 권의 시집을 펴내게 되는 것이리라. 따라서 이 시는 시인 송희복 탄생을 위한 하나의 신호탄 같은 것이었다. 그는 이때의 시 창작 경험을 훗날 되살리게 되었던 것이다.

이상 4편의 습작품은 송희복의 비평과 시가 어떤 식으로 나아갈 것인지, 미루어 짐작케 한다. 그는 형식적인 측면에서는 모든 세상 이치를 논리로 입증하려는 냉철하고 명석한 이성주의자가 아니라, 감정 풍부하고 말의 속살을 느낄 줄 아는 천생의 낭만주의자이다. 내용적인 측면에서는 낭만주의자가 아닌 사실주의자이다. 그는 평론을 쓸 때는 이성주의자가, 시를 쓸 때는 감정주의자가 된다.

먼 과거, 가까운 미래

1983년이었다. 송희복이 1978년 여름날에 바닷가 마을에서 초등학교 교사 생활을 시작하여 울산의 현대 조선소와 현대 자동차 사이에 있는 곳에서 근무를 하고 있었지만 그는 교직에 마냥 만족할 수가 없었다. 그에게 기회가 왔다. 그가 독학으로 공부한 문학비평이 1983년『경향신문』신춘문예 문학평론 부분에「신화적 상상력, 그 초월과 내재」라는 제목으로 입선함으로써 자신감을 얻었던 것 같다. 선자(選者)는 문학비평가 김주연이었다. 이 작품은 서정주와 김춘수가 각각 빚어낸 신화적인 시적 캐릭터인 사소(娑蘇)와 처용(處容)을 비교한 것이라고 한다. 그에겐 결단을 내려야 할 시점이 왔다. 동국대학교 국문학과 복학의 길을 택한 그는 잰 걸음으로 다시 상경했다. 5년간의 교직 의무연한을 채우고 나라로부터 군의 실역 복무가 면제되는 혜택도 받았다. 그 후 그는 문학평론가와 문학연구자를 향한 길로 발걸음을 옮긴다.

올해는 2013년이다. 그는 등단 30주년을 맞이했다. 공식적인 문학 활동을 한 지 한 세대가 훌쩍 지났던 거다. 그가 앞으로는 소설을 의욕적으로 써보겠다고 하는데, 그의 소설이 어떤 방향으로 나아갈지 독자의 한 사람으로서 거는 기대가 크다. 문인으로서 30년을 지낸 후, 제2기의 또 다른 문학 인생을 스스로 만들어보려는 그다. 송희복 유의 문학적인 감성이 다채롭게 펼쳐 보여줄 것을 기대한다.

| 찾아보기 |

문학의 미시담론

인쇄 2014년 3월 15일 | 발행 2014년 3월 20일

지은이 · 송희복
펴낸이 · 한봉숙
펴낸곳 · 푸른사상사
주간 · 맹문재 | 편집 · 지순이 | 교정 · 김소영, 강하나

등록 제2-2876호
주소   서울시 중구 충무로 29(초동) 아시아미디어타워 502호
대표전화   02) 2268-8706~7   팩시밀리 02) 2268-8708
이메일   prun21c@hanmail.net
홈페이지   www.prun21c.com

ⓒ 송희복, 2014

ISBN 979-11-308-0198-8 93810
 값 15,000원

교양총서 9
문학의 미시담론